SV

Sybille Ruge
9MM CUT

Roman
Herausgegeben von
Thomas Wörtche

Suhrkamp

Erste Auflage 2024
suhrkamp taschenbuch 5399
Originalausgabe
© Suhrkamp Verlag AG, Berlin, 2024
Alle Rechte vorbehalten.
Wir behalten uns auch eine Nutzung des Werks
für Text und Data Mining im Sinne von § 44b UrhG vor.
Umschlagfotos: mauritius images/Odyssey-Images/Alamy/
Alamy Stock Photos (Fassade Credit Suisse, Zürich);
mauritius images/Zoonar GmbH/Alamy/Alamy Stock Photos
(Grossmünster, Zürich); Mohamad Itani/plainpicture (Frau)
Umschlaggestaltung: Designbüro Lübbeke, Naumann, Thoben, Köln
Druck und Bindung: CPI books GmbH, Leck
Printed in Germany
ISBN 978-3-518-47399-3

www.suhrkamp.de

9MM CUT

This won't work.
Cassandra

Ein abgetrennter Kopf. Offener Mund. Eine gebrochene Nase. Hervorquellende Augen mit Blick zur Tankstelle gegenüber.
»Du hast die Medusa über deinem Eingang.«
»A what?«, hatte Karnofsky gesagt.
Andere würden mit dem skalpierten Schädel in der Plastiktüte beginnen oder dem zerschmetterten iPhone im Seitenflügel.
Ich nicht. Ich habe ein Faible für die Antike.

Die Medusa hatte ich vor der Reise auf der Versace-Unterhose gesehen, als Ricky mir einen klassischen Tripper spendierte. Ein Abend im Juli, eine knallige Medusa mit dem Duft von Tandil Ocean Breeze. Wir vögelten vor dem Spiegel in der Umkleide. Die funzlige Beleuchtung radierte Rickys Gesichtszüge aus und leckte den speckigen Glanz von meiner Polyesterhose. Wir näherten uns dem Höhepunkt, als mein Telefon vibrierte.
Es war K2.
Ich ging ran.
K2 nuschelte eine Entschuldigung der Uhrzeit wegen. Immerhin war es Sonntag und Deutschland würde in fünfzehn Minuten vor dem *Tatort* sitzen. In seiner Stimme lag Bedrücktheit, schockiert, dass etwas nicht so glattlief wie gewohnt. Ein Anruf, dem die passenden Worte fehlten. K2

war ein Mann mit soliden Vorstellungen, wie das Leben abzulaufen hätte, aber jetzt befand er sich hörbar an einer Stelle, wo es nicht mehr weiterging. Er wollte mich sofort treffen. Ich schlug Döner Royale vor und schickte ihm die Route.

Zuneigung, Zärtlichkeit, Gefühle verschwanden in den Sportklamotten.

Zum Abschied schenkte ich Ricky den Botticelli-Blick. Ein halbiertes Lächeln. Die andere Hälfte würde ich mir für den Morgen zurücklegen. Man sollte sich immer etwas für den nächsten Morgen hinlegen, damit man weiß, warum man aufsteht.

K2 wartete bereits in seinem Porsche Taycan gegenüber von Döner Royale, was bei dem Besitzer der Bude zu ängstlichen Blicken geführt hatte, denn er benahm sich eingeschränkter als sonst.

»Einmal das Menü mit viel Zwiebeln und scharf.«

Ich packte die warme Alufolie, winkte K2 zu, und wir setzten uns auf eine Bank. Die letzten Spritzer Abendsonne verdoppelten sich. Zwei Fetzen am Himmel, rot wie ausgekotzte Tomatenspaghetti. Exakt in der Farbe von K2s Taycan.

K2 nippte an einem mit Vitaminen angereicherten Wasser, betonte, wie witzig die Dönerbude sei, und versuchte, das Logo auf meinem T-Shirt zu dechiffrieren. Dann bastelte er an einem Vortrag über Gewinn, der nur ein Mittel zum Zweck sei. Eigentum bedeutet Pflicht und Verantwortung, sagte er. Ich war froh, dass er quatschte, denn ich hatte Hunger. Diese Art Vorspiel gestaltete sich bei ihm je nach Dringlichkeit seiner Anliegen kürzer oder länger. Seine Floskeln vom nachhaltigen Kapitalismus ließen mir Ruhe für den Döner. Seit fünf Jahren erhielt ich von ihm eine Vergütung in gedrosselter Höhe, dafür regelmäßig, selbst wenn keine

Aufträge vorlagen. K2 hatte eine natürliche Abneigung gegen staatliche Organe. Umso wichtiger war ihm die konstruktive Beilegung von Konflikten bei außergerichtlichen Einigungen. Ich war seine Mediatorin. Die Rolle des Vermittlers erfordert hohe Ambiguitätstoleranz und interkulturelle Kompetenzen. Meine Methode folgt im weitesten Sinne der systemischen Therapie, setzt also auf Eigenverantwortlichkeit der Beteiligten. Die vertraulichen Einzelsitzungen zur Konsensfindung leite ich mit einer Grundsatzfrage ein. Möchtest du Invalidenrente? Eine Win-win-Situation, besonders aufgrund der geringen Bürokratie.

Ich kaute und lauschte K2s mit Bedeutung angereicherten Sätzen. Nach und nach begriff ich, dass er über seine Stiftung redete.

Geheiligte Zwecke, die Steuervergünstigungen versprachen. Viele meiner Kunden traten mit bunten Klamotten, Rafting oder Kampfsport der Gravitation entgegen. Er hatte sich für subtilere Formen des Alterns entschieden. K2 trug ein Basecap der JPMorgan Chase, hatte sich ein paar Ehrenämter und ausgediente Rennpferde mit Leistungstrauma und Essstörung zugelegt, sponserte ein paar abgedrehte Klimaaktivisten und hörte frankoflämische Vokalpolyphonie. Musik, die sich vom Geschmack der Masse absetzte und gleichzeitig Todessehnsucht erzeugte.

Bewundernswert, was K2 neben dem Führen seines internationalen Lebensmittelkonzerns noch zuwege bringen konnte. Neben meinem Job schaffte ich gerade mal mein Training und ließ mich danach von Ricky flachlegen. Meine Tage endeten mit einem Fertiggericht und der Sleeping Meditation auf Spotify.

An diesem Sommerabend aß ich den fettigen Döner und

konzentrierte mich auf die Zwischentöne in K2s Rede. Er führte Mundbewegungen eher in der Senkrechten aus als in der Waagerechten. Die Verschiebungen seiner Mundwinkel von oben nach unten gaben ihm das gefestigte Aussehen eines Nussknackers, zumal seine oberen Zähne größer erschienen als die unteren. Seine massige Erscheinung und die sedierte Mimik strahlten Dominanz aus. Zwischen den Zeilen hörte ich inneren Tumult.

»Ich bin gewohnt, Dinge anzupacken. Die Stiftung trägt meine Handschrift.«

Von seiner Stiftung hörte ich zum ersten Mal. Es handelte sich um eine transnationale NGO mit Hauptsitz in Frankfurt und Geschäftsleitung in einem Vorort von Zürich. Die Stiftung kümmerte sich um Jugendliche mit hundert Prozent multiplen Vermittlungshemmnissen, wie sich K2 ausdrückte. Sein Vater habe im Krieg ein Notabitur absolviert und sich zur Front gemeldet. Ein Großteil seines Vermögens widmete er daher den Berufschancen von Jugendlichen. Weltweit. Bei den Deutschen muss immer alles weltweit sein.

»Morgen ist der Social Day, an dem unsere Sponsoren ihre Mitarbeiter freistellen für ein soziales Event. Da kriegen Sie gleich einen Einblick. Hier ist die Adresse. Ich erwarte Sie um neun Uhr. Haben Sie ein klassisches Kostüm?«

»Ist das ein Auftrag?«, hatte ich ihn gefragt, obwohl mir durch den Kopf ging, was er unter Klassik versteht.

In seinem Gesicht erschienen spiegelgleiche Falten links und rechts neben der Brille. Er verunsicherte mich monatlich mit neuen Designerbrillen.

»Wir leben Sozialkompetenz, aber die Performance muss stimmen. Zurück zu Ihrer Frage, es ist ein Auftrag.«

Ich vertiefte mich in den Döner. Die sichelförmige Masse reichte bis zu meinen Ohren. Die Joghurtsauce lief in weißen Rinnen an meinem Kinn entlang, und das Kraut kühlte mein Gesicht. K2 redete umfassendes Blablabla, kam aber nicht zum Kern. Ich war mit dem Döner fertig und sah ihn mit einem Blick an, der konkretes Engagement hervorrief. Er räusperte sich nervös, griff zu einer forschen Stimmlage und versuchte sich an einem Kompliment.

»Wissen Sie, was ich an Ihnen mag? Sie sind empathisch. Sie haben Durchsetzungsvermögen. Menschen wie Sie, die nicht auffallen wollen, denen vertraut man mehr.«

K2 waren Basisdaten schnuppe. Ich hatte eine produktivere Einstellung zu Vertrauen; je weniger davon vorhanden ist, desto interessierter beobachtet man seine Umwelt. Was er Empathie nannte, war Kundenanalyse, und was ihm als durchsetzungsfähig erschien, war das Zertifikat von der Deutschen Sportakademie über meinem Schreibtisch. Die Bootcamp Instructor A-Lizenz. Ein wertloses Papier im Vergleich zu meinen Pokalen bei den Europäischen Muai-Thai-Meisterschaften. Die Instructor A-Lizenz war meine Fallback-Position, falls ich genug haben sollte, die Dreckarbeit für andere zu machen.

K2s straff gezogenes Gesicht wirkte auseinandergefallen. Ich kenne meine Kunden mehr, als ihnen lieb ist. Gläserne Büros bieten Durchsicht, aber nicht Einsicht. Er brauchte mich dringender als je zuvor. Deswegen machte es mich auch nicht stutzig, als er mir plötzlich das Du anbot, kaum dass die Sonne weg war. Ich zuckte mit den Schultern, um meine Zustimmung zu bekunden. Ein Profi benimmt sich schlicht in Gegenwart des Kunden. K2 stand für Kunde 2 und nicht für Kumpel 2. Ich schluckte das untergejubelte Du wie eine miese Klausel im Vertrag.

Als er mit dem Schwarzgeld anfing, habe ich gelacht.

»Na klar, ich bin 38, eine Auszeit wäre fällig. Der Knast ist wie geschaffen dafür. Leider mit eingeschränktem Internetzugang. Aber auch ein Ort der Bemühung.«

»Ich habe alles geregelt. Falls du erwischt wirst, stellst du dich naiv.«

»Naiv? Ich trage Ringelsocken und habe zwei Zöpfe links und rechts?«

Das Schweigen daraufhin muss wohl tiefgründig ausgesehen haben. Business gleicht einem Kreuzworträtsel, bei dem man die Lücken nach endlosen Wiederholungen ganz mechanisch füllt. Ich knüllte die Alufolie vom Döner zur Kugel und beförderte sie mit flüssiger Wurfbewegung in den nächstgelegenen Papierkorb. K2 sah sich um, ob uns jemand zuhörte.

»Ihr tauscht im Duty-free die Tüten.«

»Holy shit. Können Sie mich nicht anders loswerden?«

»Wir waren doch beim Du.«

Er klang kumpelhaft wie ein Versicherungsvertreter, der Rückerstattung bei Weltuntergang vertickt.

»Du kaufst Pralinen, ihr unterhaltet euch, und dann nimmt er deine und du seine Tüte. Das Bargeld ist ein, nennen wir es Nebenjob, okay? Hauptsächlich geht es um die Stiftung.«

Das Saphirglas seiner Hentschel Hamburg Hafenmeister blitzte unter der Laterne, als er nach der Uhrzeit sah. Ich versuchte mich an dem Du.

»Deine Uhren wirken teuer, sag mir, sparst du bei der Steuer? Knittelvers, derb volkstümlich, bieder bis konservativ.«

K2 warf mir einen irritierten Blick zu, pendelte sich aber schnell bei dämlich ein und endete mit einem Fragezeichen. Zwischen uns passt kein Du, dachte ich. Duzen plus Schwarzgeldtransport, manchmal fühlte ich mich doch unterbezahlt. Die Laterne leuchtete sein Gesicht nur unzureichend aus. Seine verholzten Züge wirkten jetzt bockig.

»Um welchen Flughafen handelt es sich?«

K2 knallte mir eine abgegriffene kleine Zeitung auf den Schoß. *20 Minuten CH*. Er tippte mit dem Zeigefinger auf einen kurzen Artikel. *Überhöhte Reinigungskosten. Interni Stiftung nicht ganz sauber?* Ein anonymer Beitrag in fünf Zeilen, der die ominösen Reinigungskosten in der Schweizer Zweigstelle der Interni beschrieb. So viel Dreck könne gar nicht da sein, wie geputzt würde, endete der Artikel. Ich sah ihn fragend an.

»Bitte im Kostüm!«

Mehr sagte K2 nicht. Er nahm das Gratisblatt, stand abrupt auf und verabschiedete sich. Ich, im Rausch der Teilerkenntnisse, er zugedröhnt mit Optimismus. Er umarmte mich freundschaftlich. Seine Gürtelschnalle stempelte meinen Bauch.

Eine ruckartige Umarmung, die sich nach Verzweiflung anfühlte. Intensiv, als wäre es die letzte. Mein Brustwirbel veränderte seine Position, und ich atmete vier Stufen freier.

Dann rollte sein Taycan in die Dunkelheit. Soundgenerator an Bord gegen Aufpreis. Das Klangmodul imitierte ein herkömmliches Verbrennergeräusch mit einem Schuss Futuristik. Eine beruhigende Klanginstallation.

Mir klebten die Duftpartikel vom Rasierschaum am Gesicht.

K2 hinterließ bei mir ein dumpfes Gefühl von fluffigen Wellen, die sich vom Magen zum Kopf vorkämpften.

Ich ging zur Dönerbude zurück.

»Bei dem Menü fehlte das Dosengetränk.«
Der Besitzer reichte mir wortlos eine lauwarme Fanta. Ich fuhr zu Ricky, und wir vögelten zu Ende.

Am Morgen ging ich wie befohlen zu der von K2 angegebenen Adresse. Eine pompöse Villa in der Nähe der Banken, deren scharfe Konturen wie Glassplitter in den Himmel ragten. Kontrastarme Gestalten in Warnwesten, die kokett auf ihren Rollern in den Joballtag flüchteten. Hinter den Fassaden tausende Büros, die Zeit verwalteten und Hoffnung auf die Kaffeepause projizierten. Das Kostüm bremste mich bei größeren Schritten, fügte sich aber ins allgemeine Bild.

»Interni International« stand auf dem Kupferschild an der Gründerzeitvilla. Als ich die frisch renovierte Einrichtung betrat, dachte ich zuerst an Eingliederungshilfe für Menschen mit Behinderung. Zwanzig Männer saßen an Schulbänken, angeordnet im Quadrat, und bastelten mit bunten Flicken. Ich konnte mir keinen Reim auf die Situation machen, bis mir K2 die Männer mit den farblich differenzierten Ralph-Lauren-Shirts als Mitarbeiter der Telekom vorstellte, denen man den Social Day verordnet hatte. Auf dem Samsung-Touchdisplay stand in großen Lettern WIR HELFEN. IHRE TELEKOM.

Männer, die offensichtlich die Abläufe nicht beherrschten, absolvierten den Social Day. Ein Dreihundertfünfundsechzigstel für Soziales.

Ich sah auf die schlecht genähten Gebilde aus Filz und Fransen.

»Das sind Puppen für Flüchtlingskinder«, sagte K2.

»Sozialtarif für Highspeed-Internet wäre besser«, raunte ich K2 zu. Er verzog keine Miene.

Fotos im Flur präsentierten lachende Jugendliche mit viel blauem Himmel dahinter. Die Headlines unterschieden sich in nichts von denen in einem Bible Camp. *Wir für Alle. Gemeinsame Werte. One world.* Wir gingen den Gang entlang der Schlagworte, wie ich sie nur von Wirtschaftspsychologen und Waldorfschülern kannte. Es war Punkt neun Uhr. Ich notierte mir das als Arbeitsbeginn. K2 war ziemlich enthusiastisch, wenn es um korrekte Abrechnungen ging.

Er wurde von dem Standortleiter begrüßt, so eine Art Leitbildschmock, Beweis für gelungene Integration, einer, der mit angereicherter Muskelmasse und Tattoos seinen Führungsstil untermauerte, ein Typ mit abgezählten Augenbrauen, regelmäßig gepflegtem Vollbart und einem modern gemeinten Pferdeschwanz. Der Kerl hatte zwei Gesichter parat, ein unbewegliches Befehlsgesicht, mit dem er die Jugendlichen herumkommandierte, und ein gekünsteltes Intelligenzgesicht, mit dem er K2 beeindrucken wollte. K2 stellte mich als Mitarbeiterin im Family Office vor.

Die Erwähnung seiner privaten Vermögensverwaltung hatte schlagartig Stille ausgelöst. Eine mystische Erhabenheit, wie sie nur ein Privatvermögen erzeugt, das bei 300 Millionen beginnt und bei unaussprechlichen Zahlen endet. Jetzt verstand ich das Kostüm.

Das Pferdeschwanzgesicht gab K2 die Cashflow-Analyse der letzten Monate und steigerte sich in akkurate Phrasen, die vor Optimismus nur so trieften.

Wir werden, wir werden, wir werden.

Der übermäßige Gebrauch des Futur 1 im Hauptsatzformat ging mir allmählich auf den Nerv, ebenso K2s Sätze, die sich programmatisch anhörten, weil sie mit WIR MÜSSEN anfingen, beruhigte mich aber mit dem Gedanken, dass man ein monetäres Überangebot auf schlimmere Weise vernichten könne als in einem Hilfswerk.

Vor der Eingangstür studierte eine Gruppe Jugendlicher eingehend die Felgen und den Heckspoiler des Taycans. Der Taycan war K2s aktiver Beitrag zum Klimaschutz. Der E-Motor galt als Ablasszettel für seine 13 stinkenden Oldtimer.

»Dieser Blödmann da oben hätte die internationalen Jahresberichte durchgehen sollen, aber offensichtlich geht er mit dem Kamm gerade mal seine Haare durch. Kaufmännisch eine Niete. Ich frage mich, ob seine Leute in der Buchhaltung nichts tun, als die Ablage zu organisieren. Ich hatte explizit gebeten, die Berichte der Standorte durchzusehen.«

»Dachte immer, Bürokratie bedeutet, Stellen schaffen, an denen Unfähige nicht so viel Schaden anrichten können.«

K2 schien darüber nachzudenken.

»Ich müsste diesen Idioten rauswerfen, aber er hat alles, wofür die Stiftung steht. Migrationshintergrund, zweiter Bildungsweg, schwul, nur eine Frau wäre noch besser. Aber man kann nicht die Kuh, das Fleisch und die Milch haben.«

Wir setzten uns in den Porsche. Die Jugendlichen blieben stehen und machten dreckige Witze. K2 betätigte die Zentralverriegelung und fiel über die Ordner her. Sein Gesicht ähnelte einer Vogelart auf Beutezug. Das war seine Welt. Eine Gleichung so lange umformen, bis die Variable isoliert ist. Offensichtlich hatte er vergessen, dass ich noch im Auto saß. Eine Rechnung, die K2 der Stiftung für ein Referat ausgestellt hatte, segelte auf den Econyl®-Boden. Sein Referat hatte den vielversprechenden Titel »Das Geschlecht der Führung«. Ich spürte, wie ich nach plumpen Passivsätzen suchte, um das Duzen zu vermeiden.

»20 000 Euro für ein Referat? Wird das eine Selbstanzeige?«

»Bildung ist das Wichtigste für eine blühende Volkswirtschaft«, zischte er durch seine Zähne, die mich an Maiskörner erinnerten.

K2 nahm mir unsanft das Papier aus der Hand und hing sein Gesicht wieder in die Ordner. Es vergingen Minuten, in denen nichts passierte. Die Zeit tickte weg, gefüllt mit warmer Luft, die nach neuem Auto roch.

Zeit, die unverbraucht durch die Lappen ging. Ein scharfer Stich in Richtung Möse entnervte mich. Ich rückte meinen Slip zurecht, aber es half nichts.

»Fahren wir?«

K2 schüttelte den Kopf und las weiter. Ich dachte über Erhöhung meines Honorars nach. Als hätte er meine Gedanken gelesen, richtete er seine Augen wie Geschütze auf mich.

»Du musst für mich nach Zürich.«

»In Zürcher Zünften zweifelt Zwingli schwitzend am Zölibat. Zwingli zwickt Zürcher Zicken bis Zürcher Zicken zwicken. Zärtlich zählen Zürcher Zicken …«

»Hast du getrunken?«

»Leider nicht. Ist Gesichtsgymnastik. Das lockert auf.«

Ich hatte null Bock auf die Schweiz. Mein Peyote würde in den nächsten zwei Wochen blühen, und ich wollte die Kaktusblüten sehen, bevor ich ihn zerschneide. Meskalin lässt einen mit einem angenehmen angstfreien Optimismus zurück. Ich hatte drei Jahre auf diesen Moment gewartet.

»Du musst zu Karnofsky.«

»Ich bin ausgebucht.«

»Doppeltes Honorar. Professionelles Sponsoring für deinen Club.«

Er grinste wie ein von Kindern bemalter Hydrant und sprühte in der nächsten Sekunde wieder Spucke über das Papier.

»Hier sind mehrere Hunderttausend Franken Spendengelder für externe Berater und Dienstleistungen ausgegeben, die ich absolut nicht nachvollziehen kann, drei Wochen Managementseminar unter der Rubrik ›Transformation in die Digitalisierung‹.«

»Man bildet sich.«

K2 sah aus, als hätte man ihm Hieroglyphen auf die Armatur geschmiert.

»Im Riffelalp-Ressort in der Skisaison, Frühbucherpreise ab 600 Franken pro Nacht? Warum nicht gleich das Emirates Palace in Abu Dhabi«, sagte K2 und schleifte seine World Elite Mastercard über das weiße Papier.

Seltsam, dass er an der Riffelalp hängenblieb. Ich besaß Ehrfurcht vor großen Zahlen, daher löste die Zehn-Millionen-Spende, die ich bei einem kurzen Schulterblick in den Ordner entdeckt hatte, tiefes Misstrauen aus.

»Hier werden 15 000 Franken ausgegeben für eine juristische Beratung in Sachen Compliance bei einem Stundensatz von 1500 Franken. Wir sind doch nicht die Deutsche Bank. Das ist ein Hilfswerk, verdammt nochmal. Der Schweizer Geschäftsführer Branko Tadić erhält eine Bonuszahlung. Bonus wofür? Dass er noch mehr Opfer entdeckt? Eine Baufirma namens Compieto gewährt der Stiftung ein hochverzinstes Darlehen mit acht Prozent. Acht Prozent. Unterschrieben von Tadić. Das Beste kommt noch. Tadić geht nicht ans Telefon.«

K2 redete wie ein Schiffbrüchiger nach zehn Wochen in der prallen Sonne. In ihm vibrierte eine tiefliegende Wut, die ihm die Haut fleckte. Seine Augen flirrten panisch umher. Ich beruhigte ihn, was die Riffelalp betraf.

»Angestellte fühlen sich besser, wenn sie Toilettenpapier klauen.«

K2 rastete aus.

»Für kleinere Diebstähle haben wir bei uns in der Firma Kameras aufgestellt. Was die Interni Schweiz betrifft, handelt es sich um Toilettenpapier mit einer Goldkante. Mit der Bilanz stimmt was nicht.«

»Menschen tendieren zu Fehlerfreundlichkeit.«

K2 flippte jetzt völlig aus, klappte pathetisch den Ordner zu, hievte seine Stimme nach oben, war vielleicht irritiert von meinen bizarren Satzkonstruktionen.

»Dieser Rapport sieht für mich gespenstisch glatt aus. Der Verschleiß an Geschäftsführern ist alarmierend. Herrgott, die wechseln mit der Umstellung auf Sommer und Winterzeit. Ich habe keine Lust, dass mir die Schweizer Staatsanwaltschaft auf den Sack geht in Kombination mit dem deutschen Finanzamt. Ich bin nicht auf der Suche nach Präsenz. Ich habe hart gearbeitet. Das Ergebnis sind Profit und Neider. In meinem Geschäft sehe ich mich tagtäglich konfrontiert mit Anschuldigungen, da brauche ich nicht noch Fokus auf meine Social Responsibility, verstanden? Ich weiß, wohin so was führt. Ein Streit beginnt, Anwälte verhelfen dazu, die Sache richtig groß zu machen. Statt dass die Leute danke sagen, dass man sein Geld für wohltätige Zwecke verschwendet, zieht einen die Presse in den Dreck.«

K2 kippte in die andere Richtung, starrte resigniert auf den Ordner. Der Schweiß auf seiner Stirn formatierte sein Gesicht neu. Im Wagen war es brüllend heiß.

Ich betätigte den Knopf für das Schiebedach. Der Wagen gab portionsweise den Himmel frei. Durchdringendes Blau und Straßenlärm. Ein Tropfen löste sich von K2s Stirn und fiel mit einem Blub auf das Papier.

K2 drehte sich zu mir. Seine Augen blickten mich an wie festgefroren.

»Zwei Geschäftsführer haben noch in der Probezeit gekündigt, einer hat sich nicht mal abgemeldet, ist spurlos verschwunden. Das ist doch kein Schweizer Stil. Nur nebenbei, die Bezahlung ist höher als bei der Stiftung Naturschutz, es gibt einen Dienstwagen, Visitenkarten, kein Haftungsrisiko, keinen Innovationsdruck, keinen Wettbewerbsdruck, keinen Fachkräftemangel, keine Liquiditätsprobleme, kein Supply-Chain-Management. So ein Job ist weiß Gott nicht prädestiniert für ein Burnout. Tadić hätte mich sofort informieren müssen, stattdessen hat mir eine Exfreundin das Gratisblatt geschickt mit einer Persil-Kapsel. Tiefenrein für eine saubere Welt. Sollte witzig sein. Eine Journalistencanaille verwirklicht sich in einem Gratisblatt, lächerlich.«

Sein Blick versteifte sich auf die Armatur. Er hielt das Lenkrad wie ein Dummie beim Crashtest. Mein nächster Kunde war ein Zwangsneurotiker mit Hang zur Pünktlichkeit, für den das Leben eine konstante Einsatzübung darstellte. Leute von der Sorte, die ihre Rechte kennen. Ich wedelte mit meiner linken Hand wie ein Scheibenwischer vor seinem Gesicht herum.

»Mein nächster Klient wartet.«

K2 schreckte auf und fasste meine beiden Handgelenke wie bei der Shihō-Nage-Wurftechnik.

Die scharfen Kanten seiner Fingernägel gruben sich in meine Haut. Die Welt hatte ihm neue Tatsachen vor die Füße geschmissen, und nun suchte er Antworten auf Fragen, die er sich nie gestellt hätte.

»Die reißen mich mit runter. Verstehst du das? Die Medien warten nur auf den Unfall, die Panne, den Supergau. Ich habe keine Lust, mir von moralischer Überheblichkeit meine Erfolgsquote ruinieren zu lassen. Die Leute lieben Enthüllungen, aber während ein Krimineller in das Resozialisierungsprogramm kommt, sprich eine Chance bekommt, bist du bei einer Enthüllung draußen für immer. Man wird heute für geringere Dinge kaltgemacht. Du musst herauskriegen, was da läuft, bevor es andere tun. Kapiert? Wenn da was schiefläuft, dann will ich derjenige sein, der den Helden spielt. Ich bin kein Sündenbock für Amateure.«

Besitz bedeutet Ammenschlaf. Aufwachen, wenn das eigene Baby schreit.

Ich schnallte immer noch nicht, worauf er hinauswollte. Herauskriegen, was da läuft, war ein Auftrag von unbestimmter Natur. Aber er war ein Kunde, dem es galt, Aufmerksamkeit zu schenken. Kunden bestätigt man besser die rosige Zukunft im Hier und Jetzt. Für Kunden konstruiert man das Problem und die Lösung. Ich hatte schon immer ein Faible für Produktentwicklung. Also blieb ich in der albernen Position sitzen. K2 hielt meine Armgelenke, als wollte er mir zeigen, wo er es am liebsten hat. Ein Schamgefühl ist ein Luxus, den es zu bewahren gilt, dachte ich und schlug meinen dienstlichen Ton an.

»Könnte das von einem Mitarbeiter lanciert sein?«

K2 ließ meine Handgelenke los. Seine Selbstachtung hatte sich verpisst. Raum, um mit ihm zu reden.

»Ich knöpf mir die Bilanzen vor.«

»Neeenene, du knöpfst dir Tadić vor. Und wir hängen es

nicht an die große Glocke. Offiziell bist du meine neue Mitarbeiterin im Family Office und ehrenamtlich für die Stiftung tätig. Du vergibst ein Stipendium für einen Teilnehmer aus dem Programm, Deutsch als Fremdsprache und so. Inoffiziell guckst du dich gleichzeitig bei Karnofsky um. Ich vertrau auf deinen Instinkt. Karnofsky ist mit mir im Vorstand der Stiftung. Ansonsten regelt er meine Finanzgeschäfte in der Schweiz.«

K2 machte ein Gesicht, als würde er gerade mit einem Holzbesteck eine Leiche zersägen, unfähig, Struktur in das Geschehen zu bekommen.

»Ich will es vorsichtig angehen, es ist viel zu auffällig, wenn ich Karnofsky besuche«, sagte er, als ich ihn fragte, warum er nicht selbst fliegt. Bevor er die Wirtschaftsprüfer alarmieren und die Sache ungewollte Dimensionen annehmen würde, bräuchte er mehr Informationen. Dafür sei ich genau die Richtige. Schon allein wegen des Bargelds. Er sah mich mit einem Hundeblick an und schob noch ein paar schmierige Komplimente hinterher.

»Wir haben wichtige Strategiewechsel in der Branche, der ganze vegane Wahnsinn, da muss ich proaktiv den Sale fördern«, sagte er.

Annehmen oder ablehnen. Mehr gibt es für uns nicht.

Ich sagte zu.

K2 aktivierte umgehend den Voice Pilot mit dem trockenen Befehl HEY PORSCHE. Wir mögen Neues. Daher unsere Eile. Seine Sekretärin meldete sich, und er ordnete einen Hin- und Rückflug nach Zürich für mich an und bat sie, mich bei Karnofsky anzukündigen.

»Ich lasse dich noch heute auf der Website der Interni als Verantwortliche für Begabtenförderung eintragen.«

»Was mache ich mit meiner Website?«

»Wir ändern deinen Namen. Für die Interni bist du Evelina Klein. Wenn du nicht gerade deinen Pass oder dein Ticket herumliegen lässt, wer sollte dann an Evelina Klein zweifeln? Es ist doch gerade angesagt, sich jeden Tag neu zu erfinden.«

»Ich existiere gar nicht, ich habe mich nur erfunden, genial.«

K2 war völlig von seinen eigenen Gedanken überwältigt. Mein Zynismus klang für ihn wie ein Kompliment. Er lächelte mich an, als hätte er gerade den Titel für einen Bestseller gebastelt. Ich muss gestehen, Fantasie hatte ich ihm nicht zugetraut. Woher hatte er diesen Namen? Ich nahm mir vor, einen nichtssagenden Instagram-Account für Evelina Klein anzulegen, nur für alle Fälle, auf dem ich ein paar Sportbilder posten wollte, um meine neue Identität zu bekräftigen. Vorsichtshalber würde ich für Evelina Klein nur Bilder ohne Gesicht verwenden. Bilder mit mehr Arsch und ein paar Proteinshakes, Acai-Bowls und Trimm-dich-Pfaden. Heute stellt man sich vor, und sofort fummeln die Leute an ihrem Handy rum, um festzustellen, ob man wirklich lebt.

»Was muss ich über Karnofsky wissen?«

»Karnofsky? Er ist Amerikaner, und was soll ich dir sagen? Er hat Cola Zero unter den Bankern salonfähig gemacht. Scherz. Wir sind enge Partner, seit er die Crédit Suisse noch rechtzeitig verlassen hat. Danach hat er seine eigene Finanzberatung gegründet. Die Quasar Capital Focus. Karnofsky ist ein Finanzgenie. Die Aktienrendite sagt mehr, als sein Gesicht jemals sagen könnte. Mein Vater hatte ihn beim Golfen in Florida getroffen und für den Vorstand der Interni vorgeschlagen.«

»Klingt nach Vertrauen.«

»Ich sage nicht, dass ich ihm vertraue. Ich sage, Kontrolle ist besser. Kennst du dich mit Vermögensaufteilung und Börse aus?«

Ich nickte.

»Okay. Hier sind ein paar Unterlagen zum Einlesen, herzlichen Glückwunsch und willkommen bei den Interni und im Wellinghofen Family Office.«

Die Aussicht auf eine Lösung seines Problems weckte in ihm Lebenskräfte. K2 sah mich an, als hätte er mir gerade das Bundesverdienstkreuz überreicht.

»Eve Klein klingt doch gut, oder?«

»Klingt nach einer Striptease-Tänzerin, die Jesus in ihr Leben gelassen hat, und ihre Knorpelschäden an den Kniegelenken sind verschwunden.«

K2 lachte mit dem Gesicht eines wiehernden Pferdes.

»Arm und Reich. Vor Gott sind alle gleich«, sagte er.

K2 klang wie der Verkünder der Zehn Gebote, der bereits beim Vorlesen merkt, dass die Leute zu dumm sind oder irgendwas fehlt.

»Stiftungen sind doch verpflichtet, einen Bericht über die Erfüllung der Stiftungszwecke bei der Aufsichtsbehörde einzureichen?«

K2 lachte auf.

»In der Schweiz sind 14 000 Stiftungen registriert. Bei der Eidgenössischen Stiftungsaufsicht teilen sich 22 Mitarbeiter 18 Vollzeitstellen. Da könnte ich meine Pferde als Personalkosten einreichen und meinen 300 SLR Uhlenhaut als Dienstwagen angeben.«

Er sah mich an mit einer Mischung aus Schirmherrn und Vergewaltiger, gewürzt mit einer Portion Welterklärung.

»Hör mal«, fuhr er fort, »ich mag deine Antimode.«
»Das Kostüm war nicht meine Idee.«
»Ich meine diese Olympia-Outfits, die du sonst so trägst. Für die Schweiz brauchst du einen schlichten Hosenanzug und etwas Festliches für das Event. Immerhin bist du für Karnofsky eine Bankerin.«

Das Wort Event hörte sich für mich funzlig beleuchtet an. Die Schweiz war ein Land lebendiger Bräuche und kryptischer Kommunikation in schwer zugänglichen Gebirgsregionen. Beides addiert bedeutete voraussichtlich Jodeln und Alphorn. Ich sah dem Herumschnüffeln in frischer Luft pessimistisch entgegen.

K2 tippte auf den 10,9 Zoll großen Touchscreen für das Infotainmentsystem, das eine vollständige Integration von Apple Music bot. Er sah aus, als wolle er zum gemütlichen Teil übergehen. Die Renaissancemusik hatte die Wehmut verstimmter Instrumente, dazwischen fröhliche Pfeifen, die mich unweigerlich an die Pest denken ließen. K2 fuhr sich mit dem Zeigefinger wie ein Metronom vor der Nase herum, als müsste er um jeden Preis das Tempo halten.

»Mit dem Bargeld kaufst du ein Kunstwerk in Zürich.«

Ich habe laut gelacht.

K2 sah mich an, als hätte er zum ersten Mal menschliches Gelächter gehört. In seinen Augen zappelten die Pupillen, was eindeutig für den Verlust von Selbstregie sprach. Ein typisches Syndrom bei Stress, wenn die Alles-oder-nichts-Phase beginnt. Eine Gemütslage, die keine Facetten mehr kennt.

»Irgendwas, was gut zu mir passt, etwas Repräsentatives, das im Hintergrund zu sehen ist, wenn ich für die neue Imagekampagne fotografiert werde. Karnofsky kennt eine Galeristin, die nur Zeug hat, was noch steigt. Die altbackenen Chagalls von meinem Vater taugen doch nur noch für Auktionen.«

Mir kam es plötzlich so vor, als wären wir alle Dilettanten, die sich gegenseitig Erfolg vorspielen. Eine Art Staffellauf von einem Kompromiss zum nächsten.

»Ich habe null Plan, was Kunst betrifft.«

»Du machst das. Übrigens, Karnofsky ist mit einer Russin verheiratet, aber sprich sie nicht darauf an, verstanden? Als sie mit 20 in die Schweiz kam, war sie gerade zur Miss Intercontinental gewählt worden. Ich habe ein Foto von ihr gesehen. Hui. Sie ist verantwortlich für die Pressearbeit bei den Interni. Mein Vater war begeistert von ihr, hat ihr heimlich für ihre Artikel Ohrringe von Bulgari geschickt. Wer weiß, was noch. Na ja, es waren die letzten Geschenke, die er einer Frau gemacht hat. Als wir beide merkten, dass er es nicht mehr schafft, hat er mir das Versprechen abgenommen, dass ich mich um die Stiftung kümmere. Also, ich will Fakten. Fakten!«

K2 lief zu Fröhlichkeit auf. Auf eine Seite sehen, hinterlässt die andere dunkel.

»Noch was.«

Er drehte sich zu mir, sah mir tief in die Augen und nahm meine Hände. Die Situation war zunehmend mit Bedeutung unterlegt. Sie kippte förmlich ins Pathetische.

»Ich vertraue dir.«

Das hätte mich stutzig machen sollen, aber wenn ich anfangen würde, Kunden zu interpretieren, wäre ich pleite.

»Wenn du eingecheckt bist, kaufst du im Duty-free eine Schachtel Ferrero Rocher, die Travel-Edition. Dann stellst du die Tüte auf den Boden und guckst dir das Alkoholregal an. Jemand wird dir sagen, dass es Licor 43 im Angebot gibt. Du fragst ihn daraufhin, ob das der mit dem undefinierbaren Geschmack ist. Und er sagt, der mit den 43 geheimen Zutaten für goldene Momente. Du nimmst seine Duty-free-Tüte. Er deine. Das wars.«

»Clever«, sagte ich, und er fühlte sich geschmeichelt. Der älteste Trick – lass die anderen glauben, dass sie gewitzt sind.

»Und die Zollkontrolle?«

»Du bist doch Schengen-Passagier.«

»Das erspart nicht die Zollkontrolle. Wie viel ist es?«

»100 000 Schweizer Franken.«

Ich schluckte. Wenigstens hatte diese Summe kein räumliches Volumen. 100 Scheine. Die neue 1000er-Banknote ist violett, klein und zeigt einen Händedruck, möglicherweise als Symbol für Begrüßung und Verabschiedung.

»Scheitern ist für mich keine Option«, sagte K2.

Unser Defekt – die Perspektive des Siegers.

»Das Bargeld ist ein persönlicher Gefallen«, fügte er hinzu.

»Das kostet extra«, sagte ich.

K2 sah mich an, als hätte ich ihn hypnotisiert.

»Absolut verständlich. Das nenne ich Partnerschaft auf Augenhöhe. Verbindlichkeiten muss man immer von beiden Seiten betrachten. Dienstreisen bei vollem Tagessatz, also nimm dir von dem Bargeld 500 Franken, da kannst du noch die Berge genießen, ach, was sag ich, 650 für die Spesen. Frauen mögen doch Kosmetik und Klamotten.«

Er sah mir verschwörerisch in die Augen, als hätte er das endgültige Geheimnis der Geschlechter geknackt, ließ die Aircondition zur Hochform auflaufen und erklärte mir die Zahlen auf der Spendenliste. Ein kurzer Blick genügte.

Saisonale Newsletter vor den Feiertagen, und die Leute stürzen sich ins Online-Banking als Ausflug in die Menschlichkeit.

»Wer bucht das Hotel?«

»Hotel? Nein. Du übernachtest bei Karnofsky.«

K2 wiegelte meinen Protest gegen die private Übernachtung ab. Ich hasste es, privat zu übernachten, wie ich es nicht sonderlich schätzte, Gäste zu haben. Leute, die vor dem Bücherregal stehen und dumme Fragen stellen. *Offen für Neues.* Damit hatte K2 seinen Auftrag untermauert. Er selbst pflegte den wärmenden Hang zum Bewährten.

Es war 14 Uhr, als er heimfuhr zu seinen Visionen. Ich ließ mir die Bilanzen senden, benutzte für dubiose Stellen den Highlighter, verschlüsselte die Datei mit Passwort und sendete ihm eine Rechnung für die Orientierungsphase.

Es war Freitag, als ich nach Zürich flog.

Die Medusa über dem Eingang war aus grobporigem Stein mit Taubenkacke im Schlangenhaar. Die Zeit hatte ihr im Gesicht herumgefuhrwerkt. Sie schien erschöpft wie der Rest des Hauses am See.

Karnofskys Haus.

Unter der Medusa eine hohe Eichentür mit einem abgegriffenen Eisenring.

Sechs Northrop F-5E Tiger II der Patrouille Suisse flogen ein Kreuz in den Himmel, der sich scheinbar senkte. Eine miese Hitze. Im Osten stapelten sich die Berge. Je länger ich hinsah, desto näher kamen sie. Es herrschte Föhn. Ich nahm die Ceftriaxon gegen den Tripper. Fünf Tage, morgens und abends.

Zwei Stunden zuvor war ich in Kloten gelandet. Die Schachtel mit dem Bargeld befand sich in einer verplombten Plastiktüte vom Duty-free, die ich übersichtlich neben meiner Reisetasche trug. Vor dem Einreiseschalter kündigte sich Kopfschmerz an. Schuld war der Nachbar, der mich mit einer schmierigen Anmache genervt hatte. Meine Antwort war Wodka gewesen. Jetzt würgte ich trocken eine Schmerztablette runter. Ratiopharm versus billigen Schnaps.

Um mich herum versprachen Displays Banking ohne Bullshit. Der Beamte hatte mich gehaltvoll angesehen, ich hatte ihm ein progressives Grüezi geboten. Alles war glattgelaufen, bis ich mein Handy einschaltete. Zwei Nachrichten. Eine von Ricky und eine von K2.

Tadić ist tot. ?????

Er hatte diese Nachricht mit fünf Fragezeichen ausgeschmückt. Ich probierte K2 zu erreichen, aber er ging verdammt nochmal nicht ans Telefon. Ich stieg am Hauptbahnhof für das letzte Stück in ein Taxi.

In dem Vorort herrschte ein nicht enden wollender Verkehr. Der Stau rollte wie Lava auf das Wochenende zu.

Häuser ohne Makel. Diskret, funktional, präzise. Eine schlichte Poesie aus Sichtbeton. Übereinandergeschichtete Gesteinsschichten, die Lebensläufe beherbergten und sich um den See drängten. Der Beton schob sich an den Hängen wie eine Lawine in den See. Siedlungen, die jeden Spalt nutzten. Ein Paradies, das aus seinen Nähten platzt. Wer sich in Tunneln und Aufzügen unwohl fühlt, sollte dieses Land meiden. Die Erziehung zum Guten hin zeigte sich in flächendeckenden Radarfallen. Das Taxi kroch durch die überladene Landschaft, die man Touristen in steifgefrorener Herzlichkeit verkaufte. Der Fahrer hatte die ganze Fahrt über geschwiegen. Auch als er die Quittung ausstellte, sagte er kein Wort. Ein passiv-aggressives Volk, das Kommunikation auf Minimales beschränkt. Ich lauschte der aufmunternden Stimme im Radio Zürisee, die optimistisch eine Sendung moderierte, in der es um Risse im Alltag ging. Staumeldungen zerhackten den Zeugenaufruf für eine verletzte Person auf dem Parkplatz eines Großmarktes, die im Krankenhaus für tot erklärt wurde.

Personen, die Angaben zum Unfallhergang machen können, wurden gebeten, sich mit der Kantonspolizei Zürich in Verbindung zu setzen. Das war alles gewesen. Fossile Musik aus den 60ern beendete die Sendung. Ich hatte mich wie befohlen an der Tankstelle absetzen lassen.

Der Taxifahrer gab mir die Quittung, und wir nickten uns stumm bei der Geldübergabe zu. Es war später Nachmittag und der Luftdruck war auf seinem Tiefpunkt. Asketen auf Rennrädern pfiffen an mir vorbei, als hätten sie einen Auftrag, der nicht warten kann. Ein sauberes Dasein, so sauber, dass man sein Brot auspacken wollte, um auf offener Straße zu dinieren. Ein Land, von Schiller erfunden, um den Deutschen zu zeigen, wie Heimatliebe geht. Ein Liquid-Crystal-Display blieb an einer Botschaft auf Himmelblau hängen. Fürchte dich nicht! Die Bibel. Neubauten eingehüllt in Fensterläden aus Kunststoff wirkten wie verpackte Boxen aus Pappe.

Karnofskys Haus war anders. Es stand frei. Eingerahmt von alten Bäumen. Ein Haus, das mit Alpträumen Ernst machte, zusammengestückelt und grotesk groß. Ich überquere die Straße und nahm die offene Einfahrt, vorbei an einem Jaguar XJR Coupé, der am Heck und an der hinteren Seitentür Spuren rustikalen Rangierens aufwies.

Die verwitterte Front aus Sandstein gab dem Haus unscharfe Konturen. Seine anmaßende Architektur schüchterte ein. Bleiglasfenster an beiden Seiten. Das Medusenhaupt über dem Eingang. Ein amorphes Stück neuer Dachschindeln wie ein Fettfleck auf dem bemoosten Dach. Mauern, an denen sich der Verfall abmühte. Keine Klingel. Kein Namensschild.

Unter der Medusa die Zahl 1.

Die schwere Eingangstür war unterteilt in Kassetten. Sie hatten die Oberfläche von Kastanien. In der Mitte der Tür befand sich ein Türklopfer in Gestalt einer Schlange, die sich in den Schwanz biss. Ihre Schuppen glänzten bedrohlich. Diese antiquierte Art des Klopfens war eine Zumutung. Eine drückende Hitze verklebte meine Haut mit der Kleidung. Völlige Stille. Nur die Bewässerungsanlage für den Rasen tat ihr Werk.

Aus einem Seiteneingang trat ein Mann, Augenbrauen wie ein aufgeklebtes Pelztoupet, die Haare zur Glatze getrimmt. Die Aviator-Sonnenbrille sollte ihm wohl eine Art Schneid verpassen. Sein gebräuntes Gesicht war glattpoliert und glänzte wie eine frisch geputzte Messingvase. Dunkle Hose von der Marke Zeitloch, rotes Poloshirt mit gesticktem Pferd in einer Größe für Kurzsichtige, seine Brust darunter zeichnete sich scharf ab, quadratisch wie die eines Playmobil-Männchens. Bootsschuhe, keine Strümpfe. Er hatte einen federnden Gang und schmiss sich grußlos in den schwarzen Jaguar. Der Kies knirschte unter den Reifen, und er war weg.

Endlich fand ich die von Efeu eingewachsene Klingel, aber im Haus blieb es still. Ich ging zur Tankstelle gegenüber und kaufte mir einen Kaffee. Verzweifelte Optimisten setzten ihre Kreuze auf Lottoscheine. Das Glücksrad bot, was die Götter genehmigen, eine Chance von 0,0000064 Prozent.

»Bist neu hier?«

Ich nickte.

Der Typ hinter der Theke trug gefälschte Balenciaga-Klamotten. Aus dem T-Shirt quollen Muskelberge hervor. Er versuchte, mir pappiges Gebäck und einen Pfefferspray aufzuschwatzen. Ich schnallte sofort, dass er nichts verkaufen, sondern sich mit mir unterhalten wollte.

»Die Pffeffersprays sind top. Garantierte Atemnot, oder. Hier brauchts so was, zwei Tote in zwei Tagen.«

Er machte ein bedeutungsvolles Gesicht und knallte mir ein Boulevardblatt auf die Theke. *Wende im Aligro-Mord. Exklusive Details.* Der Artikel war kurz und seifig, sprach von einem Schussopfer auf dem Parkplatz von Aligro, enthielt keine Details und endete damit, dass viele Fragen offenbleiben würden. Einheimische tendieren dazu, ihre Gegend interessanter zu machen, als sie ist. Ich kippte mir zum Kaffee noch eine schaumige Cola runter. Der Muskelmann zeigte auf einen Zettel zwischen Motoröl und Zigaretten. Ein schmutziges Blatt, auf dem ein unsauberer Drucker graue Streifen hinterlassen hatte. Jaco, bitte melde dich. Darunter eine Telefonnummer.

»Seine Freundin ihre Schrift. Der Kerl ist nicht auffindbar.«

»Schluss ist Schluss«, sagte ich.

Der Typ baute seine Arme auf der Theke auf.

»Ich will dir mal was übers Leben beibringen, oder. Wenn

ein gesunder Bursche mit Job, Girlfriend und Mazda Coupé wie vom Erdboden verschluckt ist, dann sitzt der nicht bei seiner Oma und isst Kuchen, oder. Ich kenn ihn. Er ist hinter seiner Freundin nachgewedelt wie ein Wauwau. Jaco sieht aus wie ein Killer, ist aber dümmer als Brot. Tja, Lady, das Kaff sieht nur so ruhig aus. Ich hatte schon gesagt gehabt, besser man sichert sich ab, oder.«

Er schob mir wieder den Pfefferspray hin.

»Bist das neue Kindermädchen? Das von den Karnofsky-Zwillingen?«

»Wieso?«

»Du hast kein Auto, du siehst aus wie die letzten drei, die hier immer Kaffee getrunken haben, und da vorne ist nur noch eine Bootsrampe, Seejungfrau. Aber wenn du zu der Wasserskimannschaft gehörst, die hier immer Benzin kaufen, spendier ich dir einen Kaffee. Es hat noch.«

»Ich arbeite für ein Hilfswerk.«

Er machte ein Gesicht, als würde er sich gleich bekreuzigen.

»Das Asylanten-Ding? Ich verrate dir mal, was dort wirklich los ist, alles Drogendealer. Unser Hund geht in die Hundeschule beim Hilfswerk. Dort müssen die Typen hin, damit sie Ordnung lernen. Da sitz ich mit meinen Kindern im Auto und warte auf meine Frau. Kommen zwei aus dem Hilfswerk, klopfen an die Scheibe. Zwei Typen wie aus einer Knastkartei, oder. Der klopft also mit seinen schmierigen Griffeln an die Scheibe und belehrt mich, dass die Parkplätze reserviert sind. Ich steige aus, es war nicht schön, kann ich dir sagen, es war nicht schön, ich drücke ihn auf den Bordstein und sag zu der anderen Glotzbacke, sag mal, schämst du dich nicht, lässt deinen Kumpel ins Messer laufen, und zu dem

Typ unten sage ich, Freundchen, du hast so ein Glück gehabt, dass du an mich geraten bist, oder.«

Er klopfte auf die Suchanzeige hinter ihm.

»Das war auch so einer. Hat offiziell für das Hilfswerk gearbeitet, oder. Der ist so dumm wie meine Zapfsäulen, aber auf dicke Hose machen. Dreimal darfst du raten, woher er das Geld hatte.«

Der Muskelmann hielt sich plump den Handrücken vor die Nase und zog pantomimisch eine Linie Koks, sah aber aus, als wischte er sich den Rotz ab. Ich zeigte auf die Titelseite der Zeitung, die ein Arschtritt für jeden Pressekodex war.

»Wer ist der Tote auf dem Parkplatz?«

»Keine Ahnung.«

Der Typ sah mich durchdringend an. Manchmal fühlt man sich angestarrt, dabei brauchen die anderen einfach eine Brille und haben deswegen diesen verzweifelten Ausdruck im Gesicht, mit dem sie einen anglotzen. Wir denken, was sehen die bloß, dass sie so starren. Nichts sehen sie, nichts.

Er schob mir die Zeitung hin.

»Geschenk vom Haus.«

Ich steckte die Zeitung mit dem stark verpixelten Bild in meine Reisetasche.

»Bist im Schwanen?«

»Ich bin bei den Karnofskys.«

»Hab ich doch gesagt gehabt. Du bist das Kindermädchen, oder. Karnofsky fährt diesen Range Rover Autobiography, alter Monarch unter den SUVs, 200 000 Franken die Karre. Sie ist eine Granate. Bei der wünscht du dir einen Dauerständer und ne American Express.«

Er grinste mich an, wurde aber von neuer Kundschaft jäh unterbrochen.

Ich trottete zurück. Die Wolken hingen wie Ufos über der Villa mit der Nummer 1. Orkanartige Böen schmissen inhaltslose Blumentöpfe um. Die vertrockneten Eiben bildeten einen seltsamen Kontrast zu dem giftgrünen Rasen, der aussah wie in einem Urlaubsprospekt. Am Fenster erschien ein Schatten. Ich winkte.

Die Tür öffnete sich. In dem Spalt erschien ein circa zehnjähriges Mädchen in einer Kleidung, der die Kindheit abhandengekommen war. Sie trug einen schwarzen Haarreif aus Samt mit einer kleinen Schleife an der Seite über einer blonden Fönfrisur. Das rückenfreie Oberteil in Weiß war in eine schwarze Hose geklemmt, dazu Lackschuhe, ebenfalls mit Schleifchen. Sie fragte mich in akzentfreiem Deutsch, ob ich das neue Au-pair-Mädchen sei.

Ich antwortete ihr mit der Gegenfrage, ob ihre Eltern daheim wären.

Das Mädchen haspelte in schneller Folge herunter, dass ihre Eltern im Segelclub wären, Onkel Nick sei auch weg und ob ich zum Club wollte. Sie quasselte in einem völlig enthemmten Redefluss über zusammenhangloses Zeug. In dieser ultralangen Sequenz kam ein Mix aus Schweizerdeutsch und verquerer deutscher Grammatik zum Vorschein. Zu der falschen Syntax gesellte sich eine gestelzte Tonlage und gehetzter Atem. Sie wirkte ungelenk und gleichzeitig erbittert streng. Aus dem Dunkel des Flurs erschien ein Duplikat von ihr, ein Mädchen, angezogen wie sie, nur ihr Gesicht war runder. Sie hatte im Unterschied zu ihrer Schwester wilde blonde Locken und einen kleinen Leberfleck über der Lippe, der sie sanfter wirken ließ, überhaupt schien sie nicht so dünngrätig und rigide wie ihre Schwester. Beide besaßen die Unechtheit von Kinderstars, angehobenes Kinn und erwachsene Gesten, unheimlich in ihrer gezierten Perfektion. Die Sanfte sah mich unverwandt und emotionslos an. Ich schob mein Unbehagen auf die geballte Luft, die sich zu einem Gewitter zusammenbraute, und wandte mich an die ältere Frau, die vorsichtig hinter die Zwillinge getreten war, erklärte ihr, wer ich sei, erwähnte den Feierabendverkehr, aber die Strenge unterbrach mich.

»Sie spricht nur portugiesisch.«

Das Mädchen schob die Frau zur Seite, herrschte ihre Zwillingsschwester an, unverzüglich die Halskette abzulegen, weil es ihre sei. Die Sanfte gehorchte aufs Wort. Darauf wechselte die Strenge sofort ihr Gesicht und bat mich übertrieben formell, einzutreten.

Es war eines dieser Häuser, das dem Gast eine andere Gangart aufzwingt. Die düstere Eleganz drosselte spontane Gefühle. Der Terracottaboden zeichnete Geräusche überdeutlich auf. Die Metallnoppen an der Unterseite meiner Reisetasche knirschten bis in die Zahnwurzel hinauf.

Vor mir gab eine Glasfront den Blick auf einen Innenhof frei, und man sah, dass es sich keineswegs um ein gewöhnliches Haus handelte, eher um ein Märchenschloss aus Tudor Revival, Arts and Crafts Movement, Richardsonian Romanesque, Lebensreform. Formenvielfalt mit Entscheidungsblockade. Dekorative Elemente im Verfall machten sich großkotzig an den Mauern breit.

Der rechte Seitenflügel war aus grauen Steinblöcken gebaut, hatte einen zylindrischen Turm mit Kegeldach, von dem die Glyzinien in Fetzen herunterhingen. Am linken Flügel stapelten sich Zementsäcke um ein Baugerüst. Kleine Mäuerchen säumten verwahrloste Rosenbeete, unebene Steinplatten markierten die Wege dazwischen. Steinerne Engel standen mit und ohne Kopf herum. Verfallene Treppen, ein Zierbrunnen ohne Wasser. Alles wirkte desolat bis auf die enormen Rasenflächen. Sie waren von vehementer Präzision. Die Architektur, in der kein Fenster dem anderen glich, war verschachtelt und ohne Symmetrie. Der zusammenhangslose Monolog eines Verrückten, beklemmend in seiner Maßlosigkeit. Auf der Terrasse stand ein monumentaler Tisch aus Marmor, umringt von weißen Plastikstühlen. Dahinter begann der See.

Meine Blase fühlte sich wie ein Lampion an. Ich fragte nach einer Toilette. Die Portugiesin war verschwunden, die Zwillinge zeigten mir eine dunkle Holztür mit einer Messingklinke in der Form eines Löwenkopfs. Der Wille zur Gestaltung setzte sich bis zu den Entlüftungsschächten fort. Die Strenge wies mich auf eine Jasminseife hin und allerlei Kosmetikkram in einem Schränkchen. Die Sanfte schien ihre Mimik zu imitieren, hatte aber noch keinen Ton gesprochen. Stumm legte sie mir einen Lippenstift und einen Kamm auf den Rand des Waschbeckens. Ich schloss die Tür. Das Wasser tröpfelte aus den alten Hähnen, das geschwungene Waschbecken zeigte dunkle Risse. In dem blinden Spiegel konnte man Jedermann sein. Langsam ließ der Schmerz beim Wasserlassen nach. Ich zog mehrmals an der Kette, deren Handknauf nicht mehr existierte, der hochhängende Spülkasten zeigte wenig Aktivität.

Als ich aus der Toilette kam, saßen die Zwillinge auf einem zerschlissenen Seidenhocker im Vestibül und hatten jeweils zwei verdreckte weiße Fellklumpen im Arm. Sie musterten mich von oben bis unten. Die Strenge, deren Haare unter dem Reifen akkurat nach hinten gekehrt waren, fragte mich, ob ich immer Sneaker tragen würde, sie und ihre Schwester dürften Turnschuhe nur zum Schulsport tragen.

»Aha«, sagte ich.

Ihr arrogantes Gesicht und die Art, wie sie auf dem Hocker Platz genommen hatte, schräg an die Wand gelehnt, erinnerte mich an Greta Garbo in *Königin Christine*. Ihre Zwillingsschwester wirkte beunruhigend infantil. Beide strengten mich an.

Sie saßen reglos, als hielten sie Audienz. Nichts passierte. Schweiß lief mir brennend in die Augen. Die Strenge zog ihre Augenbrauen hoch und fragte nach meinem Namen. Der Unterton ihrer Frage klang wie eine Belehrung aus dem Adelsknigge. Ich sah sie an wie ein Schauspieler bei der Generalprobe, bereit für seinen ersten Text.

»Ich bin Eve.«

»Du bist Eve?«

»Ja, ich bin Eve.«

Ein schöner Name, sagte die Strenge mit konditionierter Höflichkeit. Ein Kompliment, das meine Nähe suchte. K2 hatte diesen Namen sicher von einer Exfreundin.

Die Zwillinge wichen nicht vom Fleck. Die Strenge erklärte mir, dass sie Laura heiße und ihre Schwester Lara. Ich hielt die Namen bereits in der ersten Sekunde nicht auseinander, konnte mir auch keine Situation vorstellen, in der ich sie gebrauchen würde. Ich sah die beiden an wie ein Alkoholiker, der das doppelte Bild geregelt kriegen will. Die Strenge besaß die distinguierte Haltung einer Kaiserin, die Sanfte die Sinnlichkeit einer Lolita. Ihre Augen waren das Fragezeichen am Ende eines Rätsels. Ihr üppiger Herzchenmund war leicht geöffnet, als wolle sie etwas sagen, aber sie blieb still. Ihr Ausdruck, eine Beschwörungsformel, die Ewigkeit einer sinnlichen Momentaufnahme. Die Kleine hatte etwas Unerklärliches an sich. Ich zeigte auf die Fellklumpen in ihrem Arm.

»Sind das Haie?«

Beide drehten die Plüschtiere um. In einem hellrosa Maul erschienen die gezackten Zähne. Die Strenge antwortete.

»Das sind Mami und Papi. Willst du sie streicheln?«

Ich sah die Strenge an. Sie hatte die gleichen spitzen Zähnchen wie ihr Hai und bot das gleiche hinterhältige Lächeln wie der Fellklumpen. Eine Situation, die mir wie die Ewigkeit erschien. Plötzlich schoss ein Blitz durch die graue Luft. Ein bläuliches Licht, das den Rasen giftgrün färbte. Der See rannte mit Schaum vor dem Mund gegen die Steinblöcke am Ufer. Der Himmel kniete sich in die Bäume und fauchte dazu. Die Strenge presste ihr Gesicht an die Scheibe zum Innenhof, aber die Sanfte sah immer noch zu mir, unbewegt, als hätte sie das Gewitter befohlen. In dem Moment kam eine circa 20-Jährige die Treppe runter. Ihre langen Beine steckten in ausgefransten Hotpants, und das T-Shirt hörte knapp unter dem imposanten Busen auf. Die Haare hatte sie links und rechts zu niedlichen Hörnchen geknotet.

»Hi, bist du die Neue? Verschwindet in eure Zimmer. Aufräumen!«

Die Zwillinge verschwanden nach oben.

»Boah, es ist die absolute Hölle, ich schwör. Das Kaff ist anders cringe. Ich sag dir, täusche eine ansteckende Hautkrankheit vor und verschwinde. Du bist hier constantly accessable, deep end of life. PS: Wenn Max und Helena dich nicht teachen, teachen dich die Kinder ab. PS: Internet in meinem Zimmer lief über eine Bambusleitung. Ich zieh morgen in eine Kommune in Zürich.«

Das Au-pair machte ein cooles Gesicht und verschränkte die Arme wie auf einem Pin-up-Kalender.

»Die stehen hier auf so Typen wie dich. Meine Vorgängerin sah dir ziemlich ähnlich, die ist auch früher abgehauen. Die wollen hier extra nur deutsche Kindermädchen, die den Zwillingen Hochdeutsch beibringen. Wenn dir ein Typ, der aussieht wie aus einem Horrorfilm, an den Arsch packt. Das ist Nick. Der ist seit drei Tagen hier. Willst du was trinken?«

Sie nahm mich mit in die Küche und öffnete den überdimensionierten Kühlschrank, der überfüllt und in völliger Verwahrlosung vor sich hinzudämmern schien. Gigantische Vorratspackungen mit vertrocknetem Salat. Am selbstgebastelten Memory-Board hingen abgegriffene Werbungen lokaler Lieferdienste und Gutscheine für Erstbestellungen. Essen auf Rädern war früher nur was für Senioren. Daneben Unmengen von wurstig gemalten Kinderzeichnungen. I love you Papi. I love you Mami. Gekrakel, das in gegenseitigem Einvernehmen vergilbte.

Das Au-pair nahm Eiswürfel aus dem Kühlfach, holte zwei Gläser und betätigte den versifften Sodaspender, der überall gelbliche Kalkspuren aufwies.

Sie öffnete eine Vorratskammer, die nichts als XXL-Dosen von Nahrungsergänzungsmitteln enthielt. Proteinshakes, auf denen in dicken Lettern *All Natural* geschrieben stand, Vitamine aller Art, die tatenlos in der Kanalisation enden würden, kein Wunder, dass die Fische immer fetter werden. Die Dosen waren in klinischem Weiß und trugen den Titel *Rethink*. Recycelte Gedanken bis in alle Ewigkeit.

Das Mädchen muss meinen Blick bemerkt haben.

»Hm, das zieht er sich rein. Aber wenn du dir eine Pizza Hawaii bestellst, wirst du angeguckt wie ein Untermensch. Sie hat mir erklärt, dass Proleten only eine Hawaii-Pizza bestellen. Uuund, lass die Kinder nie allein im Haus. Hier gab es so einen Vorfall. Die Biester haben gesagt, meine Vorgängerin hätte ihnen Schlaftabletten gegeben. Halte dich bloß an die Vorschriften, die Zwillinge verpfeifen dich bei jeder Gelegenheit. PS: Der Sohn von Magda ist verschwunden.«

Sie deutete auf die Portugiesin, die in Zeitlupe die Terrasse fegte.

»Verschwunden?«

»Ja, verschwunden. Mehr weiß ich auch nicht. Sie spricht nur ein paar Brocken Deutsch, für Steinmetze zum Mitmeißeln. Gestern gab es eine Leiche auf einem Parkplatz vor dem Aligro, hoffentlich ist es nicht ihr Sohn, ich glaub, der ist irgendwie abgedriftet.«

Ich sah mich um. Die Bodenkacheln waren voller Flusen und Krümel. Die Bezüge der Stühle mit Biedermeieranmutung hatten ihr Altrosa an vielen Stellen bereits eingebüßt, ihre zerfledderten Ecken glichen koptischen Stoffen. Die gewollte Eleganz der Stühle mutete seltsam an in der grobschlächtigen Küche.

»Wer ist Nick?«

»Das ist ein Freund von Max. Ein Typ, der dich anmachen will, indem er dir erzählt, wie geil Pink Floyd ist. Wo studierst du?«

»Ich bin nicht das Kindermädchen. Ich arbeite für die Interni.«

»Oops. No front. Das Geflüchtetending. Die Jungs decken hier das Dach.«

Sie sah jetzt richtig schnippisch aus.

»Reich den Text ruhig weiter. Morgen bin ich weg hier. Das waren sechs Monate im Gulag, kannst du noch hinzufügen.«

Wir hörten Schlüsselgeräusche, und eine Schönheit im weißen Tennis-Look betrat die Küche. Sie wies das Au-pair an, die Tennistasche in die Waschküche zu bringen. Das Mädchen warf mir einen bedeutungsvollen Blick zu und verschwand. Als die Dame mich entdeckte, machte ihr Gesicht ruckartig eine Kehrtwende ins Freundliche. Ihr Oberkörper neigte sich leicht nach hinten, als wäre sie auf dem Wiener Opernball. Bevor sie etwas sagen konnte, schlug der Blitz ein, und es krachte simultan dazu. Sie lächelte.

»Meine Auftritte sind immer dramatisch. Ich bin Helena. Max hat einen Tennispartner getroffen und spielt noch ein Match. Er lässt sich entschuldigen. Aber nebenbei, ich habe ihn noch nie pünktlich erlebt.«

Ihr Lächeln war von erfrischender Kälte.

»Wellinghofen Family Office«, sagte ich und unterdrückte einen angedeuteten Diener, hüstelte stattdessen.

Sie war der Typ Frau, bei der man sich automatisch in einen Kavalier verwandelte. Draußen prasselte ein Platzregen nieder, und sie musste ihre Stimme anheben.

»Einigen wir uns auf Du. Du bist also Eve Klein.«

»Richtig, ich bin Eve Klein.«

Wiederholung schafft Realität.

Es entstand eine krüppelige Pause, eine Unentschlossenheit, als hätten wir beide etwas anderes erwartet und müssten uns jetzt neu sortieren. Sie reagierte schneller.

»Wie geht es Deutschland? Gehorchen alle noch?«

Sie musterte mich mit einem süffisanten Ausdruck, um zu kontrollieren, wie ihr salopper Auftakt angekommen war. Ich fand das Klischee vom Gehorsam der Deutschen veraltet. Die Deutschen waren Besserwisser und Feiglinge, eine träge Masse, von Amazon in Zielgruppen gebündelt. Ich zuckte wortlos mit den Achseln.

»Oder haben die Deutschen das letzte Mal unter Hitler gehorcht?«

Sie lächelte stolz. Hatte sie vorgefertigte Pointen, oder empfand sie sich als Selberdenker? Es war an der Zeit, die Grenzen zu markieren, also missachtete ich K2s Ratschlag.

»Du bist Russin?«

Sie sah mich prüfend an.

»Wir sind Baltendeutsche. Mein Großvater wurde von euch als rassisch wertvoll eingestuft. Du arbeitest also für Wellinghofen. Für Wellinghofen tut Max alles, er nimmt sogar Fremde in den Master-Bedroom auf.«

Sie machte eine Pause, ohne ihr Lächeln abzustellen. Ein gerades Lächeln wie der Schlitz eines Bankautomaten.

»Gab es keinen besseren Zeitpunkt?«

Spielte sie auf Tadić an? Tadić, dem wohl von höchster Stelle gekündigt wurde. Fristlos und ohne Möglichkeit zur Wiedereinstellung. Ich reagierte nicht.

»War das Wellinghofens Idee, das mit dem Austauschprogramm, sucht ihr wirklich Begabte? Good luck.«

Der Regen hatte schlagartig aufgehört, aber es war immer noch bedrohlich dunkel draußen. Ihr Handy klingelte. Sie warf einen kurzen Blick auf das Display, haspelte hektisch eine Entschuldigung herunter, bei der ihr Körper und ihre Stimme vibrierten, dann verschwand sie auf die Terrasse.

Hinter ihr eine Wolke aus Mandelpudding, vom Hersteller sicher mit Eleganz und Sinnlichkeit beschrieben. Parfüm ist Kampf um Raum. Die Luft erschien mir jetzt klumpiger. Ich stellte mich leicht abseits der Scheibe und beobachtete sie im Innenhof. Sie hatte sich in einen Säulengang verzogen. Ihr kurzer Jumpsuit verpasste dem Dresscode auf dem Tennisplatz eine schallende Ohrfeige. Ihre gebräunten Beine waren etwas zu gerade für den unverschämt kurzen Schnitt, aber übertrieben lang. Eine unspezifische Schönheit, in die man alles hineininterpretieren konnte. Blonde Haare sorgsam gelegt, blaugraue Augen katzenhaft verengt. Die Haut über ihren Wangenknochen straff gespannt und glänzend, erotische Lippen exakt gezeichnet in der Farbe der Saison. Sie lachte und sah in den wütenden Himmel, als würde sie für einen Werbespot gefilmt. Ein Geschäftstelefonat war das nicht, auch kein Chat mit Freunden. Das war etwas, was die alltägliche Routine unterbrach. Sie lauschte mit schräg gelegtem Kopf und schritt die unebenen Steinplatten zwischen dem ziselierten Gras ab. Ihre Hände drehten sich mit der Beherrschtheit einer Ballerina. Ich sah auf mein Handy. Die Zeit war eine halbe Stunde weitergerückt. Ein Kompliment für ihre Anziehungskraft, für die Fähigkeit, Menschen in Publikum zu verwandeln.

Ich hatte das Rumstehen satt und bedauerte, kein Hotel gebucht zu haben.

Am Himmel klafften bereits blaue Löcher. Von Karnofsky keine Spur. Aber Miss Universe kam beschwingt zurück.

Nahtlos überschüttete sie mich mit Kommentaren zur Geschichte des Hauses. Ihr Wortschwall erinnerte an Führungen in mittelmäßigen Museen, bei denen das Eigentliche übergangen wird und unwichtige Details hervorgehoben werden.

»Wundere dich nicht. Ein Freund von Max ist zurzeit noch hier. Ich hoffe, er fährt bald wieder. Zwei Tage mit ihm und man hat das Gefühl, die Zeit ist stehengeblieben.«

Sie sah mich während des Gesprächs mit dem abwesenden Blick von Leuten an, denen Thema und Gesprächspartner völlig egal sind. Menschen, deren Monologe sich wie ein Betonmischer um die eigene Achse drehen. Ich dehnte meine Halsmuskeln. Unsere Vorgänger hier gehörten auch zum baltischen Adel, sagte sie. Echte Schweizer kommen nur noch als Skilehrer vor. *Ich bin für meinen amerikanischen Mann die Perle am Revers.* Der Satz blieb hängen. Sie stockte und ließ ein preziöses Lächeln fallen.

»Ach!«

Helena machte eine beiläufige Handbewegung, wie man Fliegen verscheucht.

»Voilà, da ist mein Mann.«

Ihre Stimme klang schnippisch. Sie machte kehrt und verließ die Küche durch einen Seitenausgang. Ich drehte mich um. Für einen Moment entstand eine peinliche Stille, ein kurzer lähmender Augenblick, der mich aus allem löste, was mir geläufig war. Karnofsky war das, was man mit attraktiv beschrieb. Dieses Gesicht zog mich in einen Strudel von Motivationen, alle rot durchgestrichen. Ich verhaspelte mich idiotisch bei der Begrüßung, und er kommentierte das mit dem hinterhältigen Lachen eines Zynikers. Ich starrte auf die spitzen Eckzähne, als wäre ich mir einer Gefahr bewusst, die ich nicht abwenden konnte.

»Welcome to the land of cheese and rocks, chocolate and Victorinox.«

Eine wohltuende Stimme mit Timbre. Die Ruhe darin stand im Gegensatz zu seinen oberflächlichen Blicken, die durch den Raum hetzten, nirgends verweilten. Ein Mensch, dessen Erregungskurve schnell abfällt, nie bereit zur Langeweile, einer, der jede Lücke füllen muss, rastlos und ängstlich wie ein Tier, das in jedem Gebüsch Gefahr fürchtet.

Karnofsky entschuldigte sich für die Verspätung, er hätte im Golfclub eine 18-Loch-Runde gespielt. Eine Aussage, die sich nicht mit der von den Kindern und der von Helena deckte, aber es war nicht die erste Ehe, die an verschiedenen Orten spielt. Seine lasche Körperhaltung in dem massigen Gerüst wirkte defensiv. Das Flackern in seinen Augen war diabolisch. How was your trip? Antwort egal. Karnofsky machte mit der langwierigen botanischen Beschreibung des Golfplatzes weiter. So ein Text braucht kein Gegenüber.

Ich legte den Schalter auf Business um.

»Karl von Wellinghofen lässt herzlich grüßen. Wie ist unser Zeitplan?«

Karnofsky lachte. Knapp und prägnant.

»Die Deutschen und ihre Pläne. Come on. Als Bankerin bist du doch krisenerprobt, da dürfte ein kleines Schütteln im Plan nicht schaden. Können die Deutschen improvisieren, he?«

»Nur, wenn sie vorher alles in Schutt und Asche gelegt haben.«

Karnofsky grinste mich an.

»Wanna see your bunk bed?«

Er nahm meine Reisetasche und erklärte mir, dass im linken Flügel sein Freund Nick Sanjay untergebracht sei und ich daher ein Zimmer im Hauptgebäude bekäme.

»Happy staycation«, sagte er.

Wir gingen eine dunkle Holztreppe nach oben. Im ersten Stock befanden sich diverse Zimmer, die ich nicht einordnen konnte, alles erschien mir ungeheuer verwinkelt. Die Stufen knackten. Das Tropenholz setzte sich mit Einbauten bis an die Decke fort. Ausgeblichene Oasen auf seidenen Tapeten. Pfauen mit sauber abgefressenen Löchern. Die Motten hatten ihre Arbeit präzise verrichtet. Im dritten Stock betraten wir ein riesiges Zimmer, eingerahmt von Fenstern mit einer unbeschreiblichen Sicht auf den See. In der Mitte des Zimmers ein Klumpen Bett wie ein wuchtiger Thron. Ich sah verdattert auf das grüne Wasser, in dem man die Fische vom Fenster aus beobachten konnte. Ein letzter Streifen Sonne machte eine Postkarte in einem billigen Kiosk daraus.

Ich war müde. Gast im Paradies, dessen Analyse mir K2 verordnet hatte.

»Beeindruckend«, sagte ich. Mir fiel nichts weiter ein.

»Eine Zehn-Millionen-Villa als Konventionalstrafe für eine Ehe«, sagte Karnofsky.

Ein warmes Schnurren ohne Witz darin. Ich befand mich in einem Traumzustand, der mich nicht von der Stelle rücken ließ. Wir standen vor dem Bett. Sollte ich ihn auf den toten Geschäftsführer Tadić ansprechen? Ich klöppelte an den Worten.

»Karl von Wellinghofen hatte Herrn Tadić eine Mail gesendet, die Sommerakademie betreffend. Gibt es schon eine Kandidatenliste?«

Karnofsky räusperte sich und wechselte wieder in seine Muttersprache.

»Bad timing. Branko Tadić is dead.«

Er nuschelte krampfig eine Art offiziellen Text über notwendige Schritte, die eingeleitet wären, und dass er K2 benachrichtigt hätte.

»Hattest du Tadić eingestellt?«

Seine Augen zogen sich zusammen, als würde ihn der letzte Tacken Sonne blenden, seine Stimme schroff.

»Ja, wieso?«

»Sorry. Passiert uns ja allen. Sterben meine ich.«

Ich lachte ein bisschen, und er ging wieder in einen Allerweltsmodus.

»Was das Stipendium betrifft, ich werde mich selbst um alles kümmern. Gehst du mit uns essen?«

Ich lehnte höflich ab. Er sah mich eingehend an. Für einen kurzen Moment kam es mir vor, als würden wir ein Geheimnis teilen. Wir waren so seltsam sprachlos. Waren wir beide Lügner? Ein ausgesprochen schlechter Start.

Ich war unfähig, weitere Fragen zu stellen. Der Horizont zeigte sich in schmierigen Farben, und die Dunkelheit schlich sich an mit einem Schnipsel Mond dazu. Die Atmosphäre wurde zunehmend schummriger.

»I like to light a night-light on a light night like tonight.«

»Wir haben hier kein Deckenlicht. Nimm einfach die Nachttischlampe. Sleep well.«

Er drehte sich zackig um und verschwand. Die Nachttischlampe funktionierte auch nicht. Träge schleppte ich mich zur Toilette, landete aber in einem Zimmer voller Herrenkleidung und stellte fest, dass das Bad rechts daneben war. Die Müdigkeit dosierte meine Gedanken, in meinem Kopf geisterte der tote Tadić herum. Ich verstaute meine Tasche unter dem Bett, legte meine Gürteltasche unter das Kissen und fiel in einen Tiefschlaf.

Als ich aufwachte, war es ein Jahr später. So fühlte ich mich. Diffuses Licht schluckte das Zeitgefühl. Jemand hatte die Voiles am Fenster zugezogen. Ich griff instinktiv nach meiner Gürteltasche mit dem Pass und hing mir das Ding paranoid über die nackten Schultern.

Karnofskys Stimme steckte in meinem Gehirn fest, ihr Inhalt war alles andere als angenehm.

Tadić is dead. Der Typ erhält eine Bonuszahlung und stirbt. Karnofsky hatte recht. Bad timing. Von K2 keine weitere Nachricht und ein abgeschaltetes Handy, wie er es am Wochenende immer tat.

Nackt und benommen ging ich an eines der Fenster und versuchte, die verklemmte Konstruktion zu öffnen. An meinen Fingern klebten weiße Lacksplitter, die sich von der geschwungenen Klinke gelöst hatten. Das Fenster gab quietschend nach, und eine kleine Brise schob sich in die dicke Luft des Schlafzimmers. Ich zog alle Gardinen weg. Das Zimmer war eingerahmt von Fenstern. Aussichten im Stil einer Broschüre für Luxusreisen. Links eine klotzige Burg. Dahinter Berge mit schroffen Kanten. In der Ferne zerschnitten Wasserskifahrer den See.

Vor mir ein Bootshaus mit dorischen Säulen, alles eingepackt in fluffigen Morgendunst. Ein Landstrich, in dem das Paradies schon eingetroffen war.

Die Hoffnung auf Besseres übriggelassen für den Rest der Welt.

In meinem Rücken knackten die Dielen. Jemand musste in der Ankleide sein. Ich schaffte es, in die Jeans zu schlüpfen und die Arme vor meiner nackten Brust zu kreuzen, als Karnofsky im blauen Anzug aus der Ankleide kam. Seine Haare waren nass und nach hinten gekämmt. Er ignorierte meinen halbfertigen Zustand und sprach mit mir, wie man mit Handwerkern spricht. Eine organisierte Sprache mit gefasstem Ton in einem herrischen Körper. Er müsse kurz in sein Büro in der Stadt, ich solle es mir gut gehen lassen, sein Schlafzimmer wäre wegen Umbau verlegt, er müsse sich eben hier oben ankleiden. Dann drehte er sich auf dem Absatz um. Einer, dessen Pläne wie in Stein gehauen jede Änderung ausschlossen. Ein Kalender wie eine Grabtafel. Alles darin Vermerkte war praktisch schon gewesen. Fühl dich wie zu Hause, rief er, als er die Treppe runterpolterte.

Draußen wütete feuchte Hitze. Unnütze Betrachtungen kosten Zeit und Geld. Ich band die Haare hoch, schlüpfte ins T-Shirt und ging mit meiner Gürteltasche am Körper nach unten in der Hoffnung auf ein Frühstück.

Das Haus hatte ein düsteres Wesen mit labyrinthischem Hirn. Wendeltreppen, versteckte Kammern, Erker und knarrendes Holz. Die Zimmer mit ihren unterschiedlichen Höhen ergaben kleine Zwischentreppen. Stolperfallen, die am Alltag hinderten. Man fühlte sich wie in einem schlecht geführten Antiquitätenladen, in den die Karnofskys unrenoviert ihr Leben hineingepackt hatten.

Die wenigen Veränderungen darin machten alles schlechter.

In der Küche erwartete mich die Portugiesin. Sie sah mich warmherzig an und wedelte mit ihren delligen Oberarmen, um mir einen Zettel von Helena in die Hand zu drücken. Danach verschwand sie mit ihren Reinigungsutensilien. Das rosafarbene Papier war schwungvoll unterzeichnet und besagte, dass sie, Helena, einen Termin in Zürich habe,

Karnofsky gegen Mittag zurückkäme, das Au-pair abgereist sei und ob ich so nett sein könne, in dieser Zeit auf die Kinder zu schauen. Die Bitte war versehen mit einer unendlich langen Gebrauchsanweisung, angefangen mit der Auflistung von Ingredienzen für die Verköstigung bis hin zum Gebet vor dem Mittagsschlaf. So wie meine Hand auf deinem Kopf beschützt dich Gottes Segen. (*Hände auf den Kopf legen*) So wie ein Mantel dich umhüllt, ganz leicht und warm, umgibt dich Gott auf allen deinen Wegen. (*Hände streichen den Körper entlang von Kopf bis Fuß*) Nun schließe deine Augen (*Hände auf die Augen*) und atme ruhig ein (*Hände auf die Brust*), denn du sollst heut und morgen gut behütet sein (*Hände an die Wangen*).

Der Speiseplan war genauso detailliert ausgearbeitet. Das Frühstück bestand aus Milch und Cerealien, die in exakt beschriebenen Schüsseln zu servieren waren. Rosenschüssel, Orchideenschüssel. Zum Mittagessen wurde ausgeführt, dass die Kinder jeweils eine halbe Schnitte mit irgendeiner Pastete bekämen, eine Viertel Schnitte mit Frischkäse, kombiniert mit jeweils drei Weintrauben und einem Viertel Apfel für jede von ihnen, dazu ein Glas Granatapfelsaft und einen kleinen Fruchtjoghurt zum Dessert. Die Liste endete mit Pflegehinweisen zu gekämmten Haaren und einem Spaziergang in die Badeanstalt. Ich fragte mich, warum sie sich statt Kindern nicht Reptilien angeschafft hatte, denen wirft man ein paar lebendige Hühner in den Käfig und kann drei Wochen Urlaub machen. Ich starrte auf den Stufenplan in der blumigen Schrift. Meine erste Reaktion bestand darin, die Booking.com-Seite aufzurufen und mir Hotels anzusehen.

Als ich gerade Wasser in die Maschine füllen wollte, um mir einen Kaffee zu machen, trat jemand an den Tisch.

Ich drehte mich um. Der Glatzkopf vom Jaguar hatte sich stumm an den Tisch gesetzt, ohne mir einen Funken Beachtung zu schenken. Seine lautlose Art des Heranpirschens machte ihn mir alles andere als sympathisch. Pirschen ist für mich der letzte Faktor vor dem Schuss.

Ich sah ihn mir genauer an. Eine 08/15-Visage, die mehr aus sich herausholen wollte, als da war. Die teure Uhr am behaarten Armgelenk kaschierte sicher ein billiges Inneres. Er war mit seinem Handy beschäftigt und quatschte mich mit halber Stimme an, als wäre er an der Sprechanlage beim Drive-thru.

»A regular one.«

Er hatte den Befehl so locker formuliert, dass ich annahm, er studierte seine Vokale vor dem Spiegel. Ich schob die Kapsel rein, nahm eine rosa Kindertasse mit Prinzessin aus dem Schrank und stellte ihm den Kaffee auf den Tisch. Der behaarte Arm mit der Rolex Deepsea griff zu der Tasse. Die Sonnenbrille beschlug, er nahm sie ab. Seine tiefliegenden Augen im *Nosferatu*-Style machten ihn noch unfreundlicher. Er gab keinen Mucks von sich und taxierte mich. Kommunikation – gegenseitige Belagerung. Wir bemühten uns beide um Etikette, die gegen null ging. Ich schlürfte meinen Kaffee, der keinen Deut besser war als ein kräftiger Schluck aus dem Swimmingpool.

»Bist du das neue Au-pair?«

»Das dachte ich gerade von dir.«

Ihm ging die Gesichtsjalousie runter. Ich hatte seine volle Aufmerksamkeit.

»Die Dame will lustig sein. Bist du eine Freundin von Helena, eine von ihrem You-can-do-it-ich-liebe-mich-Verein?«

Die arrogante Fresse gefiel mir nicht. Es war an der Zeit,

ihm die Richtung vorzugeben. Ich griff gepflegt zu den Waffen.

»Ich bin eine Freundin von Arschtritt und Co. Brauchst du noch Fingerprints und einen DNA-Swab? Bock auf einen Backgroundcheck?«

Ich legte ihm eine Businesskarte hin, die ich mir in der letzten Minute bei Flyeralarm besorgt hatte. Das Familienwappen der Wellinghofens auf der Vorderseite zeigte leichte Unschärfe. Auf die Rückseite hatte ich meinen Namen, Funktion und die Telefonnummer der Zentrale bei Wellinghofen angegeben. Die GEMA-freie Musik in der Warteschleife hatte schon andere Kaliber aus dem Konzept gebracht. Der herablassende Blick, der ihm aus dem gebräunten Gesicht fiel, war wohl einer aus seinem Standardprogramm. Seine Arroganz ging in ein schmieriges Grinsen über. Er steckte die Karte plakativ in die Hosentasche neben seine Genitalien, als müsste er sie neu ordnen.

»Lust, meinen Schwanz zu sehen? Eve.«

»Wenn das deine beste Seite ist.«

Er hatte den Namen Eve unnatürlich in die Länge gezogen. Jetzt sah er mich abschätzig an.

»Du bist also Eve.«

Er blies den Namen heraus wie eine Kaugummiblase. Eine von der Sorte, die gleich platzen.

»Und was macht Eve in der Schweiz?«

Er grinste mich dämlich an.

»Eve fickt dich und liest dabei die *NZZ*.«

Ich hatte schön langsam gesprochen. Tempo ist Flucht vor dem Ausdruck. Das Konto unserer Gemeinsamkeiten pendelte sich bei null ein.

»Immer so aggressiv?«

Er lachte hämisch. Unsere gemeinsame Zeit belief sich auf fünf Minuten, in denen er mir erfolgreich auf den Wecker gegangen war. Er stand auf, tätschelte meinen nackten Arm, was sich anfühlte, als würde man mit einem Seidentofu beworfen.

»Hi, ich bin Nicholas Sanjay. Und ich glaube, du brauchst mich. Dein Stressmanagement ist auf dem Level eines Selbstmörders. Also nenn mich Nick.«

Er fixierte mich, als wäre sein höchster emotionaler Einsatz eine gut geladene Knarre.

Die Zwillinge stürmten in die Küche, und er verpisste sich. Ich glaubte mich verhört zu haben, als die Strenge mich mit Mama anredete, aber sie blieb dabei. Ich ließ mir von ihr zeigen, wo die Utensilien zum Frühstück lagerten. Sie hatte den Beipackzettel ihrer Mutter völlig verinnerlicht und korrigierte mich bei jedem Handgriff. Ich vertrat die Ansicht, eine mir gestellte Aufgabe nach meinen Regeln zu erledigen und ließ sie quatschen.

Die Sanfte sah mich unentwegt an, sprach aber nicht. Ihre Bäckchen waren rosarot, wie Goya die Habsburger gemalt hatte. Ihre Bewegungen waren langsamer, ihre Augen trauriger. Irgendetwas stimmte mit ihr nicht.

Die Portugiesin kam und räumte die Küche auf. Ich machte mich an meinen Auftrag und rief bei den Interni an, landete aber konstant bei dem Anrufbeantworter der Zentrale. Ich versuchte es mit der Direktwahl zur Geschäftsleitung, auch da nur ein Band mit Mozarts Kleiner Nachtmusik und dem Hinweis, dass man beim Hinterlassen seiner Telefonnummer zurückgerufen würde. Der tote Tadić schob sich wie ein Riegel vor meine Gedanken, bis sich die Mädchen gezielt in meine Ohren kicherten. Ich legte das

Handy weg und beschloss, mir die Villa genauer anzusehen.

Der überwältigend hohe Salon war mit zusammenhanglosen Möbelstücken verstellt, muffige Samtgardinen donnerten von der Decke herunter, die alten Schabracken gehörten offensichtlich zum Originalinventar, ein Gründerzeitkamin mit plastischen Ornamenten aus braunem Marmor, der schwarz-weiß geädert war und dessen Unversehrtheit auf Neueinbau deutete, Sofas ohne Farbschema, ein moderner Teppich in Ozeangrün, der eine optische Verbindung zum See herstellen sollte, aber seine Aufgabe verfehlte.

Die Sonne zeigte brutal Defizite, was die Reinigung betraf. Die mächtige Rahmung der gotisch anmutenden Fenster hackte den Betrachter klein.

Über dem Haus liegt ein Fluch, dachte ich, wie über allem, was zu teuer ist. Idyllen tendieren zum Einsturz.

Freie Flächen waren bestückt mit Fotos in wulstigen Bilderrahmen. Helena und Max Karnofsky in Galakleidung. Sie in herablassendem Stolz, er, den Kopf an ihre Schulter gelehnt. Er sah glücklich aus, vielleicht auch nur betrunken.

Ihr Off-shoulder-Seidenkleid in Etuilinie, die akkurate Begrenzung aus Nerz, die ihr Dekolleté von dem Rest trennte, ihr Körper ein glänzender Fluss, ihre Handgelenke in gewebten Perlen, die schimmernde Haut einer Bronzestatue, Lippen in Ilexrot, ihr Haar im Nacken lose geknotet, die stolze Pose einer Göttin. Er, mit der Saturiertheit des Triumphs, einer, der seine Eroberung genießt. Unterarm auf ihrem Schenkel, die Hand versteckt im Schritt. Der American-Shelby-Knoten gibt der Krawatte leichte Schlagseite. Schönheit hat nichts mit rechtem Winkel zu tun. Die gelockten Haare fallen wirr. Sein Blick dankt dem Fotografen, denn er ist es, der den Moment versteinern lässt.

Ich starrte auf das Bild, wie man ein Filmplakat studiert. Im wirklichen Leben gibt es wenig glückliche Paare, die es geschafft haben, sich von einer individualistischen Lebensweise zu lösen, die das Streben nach Einzigartigkeit und sogenannter Selbstentfaltung aufgegeben haben. Ein glückliches Paar sein bedeutet, dass mindestens einer von beiden sein Ego in eine dunkle Ecke stellt. Zusammenleben heißt Auflösung oder ein gemeinsames Projekt. Etwas, was mehr ist als seine einzelnen Teile.

Je länger ich auf das Bild sah, desto mehr senkte sich die Decke. Über dem Salon lag ein Sepiafilter. Der Drang zum Erhabenen schließt Heiterkeit aus. In mir verzweigten sich die Gefühle. Anziehung kreuzte sich mit Ablehnung. Eine psychosomatische Lähmung. Jemand fasste an meinen Hintern. Ich fuhr zusammen, als hätte mich eine Schlange gebissen und drehte mich um. Nick Sanjay sah mir starr ins Gesicht. Sein Blick enthielt zwei Möglichkeiten. Entweder mich flachzulegen oder für immer zur Ruhe. Mein Blick kommunizierte eindeutiger. Beim nächsten Mal würde ich ihn mit meiner flachen Hand begrüßen, exakt zwischen Schneidezahn und Trommelfell.

»Ich denke, hier schnüffelt jemand.«

»Wenn du denkst, du denkst, dann denkst du nur, du denkst.«

Ich drehte ab und ließ ihn stehen. Es war schwül, und ich hatte Lust auf eine Dusche.

Das Gästebad war eine kunsthistorische Kostbarkeit, entstellt durch einen Duschvorhang aus Plastik an einer schiefen Stange, die aussah, als ob sie jeden Augenblick herunterkommen würde. Am unteren Ende des Vorhangs hatten Körperfett und Seife schwarze Spuren hinterlassen, die sich rauchig nach oben verdünnisierten. Ich zog mich aus. In einer Schale aus Bambusimitat auf dem Fenstersims lag geklaute Hotelkosmetik. Ich öffnete das Fenster, während das kalte Wasser über meinen Körper lief, und suchte mit den Augen die Gegend ab. An der Tankstelle gegenüber stand ein Mann unter dem Schild Cafébar Nonstop und beobachtete das Grundstück. Ich trat ein wenig zur Seite. Es vergingen fünf Minuten und nichts passierte, außer dass das Wasser weniger wurde. Dann fuhr Sanjay weg und auch der Mann verschwand. Ich wickelte das Handtuch aus einem Mandarin Oriental um meine Hüfte und sah mir die Ankleide von Karnofsky an. In der Kammer roch es nach Vetiver, Schweiß und Insektenschutzmittel. Vor mir die Hüllen des Alltags und eine Krawattensammlung von Hermès. Die Seide glitt durch meine Finger. Windmühlen, Mond, Elefanten. Fettflecke. Ein Fettfleck auf einer Krawatte ist Ewigkeit. Seide gibt Fett nicht mehr her. Ich öffnete eine Schublade. Karnofsky trägt Boxershorts. Motive ähnlich denen auf seinen Krawatten. Anzüge, an einem Tag nach der Jugend gekauft und darin steckengeblieben. Aufruhr verborgen hinter einem Oberstoff, der mit Rosshaar verstärkt war für den perfekten Sitz. Darin der Mensch. Ausgestattet mit Manschettenknöpfen in Gold und Silber und einer mangelhaften Bürokratie, die seine Gefühle nicht verwalten kann. Ich griff in die Seitentasche eines Zweireihers, der abseits lag. Eine Visitenkarte der Züricher Kantonspolizei. Ermittlungsabteilung Gewaltkriminalität, Dienst Leib/Leben. Georg Tanner. Ging es um Tadić?

»Weißt du, was das ist?«

Ich zuckte zusammen. In der Tür standen die Zwillinge mit ihren Plüschhaien. Sie hatten beide die Schwanzflosse in der Hand, und das Maul schleifte auf dem Boden. Ich steckte die Karte wieder ins Jackett zurück. Die Strenge hielt mir ihre Hand hin. Die Sanfte lächelte.

»Eine Rasierklinge. Mami hat gesagt, wenn wir laufen barfuß, liegt vielleicht eine Rasierklinge und schneidet uns die Füße auf.«

Ich sah auf die blanke Klinge. Die Sanfte zeigte auf meine Brust, aber die Strenge sprach.

»Ist dein Busen echt?«

Immer sprach sie. Die Sanfte tippte ihre Schwester an und deutete auf mein Handtuch.

Die Strenge wandte sich wieder an mich.

»Mami mag nicht, wenn wir nackt im Haus laufen.«

Sie setzten sich auf mein Bett und sahen mir zu, wie ich mich anzog.

»Kriegen wir eine Praline?«

Meine Reisetasche hatten sie also auch durchwühlt. Die versiegelte Duty-free-Tüte war jetzt offen. Sie enthielt anstelle des Ferrero-Rocher-Konfekts eine Schachtel Baci-Perugina-Pralinen, die mit der süßen Botschaft. Das Geld lag verschweißt an seinem Platz unter der zweiten Lage Pralinen.

»Das ist ein Geschenk für eine Freundin.«

Ich zog den Reißverschluss zu und schob die Tasche unters Bett. Ohne Karnofsky kam ich hier nicht weiter, und ich hatte Hunger. Also bat ich die Mädchen, mir den Weg zu einem Café zu zeigen. Helenas Brief steckte ich zu meinen Unterlagen. Er trug ihre Unterschrift, und er war datiert. Schnittwunden, Schürfwunden, gebrochene Gliedmaßen, mit diesem Brief konnte ich alle Haftung von mir weisen.

Als ich die Haustür öffnete, stand der Unbekannte von der Tankstelle vor mir. Ein blasser Mensch, in dessen Gesicht sich keinerlei Neugier zeigte. Ein verschwommener Charakter, der aussah, als wäre er gerade durch die 80er geschlendert.

Die Sanfte nahm meine Hand, und ich hatte nicht den Mumm, sie abzuweisen.

»Grüezi. Georg Tanner. Kriminalpolizei. Ist Ihr Mann zu Hause?«

Ich sah auf seine durchtrainierte Brust und die gerade Haltung. Ein Mensch in einer Rüstung. Drüben in der Cafébar Nonstop an der Tanke saß definitiv seine Kollegin. Eine hübsche Frau, die unseren Eingang beobachtete.

»Bedaure, ich bin nur zu Besuch hier, und gerade bin ich alleine mit den Kindern.«

Er deutete auf die Medusa.

»Originelles Familienwappen.«

»Darf ich nochmal Ihrs sehen?«

Er hüstelte einen kleinen Lacher, der sicher selten geübt wurde, und zeigte mir seinen Ausweis.

»Entschuldigen Sie die Störung. Einen schönen Tag noch.«

»Danke. Ihnen auch.«

»War das dein Freund?«, fragte mich die Strenge.

»Das war Papas Freund«, sagte ich.

Dann gingen wir los.

Der Ort schien eine Art Attraktion für das Umland darzustellen und beherbergte diffuse Läden. Akasha-Säulen für 2000 Franken, die gute Energie versprachen, Mode für das Alter, wenn man die Reproduktion ad acta gelegt hatte, pflanzengefärbte Klamotten in unpopulären Schnitten, Sportausstatter und Weindepots. Lockere Kontakte schienen unmöglich, es sei denn, man war für irgendetwas nützlich. Prinzipiell hat jeder die Potenz, für irgendetwas nützlich zu sein. Für ein ruhiges Leben muss man den Verschleiß der anderen in Kauf nehmen.

Ich schaltete auf Durchzug, wenn die Strenge mich mit Mama anredete. Ich hielt es für ein Rollenspiel, begriff aber später, dass sie froh über einen Bezugspunkt war. Der Weg zum Café führte am See entlang. Immerhin gab es noch Platz für die Allgemeinheit. Am Ufer saßen durchtrainierte 80-Jährige und circa 20 Enten. Weiter draußen schwammen zwei Schwäne. Sie sahen exakt aus wie die Handtücher im Mandarin Oriental.

Im Kern der Kleinstadt angekommen, stellte ich fest, dass das Lebendigste dort das Fitnessstudio war. Es befand sich gegenüber einem Café mit dem Namen Daheim. Die Vitrine konnte man unter dem Oberbegriff rustikale Brote mit spartanischem Belag zusammenfassen. Um mich herum bewegten sich die Touristen mit halber Wiedergabegeschwindigkeit. Zurück zur Natur unter Wolken mit dem Blau von Zahnpastatuben.

Ich ließ die Kinder wählen und bestellte mir ein Sandwich. Die Kinder griffen zu Cupcakes, einer kunstlosen Bastelarbeit aus Fertigteig mit Toppings in den Farben von Badeanzügen. Während ich mein Sandwich verspeiste, beobachtete ich durch das verglaste Gebäude die Ladys im Fitnessstudio. Die Gleichheit ihrer Formen wurde nur von der chinesischen Terrakotta-Armee übertroffen. Enganliegende Catsuits aus schweißableitender Hightechfaser, die auf ein ernsthaftes Verhältnis mit einer Personenwaage deuteten.

Ein erschütternder Ehrgeiz in Neopren.

Ich wandte mich von den durchtrainierten Körpern ab. Ein Ford-Mustang-GT350-Fahrer parkte unzulässig und warf sich lässig auf einen Stuhl, getriggert von allem, was Blond auf dem Kopf hatte. Es gab massenhaft Wanderer in Funktionskleidung, wasserdicht, klimaaktiv, farblich an die Umgebung angepasst. Im Café lief optimistische Musik, bei der man unweigerlich das Dasein anzweifelte. Ich sah mich um. Die fortschreitende Selbstbestimmung produziert Standardgesichter und formt Titten wie Bälle. Das Leben, eine Realityshow ohne vernünftigen Schnitt.

Am Nebentisch sprach eine Lady über Stress. Ihr Gesicht bot viel zu wenig Fläche für die expandierten Lippen. Die Bildhauerei am Selbst beendet jede Ausgelassenheit. Eine Reinheit, die beim Blowjob knittert.

Das Frühstück hob mein Energielevel und milderte die Unverfrorenheit, mir ungefragt die Kinder zu überlassen. Schließlich war ich geschäftlich hier. Freiheit bedeutet du nicht, ich schon. Oder war es ein Zeichen von Vertrauen, Sympathie, ein Fühl-dich-wie-zu-Hause-Traktat? War es ein Ablenkungsmanöver? Die Sanfte bestand darauf, auf meinem Schoß zu sitzen, während sie Schokolade über meine Jeans verteilte. Die Frauen am Nebentisch machten mir Komplimente der Zwillinge wegen, aber ich hatte das Gefühl, dass sie mehr überprüften, ob ich einen guten Chirurgen hatte. Saftig gepolsterte Münder, die unaufhörlich plapperten, ohne die Gesichtsmuskeln zu bewegen.

Die Strenge quatschte ohne Unterbrechung, aber sie schien es gewohnt zu sein, dass ihr niemand zuhört. Ich simulierte Aufmerksamkeit durch Füllwörter in verschiedenen Tonlagen, um wenigstens mit der linken Hand meinen Kaffee zu trinken und einen Blick in die Lokalzeitung zu werfen. Der Tote vom Parkplatz warf noch immer Rätsel auf, und der Mediendienst der Polizei spendete beruhigende Worte. Ein Range Rover Autobiography Ultimate Edition parkte direkt neben unserem Tisch. Der Anti-Gurt-Warner tönte durch die geschlossenen Scheiben. Ein penetranter Ton, der erst aufhörte, als Karnofsky heraussprang. Er machte ein verdutztes Gesicht und fragte, wo Helena sei. Sein Gesicht aß mich förmlich auf. Als ich ihm erwiderte, dass Helena einen Termin in Zürich hätte, bekamen seine Augen einen leicht verzweifelten Ausdruck, und er setzte sich schweigend zu mir. Ich musste mich von seinem ängstlichen Gesicht losreißen, um nicht selbst einen dümmlichen Ausdruck anzunehmen. Sein Anzug schlackerte an ihm rum wie Schleim um einen Zellkern, die Krawatte eng geknotet. Dreckige Tassel Loafers mit albernen Bommeln aus schwarzem Leder. Schuhe, denen man im deutschen Business skeptisch gegenübersteht. Seine Hände zitterten. Er warf einen konsternierten Blick auf seine Kinder, die keinerlei Reaktion auf ihn zeigten. Das Arrangement mit mir schien ihn zu verwirren.

»You like it?«

Karnofsky deutete auf mein angebissenes Sandwich, bestellte sich einen Good-Planet-Burger und einen Kaffee, den er mit sechs Eiswürfeln garnierte, um ihn sofort trinken zu können. Besser schneller machen. Das Leben wie eine bittere Medizin schlucken. Unsere Haltbarkeit ist begrenzt.

Augen zu und durch. Ich sah ihm zu, wie er seinen Burger zerfleischte. Die Art, wie Karnofsky zubiss, zerstörte seine Schönheit. Es war ein Herunterschlingen, wie es Raubtiere tun. Die Gier löste ihn aus seiner Umgebung. Die rosa Mayonnaise-Ketchup-Mischung tropfte an seinen Mundwinkeln herunter. Die beiden Frauen am Nachbartisch hatten aufgehört zu reden und sahen hungrig zu uns rüber. Man sollte Restaurants geschlechterspezifisch trennen.

Ein Stück Avocado fiel auf seine Krawatte und schlitterte in Slow Motion herunter. Tiefer und tiefer. Die Ladys folgten der Avocado auf seiner Krawatte. Er beugte sich zu mir und flüsterte, dass die eine ihn im Fitnessstudio angemacht hätte. Sie habe ihm erzählt, dass sie devot sei.

»In der Küche oder im Bett?«, sagte ich.

Karnofsky blitzte mich an. Sabotage am Herkömmlichen. Eine Sekunde lang war die Welt im Off. Unangemessene Wünsche ohne Aussicht auf Erfüllung, dennoch machten sich Anteile von Zuversicht breit. Karnofsky sah mich an, als würde er auf der Stelle über mich herfallen, aber er fiel nur über die Preise auf der Speisekarte her. In seinen Augen lag Spott.

»Fucking expensive alles hier, nur die Scheuklappe ist gratis. Der ganze Ökokram ist doch nur eine weitere Option im Portfolio. Die glauben, die kriegen mit der Holzzahnbürste eine Penthousewohnung im Himmel. Dabei gehen sie nur dem Staat auf den Sack. Na ja, wenigstens verschafft der Glaube Ruhe zum Weitermachen.«

Er klappte die Karte zu.

Ich entgegnete ihm, dass mir für eine fachliche Beurteilung der angebotenen Speisen bezüglich des Preises und der Leistung die Vergleichsdaten fehlen würden. Deutschsein heißt sachlich sein.

Er sah mich belustigt an. Die Neugier in seinem Gesicht war durchdringend. Ein langer Moment. Ein Lächeln aus dem Hinterhalt. Sein Zynismus kam mir entgegen. Ich war richtig gespannt, was er dahinter versteckte.

»Ich würde gerne mit Tadićs Stellvertreter sprechen.«

Karnofsky fiel sofort in einen schnittigen Business-Modus zurück. Seine Stimme klang kalt und abweisend.

»Können wir nicht. Tadićs Stellvertreter hat sich ohne Nachricht abgemeldet. Zuverlässigkeit war einmal. Ich habe keine Ahnung, wo der Kerl steckt.«

Tote und Vermisste. Mein Auftrag wies mich ab. Karnofsky fiel plötzlich ein, dass er Kinder hatte. Er winkte den Zwillingen zu, die mit einem Hund redeten.

»Ich spreche am Montag mit den Mitarbeitern. Wellinghofen hätte mich ein bisschen früher informieren sollen, was die Kandidaten betrifft. Ich schätze Hauruckaktionen nicht besonders. Nichts gegen dich.«

»Ist schon erstaunlich, wie alles ohne Geschäftsführer weitergeht.«

Karnofsky sah mich konsterniert an.

»So ein System läuft einfach. An was ist Tadić eigentlich gestorben?«

Anstelle einer Antwort deutete er auf die Kinder, eine Geste, die besagte, dass man sie mit solchen Themen verschonen sollte. Karnofsky zahlte, sein Portemonnaie bestand aus einem dicken Bündel an frischen Franken, steif und leuchtend zusammengehalten mit einer Art bedrucktem Haargummi. *Celebrate the differences.*

Er lud die Zwillinge in das Auto, und wir machten vor einer Gründerzeitvilla Halt.

Die Kinder lösten ihre Sicherheitsgurte. Sie schienen gut

an volle Terminpläne gewöhnt zu sein. Karnofsky begleitete sie. Ich sah in die Ablage zwischen den Sitzen. Eine Vorladung zur Kantonspolizei. Mehr konnte ich nicht sehen, weil Karnofsky zurückkam. Er erklärte mir, dass die Mädchen zum Ballett gingen, denn nur Tanzen ergäbe eine wirklich schöne Figur und eine anmutige Haltung.

Es war früher Nachmittag. Im Haus keine Spur von Helena.
»Let's get started.«
Karnofsky mixte sich einen Drink, ich lehnte ab und ging, um meine Unterlagen zu holen.

Die Tür zu meinem Schlafzimmer stand weit offen. Neben dem Bett Nick Sanjay, den ich offensichtlich unterbrochen hatte. Meine Reisetasche hatte ihre Position verändert, und sie war geöffnet.
»Ich hatte keinen Zimmerservice bestellt.«
»Hast du vielleicht eine Sicherheitsnadel?«
Der Typ hatte sich im Griff. Wiegt sicher nicht mehr als 85 Kilo, dachte ich. Ein Cruisergewicht, noch kein Schwergewicht. Ich fasste instinktiv in meine Hosentasche, als ob der Mundschutz an seiner festgelegten Stelle läge. Angsteinflößend ist nur der Moment vor dem Kampf, aber wie sagt man so schön? Es immer erst mit Diplomatie versuchen! Ich wechselte von Bettstimme zu durchsetzungsfähig.
»Sehe ich aus, als ob ich auf Sicherheiten Wert lege?«
»Du siehst nicht aus wie eine Bankerin, du siehst aus wie eine Aerobic-Lehrerin.«
»Und du hast die Figur eines durchtrainierten Kammerjägers. Bist du clever, wenn es um Kakerlaken geht?«
Anstelle einer Antwort griff er zielgerichtet mein schwar-

zes Panathletic-Fitnessband, das ich mir für die Reise mitgenommen hatte.

Der Typ bevorzugte die Gerade. Folglich spürte ich keine Veranlassung für Höflichkeit. Diplomatie ist Pas de deux mit Gestörten. Ich zog an dem Band aus Naturlatex. Die Zugkraft von 14 Kilo machte sich bemerkbar, und ich ließ los. Das Latexband klatschte ihm ins Gesicht. Er warf das Band aufs Bett.

»Eve Klein legt Wert auf Information, richtig?«

»Information ist Wissen minus Beweis. Wenn überhaupt, leg ich Wert auf Beweise.«

Ich spürte meine Gesichtsmuskeln, die die Fasson wahrten. Eine höfische Anspannung, dahinter Krieg. Das ist mit Diplomatie gemeint.

Sanjay kam einen halben Schritt näher. Er hatte es bis jetzt geschafft, arrogant an mir vorbeizusehen. Jetzt begegneten sich unsere Augen auf gleicher Höhe. Er hatte einen leicht silbrigen Blick, der umso erschreckender wirkte, wenn er einen direkt ansah. Sein früher Eintritt in meine Handlungssphäre sprach unverblümte Texte. Den Dingen ihre Natur lassen, nichts beeinflussen, sagte ich mir. Ich machte mein letztes Friedensangebot im lockeren Modus.

»Fertig?«, sagte ich mit einem Lächeln, was auch Fick dich hätte bedeuten können.

»Ich gehe, nachdem du mir etwas über dich erzählt hast.«

»Dein FBI für Anfänger kannst du stecken lassen. Ich kann dich mit ein paar Nachrichten aus dem Jenseits versorgen. Neugierig?«

Ich warf einen Blick auf meine Klamotten. Den Pass und die Flugtickets hatte ich in meiner Gürteltasche am Körper.

Ich schmiss ihm das Buch hin, das ich schon immer lesen wollte und es auch dieses Mal nicht schaffen würde.
Der Zauberberg (1004 Seiten).
»Hier. Tiefgründig.«
Er hatte schnell reagiert und gut gefangen. Kampf ist unversöhnlich, umso mehr kommt es auf die richtige Repräsentation der eigenen Kräfte im rechten Augenblick an. Der Sinn des Lebens ist Bewegung, aber unsere Unterhaltung stockte. Offenbar war meine Antipathie bei ihm angekommen. Wir standen uns stumm gegenüber. Plötzlich bückte er sich, um nach der Zeitung von der Tankstelle zu greifen, die in meiner Reisetasche obenauf lag. Ich muss wohl unwillkürlich über den Einsatz von Lan-Sao-Ellbogen nachgedacht haben, denn ich machte einen schnellen Schritt zur Seite und ertappte mich mit gekreuzten Armen vor der Brust, die Fäuste geballt, glücklich, dass ich mein Knie nicht eingesetzt hatte, denn er griff sich tatsächlich nur die Zeitung. Wir, Partner bei einer Trockenübung. Gäste, die um den Ernstfall herumtanzen.

Sanjay schwenkte die Zeitung vor meiner Nase herum.
»Hey, Mondfee, ich mag Leute, die sich für lokale Kultur interessieren.«

Er fächerte sich mit der Zeitung Luft zu.
»Die Mädels in Unterwäsche sind weiter hinten.«

Sein Gesicht wurde richtig morbide, und er stellte sich wie ein Grizzly vor mir auf.
»Sternschnuppe, sieh mal hier, mein Shirt hat ein Loch, und ich suche eine Sicherheitsnadel.«

Er zeigte mir seinen Bizeps, der nach dreimal täglichem Training mit Gewichten roch. War es ein Flirt, oder hatte er ein Problem mit Frauen? Dann schmiss er die Zeitung nachlässig auf das Bett und tat, als ob er mir den Thomas Mann zuwerfen wollte. Ich zwinkerte nicht und stand unverändert still. Er versuchte es noch einmal, aber dieses Mal warf er wirklich und *Der Zauberberg* fiel mit plumpem Krach auf den Boden, weil ich nicht reagiert hatte. Er spannte seine Muskeln an, hob hübsch symmetrisch seine Arme und brachte die Fäuste neben seinen Kopf, legte seinen ganzen Fokus auf die Brustmodule und grinste mich an. Ich sah nirgends ein Loch in seinem T-Shirt, dafür aber die Aufschrift Active Boom Singapore.

»Active Boom. Ist das dein Gymnastikstudio oder die Außenstelle eines Swingerclubs?«

Er trat noch näher an mich ran, ein Geruch von kalter Pfeife und verbranntem Zucker. Mir stockte der Atem von seinem Parfüm.

»Siehst du, Bunny, genau hierfür brauche ich eine Sicherheitsnadel.«

»Sicherheitsnadeln unter der Achsel? Ein interessantes Konzept. Trägst du auch Spikes, um deine Eier zu schützen?«

Er steckte seine Daumen in den Gürtel, Hände locker auf der Hüfte. Wir standen definitiv zu nah beieinander.

»Ich glaub, ich mag dich. Lass mich raten, du hast noch nicht deinen Meister gefunden?«, sagte er mit herablassender Stimme.

»Und dir fehlt vermutlich eine Gebrauchsanweisung für die nähere Zukunft? Ich kann dir eine Deutung geben – mehr als ein Experiment wird's nicht.«

Der Typ gehörte zu den Leuten, die es einem schwer machten, eine positive Grundstimmung zu bewahren. Mich nervte die Pose des allmächtigen Coaches, seine Haltung wie frisch aus einem Sergej-Eisenstein-Film. Vor allem aber nervte mich, dass ich nicht dahinterkam, was er von mir wollte. Ich ließ ihn stehen, tat so, als ob ich in meiner Reisetasche kramen würde, sah aber nach den Pralinen.

Ich hielt ihm die Schachtel hin.

»Praline?«

»Ich mag dein Lächeln, mit dem du dich als pflegeleicht verkaufst. Und, was machst du jetzt wirklich? Was ist dein Job, Zuckerschnäuzchen?«

Ich bog meine Stimme noch ein paar Nuancen nach unten.

»Asset-Manager, du Trottel.«

Karnofsky kam und sah uns verdattert an. Sanjay rückte endlich ein Stück zur Seite.

»Hi, Nick.«

Karnofsky muss die undefinierte Spannung, die in der Luft lag, gespürt haben. Eine Pause, aus der jeder von uns einen eleganten Ausweg suchte.

Er grinste Sanjay mit verzweifelter Zweideutigkeit an.

»Ich kann mir gut vorstellen, dass du bei ihr übernachten möchtest, aber du bist im Seitenflügel einquartiert, wenn ich dich kurz erinnern darf.«

»Hm, man kann ihrem Charme nicht widerstehen.«

Sanjay wandte sich mit starrem Ausdruck an mich.

»Du entschuldigst, ich muss los, aber ich brenne darauf, dich näher kennenzulernen.«

»Nice. Bring dein Stirnband mit für die rhythmischen Bewegungen zu motivierender Musik. Aerobic lockert auf.«

Karnofsky klopfte Sanjay auf die Schulter.

»Nick hat es bis ganz oben geschafft.«

»Da ist es besonders gefährlich«, sagte ich.

Die beiden sahen mich an wie Dick und Doof.

»Der Höhepunkt einer Karriere hat die längste Fallstrecke. Wer ist heute noch scharf auf den Friedensnobelpreis, du hast den Orden noch nicht um den Hals, da entlarven sie dich als Kriegstreiber oder Vergewaltiger.«

Die beiden gingen zur Tür, ich griff in meine Tasche.

»Hey, Nicki, richtig? Hier ist deine Sicherheitsnadel.«

Sanjay nahm die Nadel. Die Abneigung war gleich verteilt. Wir sahen uns mit absoluter Ehrlichkeit ins Gesicht. Ein schöner Moment der Achtsamkeit.

»Gehst du zum Trainieren nach Singapur? Weitermachen, wo Wirecard aufgehört hat?«

»Willst du mal mitkommen, Sweety?«

Die beiden trampelten die Treppe runter. Ich rannte zum Badfenster, öffnete es und sah, wie Sanjay zu seinem Wagen federte. Er sah nach oben, als ob er gewusst hätte, dass ich ihm nachsehen würde. Ich konterte sein blödes Grinsen mit dem Mittelfinger. Dann nahm ich meine Unterlagen und ging runter. Karnofsky lief mit schwerem Gang und einem Glas in der Hand zur Terrasse. Ungelenk und schief, als würde ihn die Zeit zusammenpressen und ihm die Gelenke deformieren. Für Leute wie ihn wurden Durchhaltefantasien in neonfarbenen Headlines auf Trendmagazine gedruckt. Er schien Tadićs Tod wie eine alte Schubkarre voller Kompost vor sich herzuschieben. Mich ließ der Gedanke nicht los, dass die Undurchsichtigkeiten in der Stiftung mit ihm und Sanjay zu tun hatten.

Die feuchte Hitze schmolz die Gedanken. Es war so heiß, dass die Mülltonnen zu Biogas konvertierten. Die Luft roch nach Verwesung. Karnofsky hatte sein Jackett im Haus gelassen. Das Weiß seines Hemds leuchtete wie der Federhaufen eines Schwans. War er ein Planer? Einer, der Vorkehrungen für den Tag X trifft? Zwischen Tat und Folgen kann man keine Gerade ziehen. Ich setzte mich ihm gegenüber. Er sah nicht auf.

»Ist Nick ein guter Freund von dir?«

»Wir sind zusammen aufgewachsen und mussten beide einen Nachteil überwinden. Der hieß Armut. Sein Vater wollte ihn kleinhalten. Nick sollte genauso beschissen leben wie er. Als Koch bei Pink Garlic Indian Cuisine. Was soll schon sein, wenn die Eltern nicht die Landessprache beherrschen. Wenn es etwas zu klären gab, klärte das Nick. Nick ist ein Sprachgenie. Der alte Sanjay ließ seine ganze Wut über ein Leben in der letzten Reihe an Nick aus, und dann kam die Detroit-Pleite. Hast du schon mal eine Stadt mit 18 Milliarden Schulden gesehen? Wenn es knapp wird, sind Minderheiten immer zuerst dran. Nick hat seine Sachen gepackt und bei den Marines Karriere gemacht, hat sich damit sein Jurastudium finanziert. Jetzt lebt er in London und Singapur, hat ein Chalet in den Bergen und ein Apartment in Dubai und ein verdammt gutes Netzwerk. In drei Monaten zwölf Prozent Gewinn. Das ist Nick. Eat what you kill. Hell kann Nick nicht ausstehen. Er bleibt für sie ein Prolet. Zugegebenermaßen poltert er. Hier ist das Portfolio für Wellinghofen. Das dürfte dich interessieren. Oder sollst du nicht reporten?«

Er sah mich kurz an. Ich beeilte mich, ihm schnell mein Interesse zu bekunden, und rückte näher an ihn heran, um auf seinem Laptop auf das Portfolio zu sehen.

Karnofsky referierte über Biotech-Aktien. Ich hörte zu. Professionelles Desinteresse, nicht zu neugierig an seinen Lippen hängen. Über hohe Summen verhandelt man mit einem abfälligen Gesicht. Seine Sätze waren knapp. Der Markt ist nicht poetisch. Er kaute die Börsennotierungen vorwärts und rückwärts. Ich unterbrach ihn.

»Keine Angst vor einem Crash?«

»Ich habe keine Zeit, pleitezugehen, falls du das meinst. Ich habe zwei Hände. Mit der einen Hand mache ich Geld, mit der anderen wichse ich.«

Er zeigte mir kurz seine Eckzähne, konzentrierte sich dann wieder auf die Charts und redete monoton weiter. Es klang nicht wie eine Unterhaltung mit mir, eher wie eine mit seinem Laptop, verschmolzen mit den Tabellen.

»Kann man mir vorwerfen, dass ich meinen Job besser mache als andere? Wenn du am Delta One Desk sitzt, hältst du alle anderen für Partybremsen. Sicherheit ist, wenn dir die Rakete unter dem Arsch explodiert.«

Er lachte. Ich lachte mit. Schließlich ging es in erster Linie um Vertrauensbildung.

»Einfluss hat, wer Trends setzt. Das Geld ist dem Verfolger immer um einen Schritt voraus. Wer hört schon gerne, dass die Party aus ist. Bei uncovered strips sollte man allerdings wissen, wo der Notausgang ist.«

Seine Sätze waren unbestimmt wie Fahrstuhlmusik. Ich spürte, er wollte seinen Job erledigen. Ihn interessierte nur, was K2 bereit war zu investieren. Durch den Kunden spürt man sich. Nichts ist so intim wie eine innige Geldbeziehung.

Er sah hoch und blinzte mich tiefsinnig an.

»Bedenken sind Shit, wenn man an die Spitze will.«

»Sehe ich auch so. Übrigens war die Kriminalpolizei heute hier.«

Er sah aus, wie vom Denken in Eis getaucht, nur seine Pupillen wackelten. Er blickte starr auf den See.

»Hey, alles okay? Du bist doch safe.«
»Wieso denkst du, dass ich sicher bin?«
»Du hast die Medusa über deinem Eingang.«
»A what?«, sagte Karnofsky.
»Die Medusa. Die Frau mit dem Schlangenhaar. Du siehst sie an, peng, du bist ein Stein. Ein gutes Mittel, um seine Feinde in Ruhe zu betrachten, oder brauchst du die Medusa, um böse Geister zu vertreiben?«

Karnofsky sah mich durchdringend an. Die Pause erschien mir ewig.

»Die Polizei war hier wegen Tadić. Es gibt noch Unklarheiten. Wo waren wir stehengeblieben?«

»Abstecher in Impfstoffe und Psychopharmaka. Zukunft ist das, was übrigbleibt.«

Karnofsky blickte lange auf seinen Bildschirm. Ich sah, wie seine Adern an der Schläfe pulsierten, wie er sich die Hände an der Hose abwischte und seine Finger auf der Tastatur einen schnellen Beat anschlugen.

»Anlagen in Biotechnologie sind langweiliger Mainstream. Mit Rohstoffen ist Wellinghofen Inflationsgewinner. Ich schlage Vencor vor. Erdöl aus Nigeria«, sagte er.

Seine Stimme hatte Schärfe. Sie klang nach Maßregelung. Der Profi bietet keine Wahlmöglichkeiten. Der Profi gibt vor.

Ich hatte das Gefühl, dass Karnofsky längere Blickkontakte zu vermeiden suchte. Seine Konzentration galt wieder vollkommen dem Portfolio möglicher Anlagen.

»Falls Wellinghofen Angst hat, was zu verpassen, empfehle ich SPACs oder Krypto.«

»Wellinghofen kauft nicht die Katze im Sack.«

Karnofsky lächelte fein. Der Einwurf schien ihm gefallen

zu haben. Ich spielte meine Rolle gut. Ich hatte mich auf den Finanzteil vorbereitet.

»Der Trend heißt Depression, Burnout, Selbstbestimmung und kein Geld für ein vernünftiges Altersheim. Ich schlage ein Start-up vor«, sagte ich und schob ihm meinen Laptop hin. Karnofsky sah sich den Pitch auf der Crowdfunding-Plattform an, den mir Ricky gezeigt hatte, als sein Vater mit 27 Katzen in der Wohnung verreckt war. Ingenieure hatten einen designorientierten Container entwickelt. Mit der VR-Brille war die Landschaft wählbar. You press the button we do the rest. Schmerzloser Tod nach fünf Minuten durch Stickstoff. Die Software löst simultan den Bezahlvorgang aus. Das Projekt heißt GO.

»Ist wie bei Sixt oder im Hotel. Der Geldbetrag wird vorab auf der Kreditkarte geblockt. Wenn dich in der Kapsel der Mut verlässt, kriegst du dein Geld zurück. Abzüglich der Anmeldekosten, versteht sich.«

Karnofsky drehte sich abrupt zu mir.

»Ich bin Christ.«

»Das ist Wellinghofen auch.«

Wir saßen nah beieinander. Schakale, die darauf warten, ihren Dienst am toten Tier anzutreten. Karnofsky starrte mich immer noch schweigend an.

»Hast du die Wachstumskurve gesehen? Das Konzept ist besser als das von Exit«, sagte ich in die Stille.

Karnofsky rückte zur Seite. Der Plastikstuhl fauchte wütend. Seine Arme stemmten sich gegen den Tisch. Er zeigte Nerven. Sein Gesicht kämpfte für Höflichkeit, aber die Wut stürmte aus den Poren.

Ich gab ihm weiter die Bankerin, mein Job war es, mit ihm eine Interessengemeinschaft zu bilden. Die Fantasie des Geldes wirkt kaltherzig und berechnend, warum sollte gerade bei Selbstmord der Spaß aufhören?

»Okay, neun von zehn Start-ups sind ein Flop, aber das hier, das ist spitze.«

Karnofsky presste seine Lippen aufeinander.

»Findest du Stammzellenforschung attraktiver?«, fragte ich ihn.

Karnofsky atmete tief ein und aus. Dann sah er mich durchdringend an.

»Was genau machst du im Family Office?«

»Asset Management.«

»Du siehst nicht aus wie eine Bankerin.«

»Wäre dir Poledance lieber?«

Karnofsky wandte sich ab und checkte Momentum-Indikatoren auf seinem Rechner. Die Vibrationen der Capital Asset Pricing Models erforderten seismografische Sensibilität und Körperbeherrschung.

»Bist du ein richtiger Banker?«

»Die Quasar Capital Focus ist erfolgreich. Ein richtiger Banker ist ein totalitärer Idealist, der alle Empfindungen löschen muss. Bin ich das für dich? Ich mag es nicht, im Elend herumzustochern. Ich bin einer, der mit Härte seiner Wahrheit folgt, wie alle anderen auch. Nur: Ich mache Geld dabei. Ich verdiene zehn Millionen im Jahr. Ich hoffe nicht, dass du mich für einen ganz normalen Kerl hältst.«

Er blinzelte mich verführerisch an. Ich sah ihm in die Augen und betonte die Worte, als läge ich im Bett mit ihm.

»Die schönsten Hoffnungen machen einen Plumps, wenn sie in der Wirklichkeit aufschlagen.«

»Fucking poetic. Darauf trinke ich.«

Er prostete mir mit seinem Glas zu. Einigkeit senkt die Stornokosten.

»Ich denke, dass die Fehler hochkommen sollten, wenn man selbst weg ist«, sagte er trocken. Seine Augen irrten über den Bildschirm wie die eines Porno-Users. Innig, aber à la discrétion. Geld in steilen und flachen Kurven. Kurven ohne Urheberrechte. Am Himmel schlichen ein paar Wolken entlang.

Ich beobachtete Karnofsky. Ein Mensch mit strengen Zielen, an dem die Haut schlaff herunterhing.

Ich hatte plötzlich den Eindruck, selbst beobachtet zu werden. Aus den Augenwinkeln sah ich, wie sich in der Loggia am Ende des Seitenflügels der weiße Voile bewegte. Ich drehte mich frontal zum Fenster und blickte die Scheibe an. Endlich löste sich die dunkle Bahn von der Gardine. Ein Schatten verschwand. Lang, flink und eckig.

»Wo habt ihr euch kennengelernt, Helena und du?«

Karnofsky sah nicht von den Unterlagen auf.

»Hell habe ich in Schottland bei einem Golfturnier getroffen.«

»Spielt sie gut?«

»Sie spielte damals gar nicht. Sie machte ein Praktikum für eine Zeitschrift.«

»Eine Golfzeitschrift? So was wie *Get the Hole*?«

Karnofsky schien meinen vulgären Witz nicht zu bemerken. Ich wurde das Gefühl nicht los, dass wir beobachtet wurden. Obszöne Gedanken versetzen in Alarmbereitschaft. Vorsichtshalber nahm ich einen Stift in die Hand und malte auf einem Papier herum.

»Sie arbeitete an einem Artikel über die Kraft der Natur.«

Ich konnte den Zusammenhang zwischen einem Golfplatz und Natur nicht herstellen. Landschaften, in denen jeder Grashalm von Hand nachgezogen wird. Golfen und Natur erschien mir wie Petting mit einer Gummipuppe.

»Wir haben uns im Clubhotel kennengelernt. Im türkischen Bad.«

Er zwinkerte mir zu.

»Klingt hot.«

»Es war vor allem feucht.«

Karnofsky fuhr sich durch die Haare, erzählte mir, dass Helena ein eigenes Online-Frauenmagazin gegründet hätte, wo sie erfolgreich für Kosmetik wirbt. *Le Cabinet Privée* kämpfe erfolgreich gegen Abtreibung und für die selbstbewusste Rolle der Frau, sagte er.

Als ich ihn auf die Bilanzen der Stiftung ansprechen wollte, spürte ich einen Finger, der eine Linie auf meinem Rücken zog. Ich drehte mich um. Helena.

»Nimmst du auch einen Drink? Mäxchen darf nicht. Er macht gerade eine Crash-Diät. Es sind schon fünf Kilo weniger Karnofsky. Kein Zucker, kein Alkohol, keine Kohlenhydrate. Sex ginge noch. Und Arbeit geht natürlich immer. Was hat die Polizei gesagt, Mäxchen?«

Karnofsky reagierte nicht. Helena stand neben ihm mit einem Tablett in der Hand, darauf zwei Drinks in leuchtendem Rot. Sie schob Karnofskys Glas missbilligend zur Seite, stellte das Tablett auf den Tisch und schmiss sich mit verblüffender Lässigkeit in den Gartenstuhl. Ihre offenen Haare fielen auf ihre nackten Schultern, der Rest war ein trägerloser Jumpsuit in Khaki, dessen Oberteil beim Hinsetzen nach unten rutschte und einen gepolsterten Push-up freigab. Ihr Lippenstift begrenzte scharf ihren schönen Mund, mit dem sie ihre Frage frostig wiederholte.

»Max! Was hat die Polizei gesagt?«

»Routinefragen.«

Karnofsky klebte an seinem Bildschirm.

Helena zupfte sich den Stoff nach oben, rückte ihren Büstenhalter neckisch in eine gute Position und teilte mir mit, dass gepolsterte Büstenhalter von La Perla günstiger seien als eine Brust-OP. Dann stieß sie ihr Glas an mein Glas.

»Schön, dass du da bist.«

»Die Polizei?«, fragte ich.

»Max ist eine sogenannte Auskunftsperson. Hast du ihr nicht gesagt, dass Tadić sich erschossen hat, Mäxchen?«

Sie nippte an ihrem Glas.

Mäxchen klang nach Piepmätzchen, nichts, von dem man sich durchvögeln lassen will. Ich versuchte, Karnofskys Reaktion auf Helenas Frage nach der Polizei abzufangen, aber Karnofsky sah nicht von den Unterlagen auf und teilte Helena trocken mit, dass ich über den Tod Tadićs informiert sei. Ich nahm einen Schluck. Dem Aussehen nach hatte ich nichts anderes erwartet als ordinär gemixten Aperol.

»Tadić hat sich umgebracht, nicht wahr, Max? Ausgerechnet vor dem Event.«

Sie fixierte Karnofsky, aber die Mitteilung galt eindeutig mir. Er sah kurz zu ihr hoch und widmete sich schnell wieder seinem Rechner. Es war klar, dass ihm das Thema unangenehm war. Er hatte wegen Selbstmord des Geschäftsführers eine Vorladung zur Polizei, und die Polizei kommt unangemeldet zu ihm nach Hause? War es die Schweizer Präzision, sich so intensiv um einen Selbstmord zu kümmern?

Am Tisch herrschte die Stimmung eines aufgeschobenen Untergangs. Helena rückte sich in Pose, ohne mich aus dem Blick zu lassen. Ihre Augen hatten etwas von einem Scanner, der gerade hochfährt. Ich hatte mein Glas wie Limonade getrunken. Es gab keinen Grund, es länger in der Hand zu behalten. Karnofsky schien Helenas Verhalten unangenehm zu sein, denn er reichte mir ein Papier, auf das er eine hübsche Kardinalskala gekritzelt hatte, und ich musste mich den zu erwartenden Gewinnen zuwenden. Ich fühlte mich wie auf einem Schiff bei Seegang. Hatte die angespannte Atmosphäre mit Tadić zu tun, oder war der Impuls, der Helena und Max zusammengebracht hatte, auf Nimmerwiedersehen verschwunden? Hatte der Tote die Situation gekippt? Am Himmel schlichen ein paar Wolken entlang und eine glühende Abendsonne plumpste in den dunklen See, auf dem Schwäne ihre Ärsche in den Himmel reckten, wenn sie synchron abtauchten.

»Hast du alles mit Sanjay geklärt?«

»Das diskutieren wir später.«

»Falls nicht, ziehe ich meine Konsequenzen.«

Für einen kurzen Moment hatte Helena ihre Schönheit ad acta gelegt. Eine brachiale Sendepause in einem giftigen Gesicht. Aber sie fing sich wieder.

»Wie wäre es, wenn ich heute Abend koche?«

Helenas Frage deutete darauf hin, dass sie das sonst nicht tat. Ich wollte gerade eine Höflichkeitsfloskel abschicken, als Karnofsky antwortete.

»Gute Idee.«

Seine Stimme klang wie eine Warn-App bei Limit-Überschreitung.

Helena nahm die Gläser, zwinkerte mir zu und ging ins Haus. Der dunkelrote Himmel schien Karnofsky kalt zu lassen. Blutrot, orange, gelb und Dreck. Ich zückte kurz mein Handy, machte aber kein Foto. Sonnenuntergänge sehen am Ende immer gleich aus. Ich wusste auch nicht, wem ich das Bild senden könnte und vor allem warum. Ricky war bei mir erst mal unten durch. Es blieb eine Melancholie, für die ich keine Verwendung fand. Das Abendrot warf die letzten Fetzen Gold über uns. Ich drehte mich zu Karnofsky.

»Tadić hat sich umgebracht? Er hatte doch gerade eine Bonuszahlung kassiert.«

Karnofsky sah mich an, als hätte ich ihm sämtliche Neuronenverbindungen gekappt. Ich reichte ihm eine der Seiten aus der Bilanz, die ich mir ausgedruckt hatte.

»Kannst du vom Blatt singen? 20 000 Franken Bonus.«

»Weißt du, was leiden ist?«, fragte Karnofsky plötzlich, ohne von dem Papier aufzusehen.

Ich zuckte mit der Schulter.

»Gerade so viel Talent haben, um die Größe anderer zu verstehen«, sagte er.

Karnofsky sah mich an. Ein trauriger Funke in seinen Augen bemühte sich um Korrektheit.

»Ich habe die Bonuszahlung genehmigt. Aber was kümmert den Tod eine Bonuszahlung? Seine Witwe freut sich. *Ihr Mann ist tot und lässt sie grüßen.* Mein Akku ist leer. Wir sehen uns später.«

Karnofsky verschwand.

Ich blieb sitzen. Karnofsky hatte Goethe zitiert. Der Exportschlager aus Weimar war nicht totzukriegen. Man hörte Autotüren. Jemand hatte die Kinder zurückgebracht. Sie stürmten auf die Terrasse und fielen mir um den Hals. Ihr Zutrauen war beängstigend. Die Sanfte strich mir mit beiden Handflächen über den Kopf. Ihre Finger bügelten meine Haare glatt. Sie schmiegte sich wie ein Küken an mich. Die Strenge stand stumm daneben. Aus der Villa kamen Fetzen eines aufgebrachten Gesprächs. Dunkel die Stimme von ihm, ihre in den oberen Frequenzen. Die Kinder begannen zu lachen, immer lauter, ein absurder Wettbewerb. Ihnen gefiel es, das Lachen bis zum Exzess zu variieren. Es klang wie ein Käfig, vollgestopft mit exotischen Vögeln. Sie lachten, bis der Streit nicht mehr zu hören war. Dann saßen sie still wie Denkmäler, bis uns Helena zum Abendessen rief. Die Sanfte holte einen Zettel aus ihrer Tasche und gab ihn mir. Ich faltete den Zettel auf. Ein Strichmännchen, dem die Augen fehlten. Ihr Stift hatte stattdessen zwei Löcher hineingebohrt. In der Mitte mein Name. *Eve.*

Die Kleine hatte recht. Ich sah noch nichts. Ich steckte den Zettel in meine Hosentasche und ging mit den Kindern hinein. Im Haus fiel mir sofort der intensive Duft eines Blumenstraußes auf. Er hatte die Überschwänglichkeit einer Kranzniederlegung und stand in einer Bodenvase im Entrée.

Der gedeckte Tisch verbreitete einen weniger berauschenden Anblick. Dafür war Helenas Garderobe brachial. Sie hatte tatsächlich ein bodenlanges Kleid an, als sie den Lachs servierte. In Aluminiumschalen gegrillter Lachs. Ein Gericht, das einen Kochvorgang imitierte. Dazu gab es Reis. Eine trockene Angelegenheit, wenn man von dem kalifornischen Wein absah. Die billigen Zutaten nivellierten sicher die kostenintensive Garderobe in der Haushaltsbilanz. Sanjay saß bereits am Tisch. Beide Unterarme auf der Tischplatte wie die Sphinx vor den Pyramiden. Tourguide zur Hölle. Ich sah leicht angewidert auf den Lachs, dessen tannengrüne Ummantelung Kräuter andeutete und zu unerwünschten Reaktionen geführt hatte, denn es roch wie im Altersheim.

Helena initiierte eine Art Tischgebet, bei dem ich gezwungenermaßen eine klebrige Kinderhand in der einen und die weiche Hand von Karnofsky in der anderen hatte.

Jedes Tierlein hat sein Essen,
jedes Blümlein trinkt von dir,
hast auch uns noch nie vergessen,
lieber Gott, wir danken dir!
Amen

Weight Watcher oder Sadomaso, mit Ritualen bekommt man das Leben in den Griff. Autosuggestion bewahrt vor dem Auseinanderkrachen kaputter Situationen. Sanjay bellte ein kurzes Amen und sah mich dabei notgeil an, dann zerschnitt er den Lachs mit seinem Messer.

Die Atmosphäre war gespannt. Ich stocherte in dem toten Fisch, der wie Tofu schmeckte.

Man musste einen sehr verkniffenen Blick auf Romantik haben, wenn man das hier ernst nahm. Die Karnofskys organisierten ihre Ehe so herzlich wie die Mafia, eine Mischung aus neckischen Küssen und flüssigem Beton. Helena redete ununterbrochen über ihre Beiträge im *Cabinet Privée*. Politik mit Slingpumps nannte sie ihren Stil. Sie klang recht überzeugend, und ihre imposante Erscheinung verstärkte den Effekt. Dennoch glaubte ich bei ihr eine existenzielle Angst zu erkennen, ein furchtsames Vibrieren unter ihrer makellosen Haut. Je mehr ICH, desto mehr Vollkasko. Je höher die Versicherung, umso höher die Angst. Karnofsky schlang den Lachs hinunter wie ein Krokodil. Bestimmt kein Typ mit Hang zum Vorspiel. Bestimmt Schwierigkeiten bei der Steuerung spontaner Augenblicke. Ein Typ, der stets versucht, die Folgen abzuschätzen. So einer fälscht richtig oder lässt es. Sanjay beobachtete mich bei jedem Bissen wie ein Giftmischer, der darauf wartet, dass ich vom Stuhl falle. Ich exte den Wein und überlegte, welches Kompliment ich mit meinem Geschmacksempfinden vereinen könnte. In dem Essen war ein Gewürz, das an ein Medikament erinnerte. Die Sanfte zog die Schale mit dem Lachs zu sich, aber Helena schob sie wieder weg.

»Sie weiß, dass wir es gut mit ihr meinen«, sagte sie und lächelte. Die Sanfte sah mich an mit Augen, tot wie die eines Schneemanns.

»Papi bringt euch ins Bett«, sagte Helena zu den Zwillingen.

Karnofsky kam dieser Aufforderung umgehend nach. Die Kinder winkten, als würden sie nach Sibirien fahren. *I love you Mami.* Sie riefen, bis eine Tür hinter ihnen zuklappte. Helena goss demonstrativ nur mir und sich selbst nach, ohne Sanjay Beachtung zu schenken. Der stand auf, bedankte sich bei Helena mit einem Handkuss, zwinkerte mir zu und verließ die Küche. Wir hörten ihn abfahren. Helena holte ein Desinfektionstuch aus ihrer Handtasche und wischte sich den Handrücken ab.

»Ich warte darauf, dass uns das Schicksal diesen ordinären Menschen abnimmt.«

Eleganter konnte man ihm den Tod nicht wünschen. Die Portugiesin räumte den Tisch ab.

Helena legte ihren rechten Arm mit einer halben Drehung ihres Oberkörpers auf den freien Stuhl neben ihr, senkte ihren Kopf kokett nach unten, was recht lasziv wirkte, und lächelte mich an.

»Wie findest du Max?«

Ich ließ keine Sekunde verstreichen, die die Peinlichkeit dieser Frage verstärkt hätte. Meine Antwort war prompt.

»Ihr seid ein großartiges Paar.«

Ich verzog keine Miene. Großartig war für mich ein neutrales Wort. Nichts Besonderes. Ich verwendete *großartig* für unspezifische Komplimente, für alles, was mich kalt ließ. Der Ausdruck war so konturlos wie das Wort super.

Helena lachte auf.

»Nun, er ist ein schöner Mann«, sagte sie.

Ich veränderte meine Miene nicht. Ich traute Helena eine erstklassige Rhetorik zu, um einen aufs Glatteis zu führen.

»Er ist gepflegt, und er hat eine ziemlich gute Ausstattung, trust me.«

Ihre Augen hatten etwas von einer Geheimbündlerin. Ihr Mund spitzte sich kokett zu, als wollte sie mich flachlegen. In mir wuchs die Unruhe.

»Hast du seine niedlichen Reißzähne gesehen?«

Sie führte ihren Mann vor wie ein Kaninchen in einem Kleintierzuchtverein.

Sie sah mich forschend an, keineswegs beleidigt, dass ich nicht reagierte. Offenbar machte es ihr nichts aus, ihren Gesprächspartner auszulagern.

»Weißt du, was er wirklich kann?«

Sie sah mir ins Gesicht und genoss die Pause. Wenn sie einen ansah, hatte man das Gefühl, Teil eines größeren Plans zu sein.

»Das Einzige, was er wirklich kann, ist Geld machen.«

Ihr Gesicht bekam etwas von der Starre alter Fotos, deren Verkrampfung auf die langen Belichtungszeiten zurückzuführen sind. Sie sah aus, als überlegte sie, wie sie es anstellen könnte, mit mir intim zu werden. Sie atmete tief. Die Situation gewann deutlich an Intensität.

»Are you happy?«

Ich war nicht unhappy. Wäre das eine Antwort? Reichte das aus? Ich sah sie an.

»Are you happy, das hat er mich damals gefragt. Ich habe einfach geweint. Ich trug ein Kleid aus Brüsseler Spitze in Mauve. Mauve steht mir. Ich will ehrlich sein, damals war ich mit einem der begehrtesten Junggesellen Londons zusammen. Party life, you know. Das Leben ist ein konstanter Sinkflug, und mit Geld kann man eine Weile geradeaus fliegen. Sascha hatte sein Schlafzimmer mit Geld tapeziert, aber er wollte sich nicht festlegen. Keine gemeinsame Wohnung, keine Heirat, der ewige Bachelor, aber er war ein guter Einstieg, you know. Immerhin musste ich mir nicht die Gesichter von millionenschweren Vollblutpferden merken, um beim Polo einen reichen Typen kennenzulernen. Wo Sascha auftrat, waren auch andere potentielle Ehemänner. Playing the second string, that's not for me. Also habe ich meine Eizellen einfrieren lassen und die Augen offengehalten. Ab dreißig bist du doch biologisch im Arsch. Als ich Max sah, wusste ich, dass ich die Liebe meines Lebens gefunden hatte. Max hatte diesen blödsinnigen Blick in seinem süßen Gesicht, time to close the deal. Hunderte anderer Männer hätten alles gegeben, um seinen Platz einzunehmen. Diesen Tipp musste ich ihm schon geben. Wer mich besitzen will, muss sich klar sein, dass er eine Einmal-im-Leben-Chance bekommen hat. Männer haben uns jahrhundertelang ausgebeutet. Jetzt sind wir dran. Ich hätte nie ohne Ehevertrag geheiratet. Besser festgelegte Bedingungen als ungewisse Zukunft. Die Hoffnung, dass es gut geht, ist kein Grundstein für Verträge. Schließlich habe ich für ihn mein Studium abgebrochen und bin zu ihm gezogen.«

Eine SMS unterbrach ihre Rede. Sie lächelte, während sie auf ihrem Handy herumtippte.

Ehe ist eine Kultivierungsphase mit ungewissem Ausgang. Wenn die Vertrauensbildung nicht funktioniert, gewinnt die Darstellung nach außen an Wichtigkeit. Führung des Unternehmens vom Markt her. Was Kentucky Fried Chicken mit toten Hühnern geschafft hat, sollte auch miserablen Paarbeziehungen gelingen. Bei Eheschließungen handelt es sich schließlich nicht um ein spontanes Gefühl, sondern um eine Beschlussfassung.

»Max fand es schrecklich, dass ich auf einer Invitro-Schwangerschaft bestanden hatte, aber ich wollte kein Risiko eingehen, immerhin war ich schon 34. Look at the results. Meine Kinder sind topgesund dank Schockfrosten. Ich hatte die Warterei satt. Ich wollte es hinter mich bringen. Lange Gespräche auf der Bettkante und toter Sex danach. Ich will ehrlich sein, wir haben letztes Jahr eine Ehetherapie gemacht.«

Tief im Inneren war ich der festen Überzeugung, dass Netflix schon alle Probleme erörtert hatte. Es wurde langsam schwierig, sich noch was einfallen zu lassen. Ich befürchtete, sie würde mir sogenannte Geheimnisse erzählen, Reportagen aus dem Inneren, Seelendünnpfiff, dem der Wunsch nach Ehrlichkeit vorangestellt ist. So was klingt immer abgegriffen.

»Weißt du, was Max unserem Therapeuten Dr. Morpho erzählt hat? Die Russen haben es geschafft, ganze Konzerne für eine Flasche Wodka zu kaufen, das hätte ihm Hoffnung gemacht. Die Russen gehorchen, solange die Kasse stimmt, hat er ihm gesagt.«

»Was sagte der Therapeut?«

»Ob die Kasse noch stimmt.«

Vielleicht zur Abwechslung eine Therapie für Tiere probieren, dachte ich. Das Wesentliche ist nie darstellbar.

Wenn der Schutt auf dem Tisch liegt, heißt es Würde bewahren.

»Bei Ihrem Stundensatz, habe ich ihm gesagt, müssen Sie doch sehen, dass bei uns die Kasse noch stimmt. Ich bin keine Russin, habe ich ihm gesagt. Max ist nach der zweiten Sitzung ausgestiegen, ihm war es zu teuer. Weißt du, warum er im Vorstand der Stiftung ist? Er will sein Gewissen beruhigen. Er will delegieren und vor allem nichts zahlen. Tadić hat die Arbeit gemacht, und Max stand gut da. Jetzt hat ihm Tadić einen Strich durch die Rechnung gemacht.«

Sie stockte und beugte sich zu mir. Ihre Stimme wurde leiser.

»Ich bin zu einer Wahrsagerin gegangen.«

Ich hatte das verdammte Gefühl, dass Helena zu jener Sorte Frau gehörte, die alles erzählt, um die Fiktion einer offenen Person zu etablieren. In Wirklichkeit verbarg sie Wesentliches und war damit die bessere Lügnerin. Frauen, die mit erlernter Hilflosigkeit alles bis zum Ende durchplanen, die bleiben nicht auf halber Strecke stehen. Mir war nur nicht klar, worauf sie hinauswollte.

Ich las mir das Flaschenetikett durch, um die Prozente zu finden. Kalifornischer Pinot Noir. Bei dem Geschmack hätte ich auf Finnland getippt. Helena goss mir nach.

»Sie ist geweihte Voodoo-Priesterin. Ich hatte drei Sitzungen. Mein Neuanfang wird auf einem leeren Blatt sein.«

Sie sah mich an, als würde sie ihre Kräfte bündeln. Ihr Gesicht bekam einen feierlichen Ausdruck.

»Sanjay hat sie ein verkürztes Leben vorausgesagt. Er hat sich an Max gehängt, um in der High Society mitzumischen. Ein Parasit, ein ordinärer Mensch. Ich habe Max gesagt, dass ich Nick nicht ertrage. Max hält mich für unverletzbar, aber ich bin es nicht. Mir fehlt nur noch die letzte Entschlossenheit. Du bist grundehrlich, oder?«

»Niemand ist grundehrlich«, sagte ich.

Helena hörte nicht auf zu quatschen. Sie begann plötzlich, Karnofsky anzupreisen, als wollte sie alles Gesagte zurücknehmen und sich von toleranter Seite zeigen. Raffinierte Biester lieben die Aura der Unschuld.

»Die Priesterin hat ein Zeichen vorausgesagt. Ein Zeichen, dass Max aufwachen soll. Und dann war Tadić tot. Seit Tadićs Tod benimmt sich Max seltsam. Er hatte kein enges Verhältnis zu diesem Serben, Tadić war nicht sonderlich kompetent. Aber Max ist seit Tadićs Tod völlig verwirrt.«

Verwirrtheit kann von einer überhöhten Menge an Nahrungsergänzungsmitteln kommen, hätte ich fast gesagt. Vielleicht kam Karnofskys Nervosität nicht von diesen Rethink-Dosen, sondern von Offenbarungen, die ihm die Liebe zum Alkohol ermöglichten.

Helena beobachtete mich in einer Art hysterischer Unterwürfigkeit. Ich wollte etwas sagen, ich feilte schon eine ganze Weile an einem einfachen Satz. Ich hatte ihn mehrfach hin und her gewendet, um ihn beiläufig klingen zu lassen, aber das Fragezeichen am Ende ruinierte alles.

»Tadić hat sich erschossen?«

Helena biss sich auf die Lippe, auf ihrer glatten Stirn erschien eine kleine Falte, die sich zunehmend in einen ängstlichen Blick verwandelte. Sie sah das erste Mal zutiefst ehrlich aus. Die Ehrlichkeit raubte ihr die Schönheit. Das Model Helena sah plötzlich banal aus. Wir hörten Karnofsky auf der Treppe. Sie legte den Zeigefinger auf ihren Mund.

»The wine cabinet is vibrating«, rief sie Karnofsky zu.

Sie drehte sich wieder zu mir. Ihre Verwandlung in

Schönheit war von ausgeklügelter Raffinesse. Eine Winzigkeit mehr an kontrollierter Gesamtstatik, eine Öffnung der Schultern, Mobilisierung der Muskeln, um die Pose zu halten.

»Ich habe ihm schon mehrfach gesagt, dass wir dringend einen neuen Weinschrank brauchen. Honey, wir müssen einen neuen Weinschrank kaufen.«

Ich hatte das Gefühl, dass Helena WIR verwendete, wenn die anderen etwas tun sollen.

Karnofsky kam an den Tisch, hatte ein Glas Whisky in der Hand und kippte es runter, wie jemand, dem die Prozente geläufig waren.

»Von wem sind die Blumen im Flur?«

Eine knurrende Stimme mit Misstrauen unterlegt.

»Honey, die sind für meinen Artikel in der *Cabinet Privée*. We make the world a better place. Politik, Style und Kultur. Das Interni-Event wird ein voller Erfolg. Wir Frauen wollen eine Regierung, die Sätze vollendet. Wir zeigen nicht nur, dass wir gegen Abtreibung sind, wir beweisen auch, dass wir uns um das Leben kümmern. Neugierde wecken, Gefühle auslösen, Atmosphäre schaffen, die menschliche Seite vom Business zeigen. Ein bisschen vom Glück abgeben, aber auch Grenzen setzen, das ist es, was wir zivilisiert nennen.«

Helena sah Karnofsky mit einem triumphierenden Blick an. Es war der Blick, den sich alle anziehen, wenn sie ihrer Umgebung Moral beibringen wollen.

»Wenn jemand Präsentationen beherrscht, dann ist es Helena. Besonders bei Statements über dich selbst, nicht wahr, Sweetheart?«

Flirts in Paarbeziehungen nehmen abstruse Formen an, wenn die Erwartungen aneinander abgeprallt sind. Helena saß ungerührt auf ihrem Platz und betrachtete Karnofsky, wie man Hunden beim Kacken zusieht. Nach einer Weile drehte sie sich zu mir.

»Deine Haare könnten einen Schnitt und Farbe vertragen. Also wirklich, du könntest mehr aus dir machen.«

Helena lächelte und legte ihre Hand auf Karnofskys Schulter.

»Selbsthilfe. Das ist die dynamischere Alternative. Im Grunde glaube ich nicht an Wohlfahrt. Die Natur produziert Überflüssiges. Ich habe gekämpft, hart gekämpft. Aber weißt du, was wirklich deprimierend ist? Kein Geld der Welt kann das Aussehen einer 20-jährigen Kiko-Verkäuferin imitieren. Es ist zum Kotzen. Wenn du nach Zürich gehst, solltest du unbedingt zu Angel Hair. Angelo ist der einzige Mann, dem ich bis in die Antarktis folgen würde.«

Sie setzte eine Viertelpause. Die Pause, um Gemeinheiten zu verdauen. Musikalität konnte man ihr nicht absprechen. Dieses Gestaltungselement verpuffte, weil Karnofsky sich in sein Whiskyglas vertieft hatte und abwesend wirkte.

Er war definitiv mit seinem Glas offline gegangen. Karnofsky lächelte das heilige Lächeln eines zufriedenen Alkoholikers.

Helena ließ nicht locker. Sie griff in meine Haare, probierte Seitenscheitel, Knoten, bastelte an einem Zopf. Während ihre gekünstelten Gesten meine Haare zerlegten, ging ich die verschiedenen Angriffsstufen japanischer Kampfkünste durch. Eine theoretische Übung, die mich bei Übergriffigkeit beruhigte. Sollte ich im Jōdan-Bereich, der Hals und Kopf umfasst, mit einem geraden Fauststoß (Oi-Zuki) reagieren, eine einfache wie direkte Art, oder einem Halbkreisfußtritt (Mawashi-Geri), was immer theatralisch wirkt und die Gefahr birgt, dass dem Gegner die Zähne rausfallen. Age-Uke (nach oben gezogener Abwehr mit dem Unterarm) könnte fast wie ein Scherz aussehen und Haishu-Uke (Handrückenabwehr im Kopfbereich) eher animierend wirken, als wollte man sich balgen. Jetzt schaute Karnofsky belustigt zu, wie sie in meinen Haaren herumfuhrwerkte. Sie ratterte die Namen von Prominenten herunter, die sich bei Angel Hair ihr Gesicht meißeln ließen. Leute, die sich von ihrem Friseur sagen lassen, wer sie sind. Sag mir, wer ich bin, und ich werde dich lieben. Mach mich einzigartig. In Wirklichkeit sind nur die Unfähigen unique.

»Du bist die Frisur, die du wählst.«

Sie hielt meine Haare gebündelt wie Salomé den Kopf des Täufers.

»Wenn ich das Gefühl einer Wahl haben will, stell ich mich vor das Müsliregal im Supermarkt.«

Sie nahm meine Bemerkung zum Anlass, etwas bewegter zu lachen, und legte mir jetzt ihre kalten Finger auf den Arm, vermutlich weil sie in dieser Stellung den hellrosa Lack ihrer Nägel optimal präsentieren konnte. Ihr ganzes Wesen entsprach dem einer Künstlerin, diesem Drang, Sachverhalte bis zur Darstellung zu verlängern.

Karnofsky goss sich bereits den dritten Whisky nach. Er schien vollkommen glücklich über das ungestörte Saufen in Geselligkeit. Helenas Sympathie für mich gönnte ihm eine Verschnaufpause.

Helena zündete eine Kerze an. Ein unerträglicher Geruch ätherischer Öle machte sich breit. Ich sah auf die leere Packung. Versprechen in Pink. Irgendwas mit Sakral-Chakra, Körper, Geist, Seele und Aktivierung. Irgendwas mit zärtlicher Sinnlichkeit und Glück. Nummer 32.

Karnofsky drehte beim Geruch der Duftkerze die Augen zur Decke. Der Geruch schien die harmonische Zweisamkeit mit dem Whisky zu stören. Er öffnete demonstrativ das Fenster zum See und goss sich nochmal nach. Sie zeigte auf die Schachtel.

»Ohne mich wäre ihre Kosmetiklinie nichts als eine weitere Fettsalbe, die ein bisschen das alte Leder glänzen lässt. Mit mir sind sie Pink Lotus Beauty geworden. Die Leute geben ihr Geld lieber aus, wenn in den Produkten kosmische Bedeutung steckt. Ich verkaufe alles, wenn ich aus dem Kunden einen Abnehmer höherer Botschaften mache. Glaubst du, das Waldsterben interessiert jemanden? Nein, der Wald ist interessant als Raumduft, der Intuition und verborgene Stärke verspricht. Das ist Romantik.«

Bei Wald dachte ich an verbuddelte Frauenleichen, Partisanenkämpfe und Borkenkäfer.

»Man muss sich von der Masse distanzieren. Ich habe Russland verlassen, weil ich die Grobheit nicht schätze. Ein unkultiviertes Volk ohne Manieren. Aber sie sehen aus wie wir.«

Helena drehte sich zu Karnofsky und fasste ihn mit bedrückender Freundlichkeit an den Bauch.

»Take care, my little dumpling.«

Karnofsky wischte ihre Hand weg.

»Stop doing that!«

Helenas geistiges Raster war feinporig und ließ nichts durch, was auch nur im Entferntesten nach Misserfolg oder Niederlage aussah.

Sie versuchte, mich mit Blicken auf ihre Seite zu ziehen. Pazifisten sind durchtrieben, sie lassen es so aussehen, als wären es die anderen gewesen.

»Ich bestelle einen Kranz mit dem Emblem der Interni. Blauer Rittersporn und weiße Rosen, das wäre elegant. Oder sollte man für einen Selbstmörder etwas simpler gehen? Max, hast du mir zugehört?«

Karnofsky winkte müde ab.

»Max behauptet, dass Selbstmord Männern besser gelingt.«

»Männer haben mehr Angst vor dem Scheitern. Hatte Tadić Depressionen?«, fragte ich.

»Wer hat die heute nicht«, sagte Karnofsky trocken.

Ich sah ihn forschend an, um aus seinem Gesicht zu lesen, ob er sich für den Tod Tadićs verantwortlich fühlte, aber er wich meinen Blicken aus und goss sich wieder nach. Die Diskussion über Selbstmord hatte untergründige Wellen ausgelöst. Selbstmord ist wohl die gründlichste Methode, dachte ich, schneller kommt man an das Selbst nicht ran. Das Gespräch war eingefroren. Beide sahen mich an, als hätte ich Kenntnis von einem Fluchtweg.

Also sprach ich Karnofsky auf das Austauschprogramm an, hatte aber das Gefühl, von ihm gestoppt zu werden. Er würde es klären, sagte er und genehmigte sich den nächsten Whisky. Karnofsky zerfloss in Lockerheit auf dem Stuhl, aber hielt sich am Glas fest.

»Sweetheart, don't you think you should stop.«

Karnofsky antwortete auf dem nächsthöheren Dezibel Level.

»Shut up.«

Helena beugte sich ein wenig zu mir und flüsterte.

»Wie alle Männer. Sie wollen nicht labil wirken. In Wirklichkeit ist er am Boden. Immerhin war er es, der Tadić gekündigt hatte.«

Bei Tadićs Namen hatte Karnofsky knallend sein Glas abgestellt und sah Helena an. Ihre Augen funkelten mit der Schärfe einer Erpresserin. Es schien ihm schwerzufallen, ihrem Blick standzuhalten, und er goss sich nach. Bonus, Kündigung, Selbstmord. Die Pause gab ihren Inhalt nicht frei.
»Mascha wollte dich sprechen.«
»Das ist geklärt. Eve kann Mascha morgen treffen.«
Karnofsky reichte mir eine Visitenkarte.
Harvensteen Contemporary. Mascha Harvensteen.
»Who makes money clean? Mascha Harvensteen.«
Karnofsky lachte mich an. Auch Helena lachte.

Enges Zusammengehörigkeitsgefühl basiert auf illegalen Geschäften. Hoffentlich kommt die Pointe nicht unter Wasser.

Seine Anspielung auf das Bargeld von K2 war mir unangenehm.

»Zungenbrecher zum Scheitern. Which swiss witch switched the swiss wristwatches?«

Sie hörten auf zu lachen und sahen mich irritiert an.
»Mascha ist keine Schweizerin«, sagte Karnofsky.

Helena drückte auf der Fernbedienung der Musikanlage herum, bevor ich Fragen stellen konnte. Ich hielt Helena von der ersten Minute an für eine Kulturfanatikerin im gehobenen Bereich, eine, die ihre erlesene Bildung jedem aufs Butterbrot schmiert, und prompt ertönte Geklimper auf dem Spinett. Musik, die auf die Blase drückte. Das Spinett klopfte mir die Gehirnzellen einzeln raus.

Ich bedankte mich für das Abendessen und verabschiedete mich mit der Begründung, dass ich die Aktienkurse durchgehen müsse. Betriebsamkeit kommt immer gut an, dagegen kann sich niemand wehren. Mein Auftrag lautete nicht, Freundschaft zu schließen. Ich ging nach oben und suchte Mascha Harvensteen im Netz. Nichts zu finden. Dann sah ich mir das Organigramm der Interni an. Organisationen bestehen meistens aus zu viel Überbau. Overhead-Leute verteidigen ihren Posten. Wenn jemand die Kunst der Selbstbeschäftigung perfektioniert hat, dann sind es die Kader. Kick-off-Meetings, Briefing, Debriefing, Workshops – Arbeit ist ein dehnbarer Begriff. Es gilt, Rivalen auszuschalten und Angestellte zu vermehren, denn nur diese erhöhen Wichtigkeit und vermehren die Arbeit durch gegenseitiges Behindern. Bei den Interni war es anders. Es gab nur Branko Tadić. Ein gewisser Jaco Cristiano Balushi, eingetragen als Werkstättenleiter und Stellvertreter Tadićs, fesselte meine Aufmerksamkeit. Ich gab Jaco Balushi in die Suchzeile. Jaco Balushi erschien als Miteigner der MORF Logistics. Das Ausweichen von Karnofsky, wenn es um Tadić ging, war mehr als seltsam. Ich textete K2.

»Balushi wird vermisst.«

»Kenn ich nicht. Es gibt keine Probleme, nur Herausforderungen«, schrieb K2.

Das war sein Slogan, wenn er mit seinem Latein am Ende war. In diesen Momenten griff er auf die Positive Psychologie zurück. K2 hatte diesen Blödsinn aus einem Buch, das sich *The Secret* nannte. Ein Buch von Leuten, die das Rezept für Reichtum und Glück kannten und mit Ignoranz gesegnet waren. Entweder waren sie bescheuert oder die restlichen 99% der Menschheit, die das Buch offensichtlich nicht gelesen hatten.

»Ich brauche den Lebenslauf von Tadić.«

Er erschien wenig später in meinem Postfach.

Tadić hatte vor dem Job bei den Interni ebenfalls bei

MORF Logistics gearbeitet. Laut CV als stellvertretender Geschäftsführer. Ich checkte sofort die Seite, aber sie gab nicht viel her. Ich sah mir die Bilder von LKWs und einer Halle mit Gabelstaplern an, ohne herauszubekommen, was genau der Firmenzweck war. War es eine Spedition oder eine Lagerhalle oder beides? Was transportierten sie? Ich fand keine Hinweise. Die einzige Textzeile lautete: *Wir bieten Zwischenlagerung an.* Es war keineswegs der Lebenslauf, der zu einem Geschäftsführer einer NGO passte. Hatte Karnofsky absichtlich völlige Laien eingestellt?

Der Mond teilte das Wasser in kleine tanzende Segmente. K2 hatte mich an dieses Ufer gekippt. Sein Interesse an dem, was hier passierte, hielt sich in Grenzen. Er genoss vermutlich wie alle anderen das befreiende Gefühl einer weitergeleiteten E-Mail. Als ich mich hinlegen wollte, erstarrte ich. Auf der linken Seite des Bettes schien die Decke gewölbter. Ich fasste in etwas Nasses und zog mit einem Ruck die Decke weg. Dort lagen die beiden Haie, den Rachen mit Seegras verkleistert, wie erstickte Opfer einer explodierten Bohrinsel. Wütend schmiss ich die nassen Klumpen aus dem Bett und schlief ein.

Am nächsten Morgen schlich Karnofsky wieder um 6.30 Uhr zu seiner Kleiderkammer und kam nach wenigen Minuten in Freizeitkleidung wieder heraus.

»Hey, kommen wir heute weiter?«, rief ich ihm zu.

»Wir reden später, ich habe gerade mehr als ein Problem. Du musst außerdem nach Zürich, Mascha erwartet dich.«

Karnofsky hetzte davon. Es sah wie Flucht aus. Dieses Mal würde ich mich von ihm und Helena nicht reinlegen lassen, um das Kindermädchen zu spielen. Ich machte mich für die City fertig und verließ bereits um sieben Uhr das Haus, ohne nach links und rechts zu sehen. Vor mir zwei ältere Herren im Joggingoutfit. Sollte ich ihnen sagen, dass sie sich auf dem Beton die Hüften ruinieren? In ihren knalligen Sportsachen sahen sie aus wie gerupfte Wellensittiche. Sie liefen im Schnarchgang zur Tankstelle, holten sich ein Vitaminwasser und humpelten davon im festen Glauben an Schaumstoff Zoom X an ihren Füßen. Ich bestellte mir einen Kaffee.

»Mit 50 war man früher ein Opa. Heute wollen sie Ironman sein.«

Der Tankwart muss wohl meinen Blick gesehen haben. Er hatte ein gewaltiges Pflaster über der Nase.

»Ist nur eine kleine Nasenkorrektur. Hast du schon von dem Kopf gehört? Wenn du mich fragst, das ist eine Botschaft, oder.«

Ich sah ihn verständnislos an.

»Der abgetrennte Kopf vor dem Asylantending. Excusezmoi, vor dem Hilfswerk.«

In meinem Gesicht machte sich eine grobe Portion Unverständnis breit, die ihn veranlasste, weiterzureden.

»Ein Kumpel von mir hat gestern den Kopf gefunden, jetzt sitzt er im Hotel zur lockeren Schraube.«

Er beugte sich über den Tisch und fuhr seine Stimme runter, dass ich mich notgedrungen auch zu ihm beugte. Aus seinem Mund wehte Tabakgeruch, der an frische Erde erinnerte.

»Ich hab das Foto, willst du es sehen? Der Typ hat es überall rumversendet, bevor sie ihn eingewiesen haben. Er hat den Kopf fotografiert. Das Gesicht, das Gesicht ist nur noch eine Fratze. Der Kopf voll aufgedunsen. Die Augen geschwollen. Blau und schwarz. Ekelhaft. Das Ding war in einer durchsichtigen Plastiktüte vom Asylantending, so ne Tüte, wo WIR HELFEN draufstand. Genau genommen hat sein Hund die Tüte gefunden, gut erzogener Bullterrier.«

Er hielt mir sein Handy vor die Nase. Der Kopf sah aus wie von innen nach außen gekrempelt. Darüber das Schweizerkreuz.

»Hesch geseh? Wir helfen.«

»Wo lag der Kopf genau?«

»Sagte ich doch, vor dem Asylantending.«

Ich muss ziemlich dumm geguckt haben. Er genoss mein blödes Gesicht. Spielte er einen Film nach, oder war er wirklich so? Er richtete sich auf und drehte sich eckig um.

»Da hing die Suchanzeige. Hat jemand abgenommen. Jaco Balushi wird nicht mehr vermisst. Wenn du mich fragst, der Kopf in der Tüte, das ist Balushi. Okay, es war ein zermatschter Fleischklumpen, ich würde nicht auf das Leben meiner Familie wetten, aber Tadić und Balushi haben beide ihre Finger in der Elementary School gehabt, Balushi nur an den Steckdosen und Tadić, was das Pulver anging. Tadić hat alle mit Koks versorgt. Der hatte eben Kontakte. Balushi machte eher einen unterbelichteten Eindruck, aber in dieser Szene werden Zeichen gesetzt, oder, wenn du verstehst, was ich meine.«

»Was haben die beiden mit der Grundschule zu tun?«

Diese Frage verdoppelte sein Ego. Er machte ein bedeutungsvolles Gesicht.

»Die Elementary ist Bildung auf höchster Ebene.«

Er lachte, als wäre ich der letzte Hinterwäldler, dem die Welt erklärt werden muss.

»Die Elementary ist ein Puff im Industriegebiet. Kaltes Feld 13. Das Ding sieht von außen wie eine Schule aus. Da kann man sich für Sprachkurse anmelden.«

Er hing seine Zunge raus und rollte sie von links nach rechts.

»Hauptsturmzeit in der Mittagspause, und du kannst abends mit einem ordentlichen Gesicht zu Hause erscheinen, oder. Die Mädchen werden jünger, die Kunden älter. Ein Kumpel von mir kennt alle Netflix-Serien, die zieht er sich in der Nachtschicht rein, weil dort abends gar nichts geht. Und er kennt die Geschichten der Mädchen, die erzählen ihm alles. Die sind einsam und haben sonst niemanden. Tadić und Balushi haben im Hilfswerk gearbeitet, weil da niemand rumschnüffelt, und haben nebenher die Drogen verteilt. Balushi hat sich sogar eines der Mädchen geschnappt, der Trottel.«

»Wie geht es deinem Kumpel?«

»Welcher Kumpel?«

»Wie geht es dem Typen, der die Tüte gefunden hat und die Eier hatte, ein Foto zu machen? Oder ist dein Kumpel Bulle?«

»Is kein Bulle, sagte ich doch, is nicht direkt ein Kumpel, hat ab und zu hier getankt, und wir trainieren unsere Hunde zusammen. Die Bullen haben ihn auf eine Sonderstation für Leute mit Stresssyndrom verfrachtet. Ich durfte ihm seinen Hund bringen, weil er geflennt hat. Jetzt freut er sich über regelmäßige Mahlzeiten und schaut den Schwestern auf den Arsch. Ansonsten soll er mit Buntstiften seine Kindheit malen. Sieht ziemlich behindert aus, was er da malt. Die Tüte hat ihm jetzt bezahlten Urlaub eingebracht. Und ich hab seinen Köter an der Backe. Der winselt den ganzen Tag rum wie sein Herrchen, weil er das Wort Besuchszeit nicht versteht.«

Ich zahlte mit überzogenem Trinkgeld. Ein Business ist nur so gut wie das Verhältnis zum Lieferanten.

Am Becher klebte Dieselgeruch. Ich schüttete den Kaffee auf dem Weg zur S-Bahn in die Büsche. Wichtig war das Ritual, nicht der Inhalt.

Knapp nach acht rief die Galeristin an.

Wir verabredeten uns für zehn Uhr vor dem Eingang des neuen Kunsthauses. Ich stand 30 Minuten vor dem Chipperfield-Bau und sah mir das pathetische Gitter an, ohne dass sie auftauchte. Es war früh am Morgen, aber schon enorm heiß. Die ersten Touristen betraten den Ort der Bedeutung. Ich ging auch hinein. Museen sind Bestattungsinstitute, folglich schön kühl. Ich teilte ihr meinen Aufenthaltsort per WhatsApp mit. Die schlanke Frau, die nach weiteren 20 Minuten durch die Messingtür schritt, hatte eine militärische Gangart. Ein Mensch, der nichts von Schnörkeln hält. Blasser Teint, dunkle Haare mit klassischem Bob und eine klobige schwarze Sonnenbrille mit dickeren Gläsern als gewöhnlich. Ein androgyner Typ mit Bügelfalte in der schmalen Hose und oversized Mantel in Himmelblau. Die Verkündung der Jungfrau Maria in einem Videoclip, der mit Marschmusik unterlegt ist. Ich winkte, sie peilte mich an, ohne weiter zu reagieren. So eine kommt ohne den Austausch von freundlichen Floskeln aus. Einen Meter vor mir blieb sie stehen, taxierte mich mit unbewegtem Gesicht. Hinter den schwarzen Gläsern ihrer Prada-Brille konnte auch ein Alien sein. Ein harter geometrischer Look von der teuren Art.

»Eve Klein?«

Ich nickte. Ihre Verspätung von fast einer Stunde schien sie wenig zu stören. Ihre Haltung war die Einladung zum Duell, von dem sie wusste, wie der Ausgang ist. Der Tod war für den Gegner reserviert.

»Harvensteen.«

»Sie sind die Galeristin?«

»Ich bin Kunsthändlerin.«

Keine Ahnung, wo für sie der Unterschied lag.

»Wir gehen in mein Apartment. Ich habe einen Boetti reinbekommen, ein Manzoni ist noch da. Größenordnungen für diesen Deal, okay. Der Markt ist eine Unternehmung mit Regeln, nicht? Aber davon können wir heute nicht mehr ausgehen. Du bist hoffentlich rückversichert.«

Ihr Deutsch hatte einen niederländischen Akzent mit Rauch darin und Schneid.

Sie deutete ein Lächeln an, das man unter das Mikroskop hätte legen müssen, um es zu erkennen. Dann drehte sie sich auf dem Absatz um, ich trottete nebenher.

Die Sonne knallte herunter, aber sie behielt ihren Mantel an. Ich hatte das Gefühl, wir liefen durch die Gassen wie durch ein Videospiel. Cyborgs, an denen bemalte Fassaden und Lebensqualität abprallten. Die Bügel ihrer Sonnenbrille glichen eher einer ultraleichten VR-Brille mit Arbeitsspeicher, der die unnötige Realität nicht durchließ. An einer roten Ampel sah sie mich kurz an.

»Interesse an einem Newcomer? Schwarz-weiß-Konzept aus Litauen? Deutsches Pathos fürs Gästebad? Ich habe noch einen Anselm Kiefer.«

Die Ampel schaltete auf Grün.

»Oder teilnehmen an der Massenhysterie? Eine Amerikanerin mit Urticaria solaris? Die darf nicht an die Sonne, hasst Berührung und kämpft für die Gleichstellung aller Leute mit Hautkrankheiten. Das Publikum mag Künstler mit Legende.«

Ihre Sätze klangen wie ein Theatermonolog im Stakkato. Auswendig gelernte Phrasen, die sie ohne Betonung vortrug. Als sie merkte, wie ich abschweifte, änderte sie ihre Strategie. Wir liefen eine Weile still nebeneinanderher. Ihre Schritte waren schnell. Wir hielten vor einem Hochhaus.

Harvensteen kramte in ihrer zeltähnlichen Umhängetasche aus elfenbeinfarbenem Leder nach ihrer Schlüsselkarte, und eine rosa Box schlug mit dumpfem Knall auf den polierten Beton in der Eingangshalle. Laut Beschriftung ein Doppeldildo for couples with two vaginas. Ich hob die Schachtel für sie auf. Durch die leichte Öffnung an der Oberseite meinte ich einen Revolver zu erkennen.

Harvensteen sah mich ungerührt an und steckte die Box mit der Aufschrift Constellations wieder ein.

»Sucht nach dem Unikat. Bei einer sinkenden Zahl an Urhebern steigt das Ranking, richtig? Ein toter Künstler begrenzt das Angebot im Markt. Tod als Ende von Ambitionen und Sicherheitsgarant für Vitalität, richtig? Das Leben ist eine Kiste mit Deckel. Wir nehmen den Aufzug.«

Sie drückte die Nummer 23.

»Ein Unikat, das ist die Hand Gottes, jedenfalls symbolisch. Der direkte Nutzen ist umstritten. Bei mir ist Chaos. Aber vermutlich interessieren dich die Werke einen Dreck, du willst nur dein Geld loswerden, richtig?«

Sie hatte recht, ich interessierte mich nicht für Kunst. Kunst kaufte ich mir auf Socken. Ich hatte Van-Gogh-Socken, Monet-Socken und Mondrian-Socken. Die Mondrian-Socke hatte eine Einheitsgröße mit falscher Ferse. Die musste ich schon nach dem ersten Waschen wegschmeißen. Was das Geld betraf, lag sie falsch. Nur Philanthropen wollen ihr Geld einfach loswerden.

Mascha Harvensteen schloss die Tür zu ihrem Apartment auf. Dort war es angenehm kühl und komplett dunkel, weil alle Fenster mit Jalousien verschlossen waren.

Als sich meine Augen an das Dunkel gewöhnt hatten, sah ich, dass von Chaos keine Rede sein konnte. Das Apartment war übersichtlich leer bis auf Bilder in Folien und an den Wänden. Ich konnte nichts Privates entdecken. Im letzten Raum schaltete Harvensteen die Lichtanlage ein.

»Die Götter auf dem Olymp. Tracey Emin, Damien Hirst, Marina Abramović.«

Ich hatte die Namen noch nie gehört. Das Bild mit dem Ekzem musste wohl die Amerikanerin mit der Sonnenallergie sein. Es war furchtbar.

»Ein Künstler, der im Guggenheim hängt oder sich einen kurzen Hype auf der Biennale gegönnt hat, verändert die Sicherheitsparameter für ein finanzielles Risiko. Den Documenta-Shit kann sich die Sparkasse für ihre *KNAX*-Hefte holen. Kleine Hefte für kleine Kunden, richtig?«

Sie nahm ihre Brille nicht ab, zog aber ihren Mantel aus. Mit dem Mantel verschwand alles Weiche. Ein kurzer schwarzer Rollkragenpullover machte sie noch flacher und noch kantiger. Ihre Diktion ein Schlachtruf. Mit ihr im Raum Ritt der Walküren. Ich sah mir die Bilder an.

»Max hat mir die Obergrenze des Deals durchgegeben, damit fangen wir bei Platz 40 im Kunstkompass an. Vom Publikum zu Geld versteinert. Tja, und wenn der Sockel steht, setzt die Geschichte den Hammer an, richtig?«

Ich stand vor einem bunt gestreiften Bild, das aussah wie Geschenkpapier, und hörte das Klacken ihrer Absätze. Sie stellte sich verdammt dicht hinter mich, sprach über meine Schulter, ich spürte kurz die Bügel ihrer Brille am Ohr, ihr Tonfall plötzlich vertraulich. Ihre dunkle Stimme vereiste mir die Wirbelsäule.

»Gefällt dir der Richter? Weißt du, die meisten Künstler halten sich für kreativ, aber die eigentliche Kreation ist, den Geldfluss in Balance zu halten. Jeder von uns hat mal eine Idee, aber denjenigen finden, der sie als solches anerkennt, das ist die wahre Kunst. Echte Arbeit kennen Künstler nur aus Dokumentarfilmen. Der Maler wirft sich nicht mehr auf die Fläche, er beauftragt andere, das für ihn zu tun. Der Markt hat sich den Verstand rausgekickt. Wir müssen nachjustieren. Also, Konzentration auf die Verkehrswege, richtig? Ich verkaufe schließlich keine geklauten Ikonen, die ein unterbezahltes Hilfspersonal rausgetragen hat. Was machen wir täglich? Wir stärken Verhandlungsmasse. Hauptsache, ich weiß, wie sich meine Kunden gerne sehen. Porno für die Prüden, Picasso für die Gehemmten, Pop für Humorlose, nur die Depressiven kaufen sich auch deprimierende Kunst. Alles in Ordnung?«

Ich drehte mich um.

»Gibt es hier eine Toilette?«

Harvensteen lächelte kurz, eine kleine Unebenheit in ihrem Gesicht, die sich wie Sympathie anfühlte. Sie führte mich einen leeren Gang entlang zu einer Toilette, in der es weder Handtuch noch Seife gab. Das Einzige, was dort lag, war ein dünnes Buch. Sein Titel war *DIN A4. Die Kunst des Standards*. Das Buch war gefördert von der UBS, die damit warb, dass in unruhigen Zeiten Sachwerte wieder attraktiv würden und Anlagemodelle Standardisierung erforderten. Das Buch roch, als hätte jemand draufgekotzt. Als ich herauskam, zuckte ich zusammen. Harvensteen stand noch immer vor der Tür. Der Ausdruck in ihrem Gesicht hatte absolut Potential, Entsetzen auszulösen.

Ich deutete auf eine Malerei mit hässlich gemalten Streublümchen.

»Der Warhol ist verkauft«, sagte sie.

»Den hängen sich meine Kunden ins Kinderzimmer.«

Sie bewegte sich nicht vom Fleck und sah mich durchdringend an. Ich hatte zunehmend keine Lust auf einen Deal mit ihr.

»Du guckst, als hätte ich hier Fälschungen von virtuosen Chinesen. Oder verstehst du nichts von Kunst? Also, was du hier nicht findest, viel Botschaft mit beschissener Form, okay? Das hier ist Business, kein Hobby. Wie lange kennst du Max und Helena?«

»Seit vorgestern.«

Sie schien erstaunt, obwohl ihre Brille die Augen nicht passieren ließen.

»Du bist also neu im Business?«

Ich nickte vorsichtshalber, um den Strom zwischen uns nicht abreißen zu lassen. Die Pause zog sich.

»Tja, ich muss darauf hinweisen, dass du in einer paradoxen Situation steckst, okay? Steuerbetrug ist die Autoimmunerkrankung unseres Systems.«

Ich grinste.

»Meine Moral in Geldangelegenheiten habe ich im Notfallgepäck.«

»Gut für dich. Wo ist das Bargeld?«

»Welches Bargeld?«

Ich holte die präparierte Pralinenschachtel aus dem Rucksack und öffnete sie.

»Praline?«

Harvensteen warf einen Blick auf die italienische Schachtel und lachte laut auf.

»Baci – ich habe schon einiges gesehen, aber das ist einfach zu süß. Ihr Deutschen habt ja richtig Humor. Bist du eine Kleinkriminelle? Oder will mich dein Boss testen? Oder bist du einfach eine Frau?«

Sie nahm sich eine Praline, zerkaute die Haselnuss und las mir den Spruch vor.

»*Liebe ist, wenn zwei Herzen dieselbe Sprache sprechen.* Was sagst du dazu?«

»Prinzipiell richtig.«

Harvensteen leckte sich in aller Ruhe die Haselnusssplitter aus den Zähnen. Ich steckte die Pralinenschachtel wieder ein.

»Wohnst du hier?«

Sie lachte. Es klang dreckig.

»Willst du einziehen? Schweiz. Letztes Paradies in Europa. Kein Folgerecht, keine Künstlersozialabgaben, nun ja, man drückt ein Auge zu, schließlich will man nicht den Standortvorteil verlieren. Marktwirtschaft versus staatliches Dirigieren. Na ja, ihr Deutschen liebt ja euren Katzenjammer mit faustischer Tiefe. Hat Max etwas gesagt zu dem Tod von Tadić?«

Ich schwieg und sah mir weiter die Kunstwerke an. Eine Herausforderung.

»Tja, die Konsequenzen für einen Skandal in der Stiftung wären für Wellinghofen enorm. Gerade auf die fleischverarbeitenden Betriebe hat man doch ein ganz besonderes

Auge. Die Deutschen lieben ihre Wurst, aber sie soll moralisch rein sein. Verantwortung beim Schlachten nennt man das. Wurst. Die lässt sich Deutschland nicht vom Brot nehmen.«

Sie war gut über Wellinghofens Imperium informiert. Hatte sicher seine Webseite gecheckt. K2 warb mit stressfreier Zuführung beim Schlachten. Genaueres stand da nicht. Human war, wenn die Schweine zum Erschießen durch einen Spiegelsaal laufen, damit sie sich nicht alleine fühlen. K2 hatte mir bei einem Rundgang durch seine Firma erklärt, dass ich kein Blut sehen würde. Alles würde sofort verwertet. 250 Teilstücke demontierte er aus einem Schwein. Wir wollen die richtigen Komponenten liefern. Sauber und ordentlich, wie man mit einer Kreatur umgeht. Das waren seine Worte. Wir müssen nicht wachsen, wir müssen uns spezialisieren. Und dann machte er immer diesen Fleischerwitz: Darfs ein bisschen mehr sein?

»Interessiert es nicht deinen Boss, dass Tadić erschossen wurde?«

Ich drehte mich um.

»Er hat sich nicht selbst erschossen?«

»Das wäre noch besser gewesen. Erzählt Max so einen Blödsinn? Nun ja, Max ist ein dezenter Mensch, der immer Ruhe schaffen will. Dann heiratet er dieses Mädchen aus einem russischen Waisenhaus, das sich als Adlige ausgibt, sie ziehen in die High Society ein, und jetzt fürchtet er Trouble. Hat sie dir auch schon von den Baltischen Ritterschaften erzählt?«

»Helena sagte, Tadić hätte Selbstmord begangen, nachdem ihm Karnofsky gekündigt hat.«

Harvensteen lachte auf.

»Fährt man für einen Selbstmord auf den Aligro-Parkplatz? Tadić wurde von ganz oben gefeuert. Und damit meine ich nicht Gott. Wie ich schon sagte, Max will Ruhe, Helena will auch Ruhe, wenn auch aus anderen Gründen. Selbstmord klingt nun mal gesitteter als drei verhunzte Schüsse von einem Anfänger aus nächster Nähe. Tadić war so inkompetent, dass es nicht mal für einen Profikiller gereicht hat.«

Ich starrte sie an.

»Gute Story. True-Crime-Podcast?«

»Max hat mir alles erzählt. Und er hat die Informationen aus erster Hand. Von der Polizei. Meine Botschaft lautet, halte dich raus!«

Sie sah aus, als zückte sie selbst gleich ein Sturmgewehr, legte mir aber ein Foto von einem Gemälde mit zwei Strichen auf den Tisch.

»Ich mache hier in Ruhe meine Geschäfte. Hast du das verstanden? Der Cy Twombly liegt noch in Genf. 100 000 Franken. Wellinghofen will ja nichts für den Wohnwagen.«

Ich deutete auf das riesige Bild im Stil von Geschenkpapier.

»Zu teuer für dich.«

»Vielleicht ein Stück abschneiden?«

Sie zog ihre Lippen leicht in die Länge. Es entstand ein gequältes Lächeln von vorzüglicher Arroganz. Ich glaube, sie mochte mich, hoffte aber, es war nicht mehr.

»Schon Nick Sanjay kennengelernt?«

Ihre Diktion war glatt wie eine frisch präparierte Kunsteisbahn. Es gab etwas, was ich nicht orten konnte. Also verhielt ich mich dementsprechend. Ich stellte mich dumm.

»Wer ist das?«

»Ein Arschloch.«

Ich tippte auf ein kleines Bild.

»Das ist was für Leute, die Ahnung von Kunst haben. Der ist noch günstig, aber ich verkaufe ihn nicht.«

»Wie ist der Titel?«

»Selbstliebe«, sagte sie trocken. Harvensteen nahm ihre Brille ab und sah mich mit einem stechenden Blick an. Ihre gefärbten Linsen waren die Augen von einem Hund, der jederzeit bereit war, einen seiner Kollegen zu fressen, wenn er ihm dumm kam.

»Die Begegnung des Subjekts mit sich selbst vergleiche ich mit dem Laufen durch eine rollende Tonne. Ein Spaßfaktor. Habe ich mich verständlich ausgedrückt?«

Im Hintergrund begannen unerträgliche Bohrgeräusche. Wir sahen uns in die Augen, unsere Rollen, nicht gemacht für ein Happy End.

»Max sagte mir, du willst Geld loswerden.«

»Nicht zwangsläufig.«

Wir standen uns gegenüber, zwischen uns ein unbestimmtes Flackern.

»Eve Klein. Ist das ein Pseudonym?«

»Klingt fast so, oder?«

Das Gespräch war ausgelaufen.

Harvensteen setzte ihre Brille wieder auf, begleitete mich zur Tür und beendete unser Treffen so galant wie der Exit-Button in einer Zoom-Konferenz.

Ich nahm mir ein paar Highlights aus dem Stadtführer vor und entschied mich für ein Mittagessen in der Kronenhalle. Kaum hatte ich das berühmte Restaurant betreten, sah ich auch schon Sanjay mit einem Afrikaner am Tisch sitzen.

Ein teuer eingekleideter Typ, für den Sanjay sicher keinen Bewirtungsbeleg ausstellte. Ich machte unbemerkt ein Foto und verdrückte mich wieder. Eine Bratwurst am Sternengrill tat es auch. Um 14 Uhr war ich zurück in der Villa am See.

Das Taxi nahm die Einfahrt und hielt vor dem Eingang mit der Medusa. Die Zwillinge standen, Hand in Hand, vor der Eichentür. Als sie mich erkannten, rannten sie auf mich zu.

»Mama!«

Ich schluckte. Die Sanfte schmiegte sich an mich wie ein Kleinkind und die Strenge wiederholte kalt ihre Anrede.

»Mama!«

Völlig verdattert fragte ich die beiden, wo ihre Eltern wären. Wie immer antwortete die Strenge.

»Mami arbeitet. Papi arbeitet. Können wir spielen? Lara ist ein Baby. Sie will immer das Baby sein. Ich bin Prinzessin Diana, du bist Prinz Charles.«

»Pass mal auf, Kleine, die Geschichte nimmt im Tunnel ein mieses Ende. Außerdem habe ich Kopfschmerzen.«

Die Sanfte rannte weg und kam mit einem winzigen Tütchen mit Pulver wieder.

Sie drückte mir das Tütchen in die Hand, und die Strenge erklärte mir, dass darin Papas Medizin sei. Ich kostete einen Krümel. Erstklassiger Koks.

»Wo ist euer Vater?«

»Das magische Wort heißt danke. Papa arbeitet im Bootshaus.«

Sie sah mich beleidigt an und nahm ihrer Schwester den Daumen aus dem Mund.

»Onkel Nick sagt, du bist Wellinghofens Spitzel.«

Dann verschwand sie mit ihrer Schwester nach drinnen.

Ich ging zu dem verglasten Bootshaus in klassizistischer Architektur. Die weißen Gardinen waren zugezogen. Ich klopfte, bekam aber keine Reaktion, also öffnete ich die Tür. Karnofsky lag auf einem Sofa und schlief. In der Luft lag Alkoholgeruch, der sich mit gechlortem Putzmittel mischte. Auf dem Boden stand ein leeres Glas. Daneben ein Zettel mit Helenas Handschrift.

»Enjoy the time with her.«

Waren wir allein mit den Kindern? Ich las den Zettel ein zweites Mal. Auf wen bezog sie sich? Retteten die beiden ihre Ehe mit dem Modell der offenen Beziehung? Frauen, die zum Seitensprung einladen, halten sich auch ein Hintertürchen offen für Amoklauf. Ich sah mich um und heftete meine Blicke auf die Aktenordner im Regal gegenüber der Liege, wo Karnofsky schnarchte.

Beschriftungen, die eine strukturierte Freizeit und Zugehörigkeit offenbarten.

The Real Heaven Golf Club. Emerald Tennis Club. Verträge. Korrespondenz. Der unbeschriftete Ordner interessierte mich. Ein Ordner, der aus dem Rahmen fiel. Ich stand vor dem Regal und überlegte, ob ich ihn öffnen soll. Vorsichtshalber drehte ich mich zu Karnofsky um, und unsere Blicke trafen sich. Er muss mich die ganze Zeit betrachtet haben. Er lag da und sah mich an.

»Die Kinder sagten mir, dass du hier bist.«

Ich nahm die drei Goldplättchen vom Regal, die zwischen dreckigen Gläsern lagen, ein wenig größer als SIM-Karten mit einem Prägestempel von Argor-Heraeus Switzerland versehen. 999,9 Reinheitsgehalt.

»Keine Angst vor Diebstahl?«

Karnofsky setzte sich und strich mit beiden Händen die Haare nach hinten.

»Hier klaut keiner. Aber du hast recht, ist ein Geschenk von Nick, und ich sollte es besser behandeln. Wenn alles zusammenbricht, Gold geht immer. Sorry, ich hatte wenig Schlaf heute Nacht. Helena musste geschäftlich verreisen.«

»Mit Zertifikat?«

»Hältst du uns für Gangster? Klar mit zertifiziertem Herkunftsnachweis. Drei mal 250 Gramm macht 42 000 Franken, war ein Geschenk von Nick zu meinem 42sten.«

Mir fiel zum ersten Mal auf, dass er eine ausgesprochene Bewegungseinschränkung seiner Schultern hatte. Sie hingen leblos herunter, nach innen gefallen. Im Alter wird er massive Probleme bekommen. Ich sollte ihm eine Faszien-Rollmassage vorschlagen, denn eine Kyphose führt zu behinderter Atmung und einem früheren Abgang. Leute mit einem Witwenbuckel haben meist keine eigene Meinung, null Körperspannung. Sie müssten sich aufrichten, ihre innere Haltung verändern. Karnofsky muss meinen prüfenden Blick falsch verstanden haben, er wirkte verunsichert und begann, über Mascha Harvensteen zu sprechen.

Sie sei in ihrem Geschäft unschlagbar, ihre Kontakte wären phänomenal, es gäbe leider niemanden, der sich mit ihr unterhalten könne. Sie sei unverständlich wie eine ägyptische Grabtafel, aber dafür käme sie mit Bargeld klar. Ich legte die Plättchen zurück auf das klebrige Regal.

»Vermittelst du öfter solche Geschäfte?«

Karnofsky sah mich verwundert an.

»Willst du rechtskonform sein oder das Bargeld loswerden? Wenn alle bescheißen, ist man dumm, wenn man es nicht tut. Was kümmert mich die Welt, solange ich noch die Tür zumachen kann.«

»Und? Kannst du die Tür noch zumachen?«

Karnofsky sah mich an, als hätte ich ihm ein genaues Datum für die Apokalypse genannt, aber sein Zynismus gewann die Oberhand.

»Ach weißt du, wenn man sich für die Welt entscheidet, wird dir der ganze Mist frei Haus geliefert. Leider ohne Rücknahmerecht. Ich habe für mich definiert, was gutes Leben ist, und Definitionen setzen nun mal Grenzen. Du wirst mir ja wohl recht geben, dass wir nur bei Hypothesen frei sind. Ich will auf jeden Fall integer sein.«

»Was wir sein wollen, ist noch kein Verdienst.«

Karnofsky bückte sich und steckte den Zettel von Helena in seine Hosentasche. Er hatte recht. Unsere Vorsätze funktionieren wie ein schlecht konzipiertes Videogame. Shot in the head, legs fall off.

»Warum hast du Tadić gekündigt?«

»Nick hat mich informiert, dass Tadić die Buchhaltung manipuliert hat.«

»Und dann erhält er einen Bonus?«

»Ich stehe zu Nick. In erster Linie geht es um Ruhe. Tadić hatte mit Selbstanzeige gedroht. Nick hat daraufhin mit Tadić einen Deal gemacht, dass er finanziell entschädigt wird, wenn er den Strafverfolgungsbehörden keine belastenden Informationen zur Verfügung stellt. Nick hat alles ausgebessert.«

»Ausgebessert?«

»Was ist wichtiger? Weitere Hilfeleistungen oder die Staatsanwaltschaft? Die Öffentlichkeit sollte von Tadićs Betrugsaktivitäten nichts erfahren. Das ruiniert das Image der

Stiftung. Ich werde Karl von Wellinghofen persönlich darüber informieren. Ich übernehme die volle Verantwortung.«

Woher nahm Karnofsky den Optimismus, dass Probleme verschwinden, wenn man die Verantwortung übernimmt? Der Zweifel muss sich recht plastisch in meinem Gesicht abgebildet haben.

»Und dann bekommt Tadić Geld hinterhergeworfen? Klingt nicht plausibel.«

»Tadić hat noch drei Monatsgehälter erhalten und wurde freigestellt.«

»Die Freistellung war radikal, sozusagen für die Ewigkeit.«

Karnofsky sah mich an, als hätte ich ihm sein eigenes Todesdatum mitgeteilt.

»Warum hast du dich nicht an die zuständigen Behörden gewandt und den Vorfall gemeldet?«

»Warum ich mich nicht an die Behörden gewandt habe? Sag mal, bist du wahnsinnig? Die Integrität der Organisation muss gewahrt bleiben. Keiner will einen Medienskandal. Dann ist es vorbei mit der Hilfe. Was die Presse betrifft, spreche ich mit Karl von Wellinghofen sicher eine Sprache.«

»Eine Knarre ist auch eine Sprache. War das die Entschädigung, von der Sanjay sprach?«

Karnofsky sah mich an, als wäre gerade eine Fledermaus aus seiner Kuckucksuhr geflogen.

»Mascha Harvensteen hat mir erzählt, dass Tadić erschossen wurde. Läuft Tod durch Erschießen bei dir unter Vollkontaktsport?«

Die Selbstmordversion hatte mich von Anfang an stutzig gemacht, aber hinterher ist es immer leicht, von Vorahnung zu sprechen. Tadić hatte auf dem Foto in seinem Lebenslauf nicht nach einem schluffigen Selbstmörder ausgesehen, eher nach einem, der anderen zu dieser Entscheidung verhalf.

Karnofsky fiel in sich zusammen wie ein Soufflé. Er schüttelte seinen Kopf und atmete tief.

»Es ist nicht einfach gerade, wir sind alle nervös. Ich sag dir jetzt was, ich war bei der Polizei. Ich wurde vernommen, ich bin eine sogenannte Auskunftsperson, mehr nicht. Richtig, Tadić hat sich nicht umgebracht, er ist erschossen worden. Ich habe es für vernünftiger gehalten, die Wahrheit für mich zu behalten. Hell dreht durch, wenn sie das hört, sie hat Angst wegen der Kinder, sie würde sofort denken, dass irgendwelche Fanatiker es auf unsere Familie abgesehen haben. Vielleicht als Nächstes die Kinder entführen, um Geld zu erpressen. Wir haben viele Neider. Wir sind eh und je potentiell gefährdet, was Kidnapping betrifft. Du als Angestellte kennst nicht das Ressentiment der Leute, die wenig verdienen. Und noch was. Die Polizei vermutet, dass die organisierte Kriminalität dahintersteckt. Jawohl, ein Bandenkrieg. Ja, richtig, Tadić hat seinen eigenen Drogenring eröffnet, falsche Reinigungskosten veranschlagt und damit das Geld gewaschen. Ich bitte dich, in Helenas Gegenwart nichts davon zu erwähnen.«

»Weiß sie, dass du kokst?«

»Blödsinn. Ich will nicht, dass meine Familie an einer lächerlichen Banalität zerbricht.«

»Kann ich dir noch mit ein paar Adjektiven dienen? Deine Erzählung klingt recht trocken. Was ist mit Jaco Balushi?«

»Sag mal, soll das ein Verhör werden? Willst du mir irgendwelche Zwielichtigkeiten nachweisen? Ich habe keine Ahnung, verdammt nochmal. Die Einstellung von Balushi war eine Gefälligkeit für Tadić und Gefälligkeiten rächen sich.«

Karnofsky hatte seine Stimme erhoben, lenkte aber schnell wieder ein.

»Hör mal, ich bitte dich nur um Ruhe hier im Haus. Ich habe eine Verantwortung meinen Kindern gegenüber. Du weißt nicht, was hier los ist. Ich kann es dir auch gerade nicht erklären. Helena ist mit Sicherheit wegen Nick abgereist. Sie hasst Nick. Sie hält ihn für einen überheblichen Aufsteiger mit undurchsichtigen Kontakten. Wir müssen Ruhe bewahren.«

»War das deine letzte Fassung oder kommt noch was Unerwartetes?«

Karnofsky schwieg. In einen Bandenkrieg verwickelt zu werden, schien mich mehr zu beunruhigen als ihn. Die Bezahlung von K2 verlor umgehend an Wert. In dem Glashaus herrschte eine muffige Stimmung wie in einem ungelüfteten Schlafzimmer. Karnofsky hatte alle Schnittigkeit verloren. Übriggeblieben war ein schlecht ausgewrungener Waschlappen.

»Ich halte mich an die Gesetze, okay?«

»Macht ihr eure Gesetze auf der Riffelalp? Berg hochsteigen und dann auf die Welt hinuntersehen?«

»Was soll das mit der Riffelalp? Hast du was gegen Berge?«

»Die Romantik der Berge stößt bei mir auf Unverständnis.«

Er sah auf seine Uhr.

»Glück gehabt, ich schaffe gerade noch den Nachmittagsgottesdienst mit den Kindern, und danach fahren wir in den

Golfclub. Es gibt eine exzellente Kinderbetreuung und ein gutes Restaurant mit Blick auf den See. Kommst du mit?«

Irgendwie schockte mich die Bestätigung, dass wir allein mit Sanjay und den Zwillingen waren. Karnofsky muss mein Gesicht wohl als Ablehnung seiner Einladung gelesen haben, denn er argumentierte weiter, um mich zu überzeugen.

»Die Kinder freuen sich, wenn du mitkommst.«

Ich stellte mir den Golfclub vor wie eine Netflix-Serie. Gleichmäßige Menschen mit gebleichten Zähnen, gechlorte Sauberkeit, stimmige Farben und zusammengeschusterte Dialoge. Es ist völlig gleichgültig, ob es sich um Terroristen, Hausfrauen oder Serienmörder dreht, spätestens nach der dritten Folge fragt man sich, wer mit wem vögelt. Fernsehen geht behutsam mit den Erkenntnisschranken des Publikums um.

»Ich freue mich auch, wenn du mitkommst«, sagte Karnofsky.

Er blinzelte mich verführerisch an. Jede Entscheidung hat Nebeneffekte, die wir nicht entscheiden. Ich ging mit.

Die reformierte Kirche hätte auch ein Eventcenter sein können. Man konnte gut sehen, wie die Institution Kirche einen Niedergang erlebt hatte und in Form von Unterhaltungskultur übriggeblieben war. Im Gang gab es eine Kaffeemaschine. Ich nahm die Rede des Pfarrers an, wie man im Fahrstuhl Musik hört. Sie ähnelte einem Schulaufsatz zum Thema frei gewähltes Zitat und Interpretation. Ich versuchte an Sex mit Ricky zu denken, aber die Lieder der drei Gitarrenspieler und der unkoordinierte Gesang der Gläubigen machten es unmöglich. Dem Raum fehlte jegliche Heiterkeit.

»Gott schuf den Menschen«, sagte der Prediger, »das sollten wir nie vergessen.«

Wenn ich mir Gott verdeutlichen will, dachte ich, muss ich mir nicht den Menschen vor Augen führen, ein Tintenfisch täte es auch. Wesen, die immer einen Ausgang finden. Bewundernswert.

Die Frau neben mir hatte ein Scharnier statt eines Rundgelenks an ihrem Hals. Sie nickte mir vogelartig zu und drückte mich abrupt an ihren Busen.

»Vor dem Hilfswerk lag ein abgetrennter Kopf. Gott sieht alles«, flüsterte sie mir ins Ohr und sah dabei ängstlich zu Karnofsky rüber. Ich konnte mir keinen Reim darauf machen. Die Leute um mich herum sahen sich mit fanatischer Herzlichkeit an. Herzlichkeit, die mit der Knarre in der Hand verteidigt wird. Genau dort, wo der Zaun des Nachbarn beginnt.

Im Golfclub wurde Karnofsky mit Blick auf mich von allen mit der Frage begrüßt, wo Helena sei. Mir kam es so vor, als bemühe er sich daraufhin, so geschäftlich wie möglich zu klingen, als er mich vorstellte. Besuch aus Deutschland. Wir führten kurze Gespräche, die den Sprechblasen von Micky-Maus-Comics glichen. Kurz, knapp, unverfänglich.

Die Kinder bestrichen sich mit Lichtschutzfaktor 50, bis sie wie Geister aussahen, und gingen mit der Kinderbetreuung zum Minigolfplatz; wir setzten uns auf die Clubterrasse zu einem befreundeten Ehepaar, das uns übertrieben begrüßte, wie es sich für Leute mit einem Ziel vor Augen geziemt.

»Bist du das neue Au-pair?«

»Sie arbeitet für Wellinghofen. Darf ich euch vorstellen – Eve Klein. Das sind René und Gabrielle Axhauser.«

Bei K2s Namen veränderten die beiden ihre saloppe Haltung und setzten sich gerade hin, als wäre ich ihnen unheimlich.

»Eve ist für die Begabtenförderung bei den Interni zuständig.«

Das Ehepaar fixierte mich, als erklärte man ihnen ein abartiges Hobby. Es entstand eine befremdliche Pause.

Der Kellner servierte einen Brut Rosé aus der Franciacorta. Wir erhoben die Gläser und prosteten uns verkrampft zu. Gabrielle Axhauser war eine exaltierte Blondine mit spitzer Nase, an der nur die weißen Dior-Slingpumps unschuldig wirkten. Sie trug so enge Klamotten, dass man sie für eine Skulptur halten konnte. Sie war es, die sich als Erste aus ihrer angespannten Haltung löste, um mir die Speisekarte zu erklären. Ihr Mann sah mich weiter mit toten Augen an. Gabrielle Axhauser harkte mit ihrem gut manikürten Finger auf der Speisekarte herum und gab ernährungswissenschaftliche Erklärungen. Als sie durch war, machte sie sich über ihren Mann her. Ihr Empfehlungsexorzismus und die damit verbundene konstante Evaluierung seines Verhaltens hatten bei ihm zu einer Art Bewegungsstarre geführt. Selbst sein Gesicht war unter der Last der konstanten Anschuldigungen zu einem dümmlichen Grinsen verkümmert. Ich wunderte mich, wie weit manche Männer gingen. Sex oder eine Haushaltshilfe konnte man doch wirklich billiger haben. Wie sich herausstellte, führte Gabrielle Axhauser eine Immobilienfirma. Sie holte einen Prospekt aus ihrer Handtasche, der besondere Immobilien für besondere Kunden versprach.

Als das Essen kam, steckte die energische Dame ein paar Bröckchen von dem Tartar in eine edle Tasche auf dem Boden, die von einem zitternden Hündchen bewohnt war. Das Hündchen setzte sich in keiner Weise von einem plüschigen Handtuch in der Tasche ab. Ich versuchte beides auseinanderzuhalten, was für Gabrielle Axhauser offensichtlich wie Interesse aussah. Sie drückte mir die dünne Kreatur in die Hand und stellte sie vor wie ein Zeremonienmeister. Fleury du Vermont. Tochter von Gottlieb vom Odilienberg und Fanchette du Vermont. Fleury hatte vermutlich noch nie den Boden mit eigenen Füßen berührt. Sie fühlte sich an wie ein Küken und hatte Ohren wie Zöpfe. Unter dem luftigen Fell hatte ich eine Handvoll Knöchelchen in der Hand. Fleury machte denselben Eindruck wie ihre Herrin, neurotisch und ohne Nerven für den Alltag. Ich stellte das Hündchen auf den Tisch, und es pisste daraufhin neben den Teller. Allgemeines verlegenes Gelächter. René Axhauser wurde für seine Teilnahme ausreichend mit gehässigen Blicken beschimpft. Blicke, die ihn zu Tierschutzmonologen animierten. Er kam mir vor wie jemand, der den Ball nie treffen kann und sich daher im Anfeuern übt. Der Kellner wischte den Tisch und deckte ein neues Tuch auf. Ich bestellte Fritten.

»Isst du kein Fleisch?«

»Ich hasse Tiere.«

Fleury kläffte schrill, was sich wie Industrial Hardcore anhörte. Gabrielle packte Fleury wieder in die Tasche. Die feuchte Hitze verband uns fugenlos mit den Stoffen aus Acryl. Karnofsky strich sich das Haar nach hinten und wischte sich mit der Serviette den Schweiß von der Stirn. René Axhauser hatte wieder sein resigniertes Lächeln aufgesetzt. Gabrielle Axhauser redete im Kampf gegen Leerstellen ein Potpourri aus Headlines zusammen. Attentate, Epidemien, berühmte Scheidungen und was ich als Deutsche zu der Erderwärmung sagen würde.

»Kälte wäre schlimmer«, sagte ich.

Die Dame bewegte nicht ihre Mundwinkel. Die Wartungsarbeiten an ihrem Gesicht verhinderten eine ausführliche Reaktion.

Karnofsky blinzelte mir zu. Ein Moment nicht astreinen Ursprungs, ein knapper Auszug aus dem Katalog sexueller Fantasien. Gabrielle Axhauser klemmte sich dazwischen.

»Wie geht es mit Tadić weiter?«

»Der nächste Schritt ist die Verbrennungsanlage.«

»Du bist pervers, Max. Die Sache ist ja nicht ganz unproblematisch. Hast du eine Theorie?«

Das Ehepaar sah Karnofsky beunruhigt an. Karnofsky rief den Kellner und bestellte langatmig einen Drink mit ausgefeilten Extras. Mir kam es so vor, als würde er absichtlich umständliche Anweisungen geben, um die Diskussion abzuwürgen.

»Ich habe keine Theorie.«

Die Axhausers wirkten angespannt, ihre Blicke dokumentierten tiefe Sorge, aber Karnofsky reagierte nicht. Mir fielen in dem Augenblick die blutigen Ränder von René Axhausers Fingernägeln auf, von denen er die ganze Zeit kleinere Hautstücke abzog.

Sie legte mit generöser Geste ihre Visitenkarte auf den Tisch.

Gabrielle Axhauser. Geschäftsleitung. Compieto AG.

Sie sah mich forschend an.

»Du suchst also den neuen Geschäftsführer für die Interni?«

Max antwortete für mich.

»Wie ich schon sagte, sie ist ehrenamtlich für Begabtenförderung zuständig. Cheers!«

Er sah mich aufmunternd an, alle hoben ihr Glas. Der Schaumwein schmeckte warm wie Kinderlimonade, es entstand wieder eine Pause.

»Hast du von dem abgetrennten Kopf gehört?«

Gabrielle Axhauser hatte es geschafft. Alle sahen sie an.

»Ein menschlicher Kopf. Angeblich wurde er vor das Gebäude der Interni gelegt. René hat für das Event im Hotel den Sicherheitsdienst verschärft. Was hat das alles zu bedeuten? Erst Tadić, dann dieser abgetrennte Kopf? Möglicherweise gibt es einen Zusammenhang? Eine Enthauptung, Max. Ist das eine Drohung?«

»Hör auf mit dem Schwachsinn«, sagte Karnofsky.

»Ist Tadić auch Schwachsinn, deiner Meinung nach? Ich hatte schon immer das Gefühl, dass mit Tadić etwas nicht stimmte«, sagte sie.

»Etwas stimmte nicht? Kanntest du ihn so gut? Oder sind es deine Parteivorurteile unkontrollierter Einwanderung wegen? Tadić hat ganz normal gearbeitet.«

Karnofskys Stimme klang hart. Gabrielle Axhauser sah aus, als würde sie gleich auf den Tisch kotzen.

»Tadić hat nicht im Mindesten dem Anforderungsprofil eines Geschäftsführers entsprochen. Von optimal qualifiziert konnte keine Rede sein. Nick hat mir erzählt, dass er vorbestraft war. So was könnte ich mir bei der Compieto nicht erlauben. Die Compieto bevorzugt Lösungen, nicht Probleme.«

Gabrielle Axhauser gab nicht auf. Ihre Rede zog sich in die Länge wie ein Käsefondue. Ihr klappriges Nervenkostüm manifestierte sich in einer unerträglichen Stimme, für die man eine Leck-mich-am-Arsch-Tablette brauchte. Als die Zwillinge an den Tisch kamen, verabschiedeten sich die Axhausers. Die Abschiedsfloskeln von Gabrielle Axhauser waren facettenreicher als das ganze Gespräch davor. Ihr aufgespritzter Mund erinnerte an die Bewegung eines Karpfens, der nach Luft schnappt.

»Nach dem Event gehen wir zum Wasserskifahren nach Miami. Die Welt mal aus einem anderen Blickwinkel sehen. Hoffen wir auf Besseres. Das bist du all den Sponsoren schuldig. Und weißt du was?«

Sie beugte sich zu Karnofsky.

»Ich wünschte, es wäre einfach ein Junkie, der seinem Pusher den Kopf abgeschlagen hat. Aber Tadić ist ja schon tot.«

Sie schwirrte mit ihrem Mann ab. Karnofsky zuckte mit den Schultern.

»Ihr Schönheitschirurg hätte ihr den Sprung in der Schüssel kitten sollen.«

»Unterstützen sie das Hilfswerk?«, fragte ich.

»Eher umgekehrt«, sagte Karnofsky.

Er erzählte mir, dass René Axhauser eine Hotelkette an gesichtslosen Orten besäße und dass er ihm den Gefallen täte, seine Räumlichkeiten für Veranstaltungen zu mieten. Max brachte seine Kinder zum Kinderparadies zurück und redete mit der Kinderaufsicht. Ich suchte im Netz nach der Compieto AG. Sie gehörte einer Stiftung in Liechtenstein. Sie war es, die den Interni den Acht-Prozent-Kredit gewährt hatte. Ein wirtschaftliches Beziehungsgeflecht ist wie die unterste Etage des Waldes, uns reicht, was oben zu sehen ist. Als Karnofsky zurückkam, bestellte er sich einen Whisky und erzählte mir, dass Helena ihn verdonnert hätte, den

Kindern das Fernsehen abzugewöhnen. Stattdessen sollten sie Flöte üben.

»Die Erziehung beginnt immer dann, wenn sie wegfährt.«

»War ihre Abreise geplant?«

Karnofsky schüttelte den Kopf. Dann trank er sein Glas in einem Zug aus. Der Kellner brachte wortlos den nächsten Drink.

»Der Scheißkopf kommt noch auf alles obendrauf. Ein Mitarbeiter hat mich angerufen, dass die Polizei vor dem Hilfswerk alles abgesperrt hatte. Hätte wer auch immer das Scheißding nicht woanders hinlegen können? Es ist gut, dass Hell davon nichts mitbekommt. Sie neigt zur Risikoüberbewertung nach unbedeutenden Vorfällen. Kürzer gesagt, sie ist hysterisch.«

»Der erschossene Tadić und ein abgetrennter Kopf vor dem Eingang der Interni. Masken-Max wachst Wachsmasken aus Wachs.«

Karnofsky sah mich an wie eine stehengebliebene Wanduhr. Die schwüle Hitze zeichnete ihm eine Landkarte auf das Hemd, deren Kontinente schwarze Ränder bildeten.

»Gabrielle Axhauser scheint extrem besorgt.«

»Gabrielle leidet unter Aufmerksamkeitsdefizit.«

Er hatte seine Stimme etwas gehoben, eine abwehrende Stimme, eine, die Blicke der Nachbarn auf sich zog. Er drosselte seine Tonhöhe und rückte etwas näher an mich heran.

»Was soll ich tun? Mich verrückt machen über Dinge, die ich nicht weiß? Dafür gibt es die Polizei. Wozu zahlen wir Steuern? Es ist keine gute Idee, sich einzumischen. Für mich bedeutet der Tod Tadićs nur mehr Arbeit. Ich bin müde. Ich habe eine Familie. Helena und ich, nun ja, es holpert gerade. Ich habe Helena eine Reise nach Indien vorgeschlagen.

Ein bisschen Spiritualität, um wieder zusammenzufinden. In letzter Zeit hat Helena nur noch Sex mit ihrem Hermelincape. Das Ding mit den albernen Schwänzen. Eine Woche Nepal, übernachten in Ashrams, und wir träumen wieder.«

LSD wäre besser, dachte ich. Er war offensichtlich ein Fan von Wunschdenken. Die Dritte Welt bietet reichen Touristen ein Karma für die Gegenwart. Currygerichte und unscharfe Übersetzungen, und schon kann man die Welt so lassen, wie sie ist.

Karnofsky sah wehmütig zu den Kindern.

»Lara ist zu dick.«

Jetzt verstand ich die strengen Diätpläne. Dabei zog die Sanfte alle Blicke auf sich. Ein Bilderbuchkind, stumm und schön wie ein kitschiger Engel.

»Sie ist sehr still«, sagte ich.

Ich versuchte, möglichst normal zu klingen, hatte aber insgeheim Bedenken, dass die Kleine ernsthaft krank ist.

»Es ist nur eine Phase. Sie sollte nicht so viel Süßigkeiten essen, sonst wird sie mit 20 auf Facebook ihre Depressionen dokumentieren. Gefällt es dir hier? Der Club ist zum Club des Jahres gewählt worden.«

Ich sah mich um. Für eine kurze Weile ganz oben zu sein, ist im Weltall nichts Ungewöhnliches.

Karnofsky setzte eine schnittige Sonnenbrille auf und sah mich tiefsinnig an. Ich hatte das Gefühl, dass er mich das erste Mal richtig wahrnahm.

»Hast du eine Beziehung?«

»Ne, und du?«

Er atmete tief aus. Ein Seufzer nach ganz unten.

»Ich habe für heute Abend Karten für das Opernhaus. Würdest du mich begleiten?«

Besser als Kinder hüten, dachte ich und sagte zu. In der Villa angekommen, übernahm die Portugiesin die Kinder. Es schien, als wären Max und Helen nur für eine gewissenhafte Übergabe verantwortlich. Die Augen der Portugiesin waren verquollen. Sie war sichtlich erledigt.

Ich verließ in einem gelben Minikleid mit Karnofsky das Haus. Er warf einen verunsicherten Blick auf meine nackten Beine, als wir in seinen Wagen stiegen. 15 Minuten später parkte er überraschend auf dem Privatparkplatz eines noblen Stadthauses in hellem Stein mit hohen Fenstern, vor denen runde Bäumchen wie Perlen aufgereiht waren.

»Wir nehmen noch einen Drink bei Axhausers und fahren dann mit dem Taxi. Parkplätze sind rar in Zürich. Die da sind, kosten eine Menge Geld. Dunkelrot regiert. Da sag noch einer, die können nicht mit Geld umgehen.«

Ich wunderte mich über seinen Geiz. Er nahm sich eine dünne Mappe und klingelte.

»Übrigens, sie ist definitiv die Clevere von beiden.«

Er schnitt eine Grimasse, die bekräftigen sollte, wie skurril ihm dieser Fakt erschien.

Gabrielle Axhauser bekam eine Aura glatt wie eine Teflonpfanne, als sie mich in der Tür schon wieder sah. Ihr Mann begrüßte uns mit Fliege und Einstecktuch und einer Fistelstimme wie in einem missglückten Schnulzensong, wurde aber schon im ersten Satz von ihr unterbrochen. Sie zeigte unterkühlt auf den Salon und zog Karnofsky in ein anderes Zimmer. Es war zu hören, wie ihre Stimme ins Hektische abglitt.

Ich saß mit übereinandergeschlagenen Beinen in einem

Sessel von klassisch ausgekotzter Farbe. Minimalismus, in dem man sich nie hängen lassen darf. Ein geometrisches Bild unterstrich die pathetische Erhabenheit dieser trostlos asketischen Bude.

René Axhauser bewegte sich wie eine mechanische Puppe und servierte Champagner mit einstudierten Gesten, immer das Etikett obenauf. Dom Pérignon. Der Markenschutz von Champagner wurde im Versailler Vertrag festgelegt. Friedensverträge sind Handelsverträge. Und Handel ist Krieg. Karnofsky kam mit ihr zurück. Wir prosteten uns zu. Mildes Lächeln. Aber ein Gespräch ergab sich nicht.

Nach einer Weile begannen die Axhausers ihre kürzlich erworbenen Kunstwerke zu erklären, die nichts an sich hatten, außer dass sie groß waren. Sie besprachen die Kunstwelt anhand von Wertsteigerung. Power-100-Listen namhafter Künstler. Harvensteens Name fiel mehr als einmal.

Der unscheinbare Mann sah mich gewitzt an.

»Kunst ist ein Prozess. Werte bewegen sich. Was wird dieses Bild in 50 Jahren sein?«

Ich zuckte mit den Schultern.

»Abfall?«

Gabrielle Axhauser blitzte mich an. Ihre Stimme war klar und scharf.

»Gewöhnliche Menschen können nicht verstehen, warum ein Bild 70 Millionen kostet. Natürlich ist eine, nennen wir es Kenntnis des Marktes notwendig, um treffsichere Geschäfte abzuschließen. Ebenso wichtig, wie sich konkurrierende Neueinsteiger vom Hals zu halten.«

Es entstand eine seltsame Pause. Ihr spitziges Gesicht war noch immer auf mich gerichtet, so als wollte sie mir sagen, dass ich die Finger von Max Karnofsky lassen soll.

Ich sah weg, wippte mit meinen nackten Beinen und trank. Dem Gegner in die Augen schauen ist ein Anfängertick.

Ihrem Ehemann merkte man die Anstrengung einer gemeinsamen Abendgestaltung an. Er blinzelte wie ein furchtsames Hühnchen. Gabrielle Axhauser sprach mit Karnofsky über den Schweizer Immobilienmarkt. Ihr Geltungsbedürfnis glich dem einer Geisterfahrerin. Ich stellte scheppernd mein Glas ab. Schlagartige Stille. Alle Augen waren auf mich gerichtet.

»Wenn man sich lange genug den Markt angesehen hat, lernt man Muster schätzen. Eine der sieben Todsünden kommt immer vor.«

Die Diskussion war beendet. Karnofsky bedankte sich für den Aperitif, und wir gingen zur Tür. Gabrielle Axhauser wandte sich an Karnofsky und gab ihm ein Küsschen, Oberkörper im rechten Winkel.

»Du solltest dich ein bisschen mehr engagieren, Max. Wir sehen uns auf dem Event.«

Mir reichte sie ihre sorgfältig manikürte Hand.

»Gute Heimreise.«

Ihr nonchalantes Lächeln war so aseptisch wie ihre Bude.

Hinter mir hörte ich, wie ihr Ehemann Karnofsky zuflüsterte, dass er sich Sorgen machen würde, ob er sich vorsichtshalber einen Ghostwriter für Gutachten holen sollte. Karnofsky fauchte ihn an, er möge sich nicht albern benehmen. Die Compieto segelt hart am Wind, sagte Axhauser.

Die Oper war übervoll, aber wir hatten hervorragende Plätze.

Karnofsky und ich lehnten uns auf die gemeinsame Armlehne, was eine Berührung unserer Ellenbogen nach sich zog. Wir verharrten in dieser Position während des ersten Aktes. Den zweiten Akt verbrachten wir berührungsfrei. Während des dritten Aktes kämpfte ich mit dem Schlaf, hatte aber das Gefühl, dass Karnofsky seinen Oberschenkel absichtlich an meine Beine lehnte. Im vierten Akt lehnte ich mich wieder auf die Armlehne und wartete, dass endlich jemand abgeschlachtet wird. Plötzlich griff Karnofsky meine Hand. In dieser Stellung warteten wir auf das Finale. Auf der Bühne wurde der letzte Todesmonolog gesungen, da schnappte mich Karnofsky am Handgelenk und riss mich nach draußen. Er hatte sich den Vorsprung bei den Taxis gesichert. Wir wechselten bei den Axhausers in sein Auto und fuhren schweigend zurück. Stumm gingen wir die Treppe nach oben. An seiner Schlafzimmertür angekommen, umarmte er mich blitzartig. Eine heftige, eine stürmische Umarmung. Er drückte mich so stark an sich, dass ich bei seinem abrupten Loslassen das Gefühl hatte, ich wäre an reinen Sauerstoff angeschlossen. Dann hielt er mich entsetzt von sich, als stünde er am Rand eines feuerspeienden Kraters und versuchte, seine schluffige Depression loszuwerden. Er hielt mich krampfig an den Armgelenken. Eine bescheuerte Position. Zu nah für ein Gespräch, zu weit weg für ein Schäferstündchen. Ihm kamen Tränen. Ich sprach, um die peinliche Situation zu beenden.

»Nachts im dicken Fichtendickicht nicken dicke Fichten tüchtig. Probier mal.«

Er ließ meine Arme los.

»Mir ist nicht nach Witz zumute. Ich habe Lust, mir eine Knarre an den Kopf zu halten.«

»Hast du eine gute Lebensversicherung? Du musst natürlich auf einen Abschiedsbrief verzichten. So machen es die anderen.«

Karnofsky strich seine Haare aus dem Gesicht. Er schien nicht geschockt, sondern tiefgründig besorgt. Daher hörte er auch nicht das Rascheln hinter der Tür. Ich war mir sicher, dass die Zwillinge lauschten.

»Ich sage dir etwas. Ich habe die Bilanzen überflogen.«

»Im Sturzflug oder im Heißluftballon?«

»Wir haben viele Sponsoren. Soll ich alle überprüfen? Theoretisch ist alles möglich. Ich möchte dir nur an dieser Stelle sagen, dass ich Nick vertraue.«

»Ich denke nicht an Sanjay. Ich denke an den Kopf vor dem Gebäude.«

»Den Rest von Balushi hat die Wasserpolizei gefunden. Tanner hat mich angerufen.«

»Der abgetrennte Kopf ist ein Mitarbeiter der Interni?«

»Ja, der Tote ist Jaco Balushi. Ein Typ, dem man noch nicht mal das Abfackeln von Papierkörben im Park zutraute, der seine Worte auf ein Minimum reduziert hatte. Einer, der seiner Mutter die Taschen nach Hause getragen hat und mit einer Prostituierten zusammen war.«

»Und der mit Tadić Drogen an die feine Gesellschaft vertickt hat. Zehn im Wandschrank, zehn am Sandstrand, zehn Millionen in ein Randland.«

»Nick hat recht, du bist Wellinghofens Spitzel.«

»Spitzel spachteln Speisen mit spitzen Spaten.«

Karnofsky sah mich konsterniert an.

»Zwei Tote, keine Frauenquote.«

Karnofsky schüttelte den Kopf und ließ sich wieder gründlich hängen.

»Du hast ja recht. Ich habe Balushi bei den Interni in den Werkstätten arbeiten lassen. Tadić ist vollständig auf ihn abgefahren, hat ihn zu so einer Art Assistent gemacht, Balushi hat sich als stellvertretender Geschäftsführer gefühlt. Jaco Balushi ist der Sohn unserer Putzfrau. Ich habe ihr einen Gefallen getan. Sie wollte, dass er hier eine Chance hat. Jetzt geht sie bestimmt wieder zurück nach Portugal, dann stehen wir wieder ohne da. Ich begreife nichts. Wir müssen Ruhe bewahren. Wir werden Austauschprogramme starten, wir werden helfen, Bildung ist alles, nichts soll die Arbeit der Stiftung behindern. Es wird sich alles klären.«

»Jede Reise hat ein Ende.«

»Was meinst du damit?«

»Werbung von einem Bestattungsinstitut. Die geben bei Anmeldung sogar unbegrenzte Preisgarantie.«

»Dein Humor ist nicht funny.«

»Den kann man sich nicht aussuchen.«

Karnofsky machte den Eindruck eines Menschen, der nicht weiß, wohin er seinen nächsten Schritt setzen soll. Dabei sah er mich gierig an, als wollte er mir die Klamotten vom Leib reißen, wandte sich aber brüsk ab und schloss die Tür hinter sich mit einem knappen Good night. Eine angemessene Entscheidung. Ich traute Helena zu, dass sie uns absichtlich allein gelassen hatte, um ihren Ehemann auf frischer Tat zu ertappen mit dem Ziel, einen sauberen Abgang zu absolvieren.

Ich ging nach oben und öffnete die Fenster, die Hitze war überwältigend. Der Mond kippte einen hellen Kegel auf den See. Völlige Ruhe wie kurz vor dem Aus. Es braucht Nerven für besinnliche Momente. Vielleicht sollte ich mit Karnofsky ins Bett, dann ging die Zeit schneller um. Ein öliges Wetter mit kaltem Mond darin.

Ich blätterte mich durch Helenas Instagram-Account. How to be magnetic. Helena Karnofsky Marketing Consulting Worldwide. Sie warb für Beauty hormons made of plants. Love yourself! Radikaler Slogan, dachte ich.

Ihr strahlendes Gesicht warb für diverse Cremes. Zwei zarte Lachfalten neben Helenas Mund, von Künstlerhand gezogen. Die Falten weisen auf Verdrängung durch Hyaluron hin. Glänzende Bäckchen, wie eingepinselte Kuchenteile. Körper, letztendlich nur geliebt von der Kosmetikindustrie. Ich bekam einen Fressanfall und schlich mich mit der Taschenlampe vom Handy in die Küche. Im ganzen Haus war das Licht kaputt.

Auf dem Küchentisch stand die halb abgebrannte Kerze mit der Nummer 32 auf dem öligen Papier.

Nummer 32. Feinfühligkeit in Beziehungen.

In der Vorratskammer fand ich eine Tüte Chips. Die ausgewogene Balance zwischen Fett und Kohlehydraten verdrängte die Leere nach den Fragezeichen.

Genau in diesem Moment leuchtete das Display meines Handys. Eine Textmessage, gesendet von einer mir unbekannten Schweizer Nummer. Wir müssen reden. Thema Max Karnofsky.

Ich machte Tabula rasa mit der Tüte Chips und ging wieder nach oben. Im Flur waren Geräusche. Ich knipste die Taschenlampe aus und lauschte. Plötzliche Stille. Ich tastete mich in mein dunkles Zimmer. Etwas war anders als zuvor. In der Luft lag Unheimliches, der Hauch eines anderen Geruchs. Ich blieb kurz stehen und versuchte, Abweichungen aufzuspüren. Im Bett lag jemand. Ein langer Körper. Ich hatte weder Lust auf Karnofskys Gewimmer noch auf Sex mit ihm. Besser, wir bleiben gewöhnlich füreinander, dann ist der Umgang nicht so anstrengend. Ich ging und setzte mich, um ihm freundlich abzusagen. Aber eine Hand zog mich brutal zu sich. Sanjay versuchte, sich auf mich zu legen, kam aber nicht sehr weit.

»Du willst es doch auch«, sagte er, als ich wieder vor dem Bett stand.

»Brauchst du noch ein Päckchen Text oder lieber ein Kleenex, wenn ich dir eins aufs Maul haue?«

»Weißt du, wie mich das anmacht, dich richtig durchzuficken. Es gibt nichts Geileres, als Mösenpower das Gehirn rauszuvögeln. Ihr tut doch nur so stark und dann weint ihr wie ein Pipistrahl. Eine Fotzenverschwörung, die die Welt mit ihren Muschithesen überschwemmt. Ich möchte nicht morbid klingen, das ist bei mir das Vorspiel.«

»Verpiss dich, ich habe keine Lust, dass du mir das Bettzeug vollkleckerst. Oder hast du noch eine Textalternative?«

Ich ging zur Tür und stieß sie weit auf. Sanjay sprang aus dem Bett und kam auf mich zu.

»Bist du auch eine von denen, bei der man vorher unterschreiben muss? Niemand zwingt mich, für immer in meinem Körper zu bleiben, ich kann auch ein bisschen in deinen kommen. Kobramanöver. Aufrichten und dann flash.«

Er drückte mich an die Wand. Seine Einsatzfreude hatte zu einer verplemperten Erektion geführt. Sein Schwanz stand wie eine tiefgefrostete Cannelloni. Ich wusste genau, dass ich in einer Minute den Notdienst anrufen müsste. Mit einer erholsamen Nachtruhe wäre es dann vorbei. Ich entschied mich daher für eine knappe Absage auf verbalem Weg.

»Danke für das Angebot, ich habe mich für einen anderen Anbieter entschieden.«

Sanjay hielt meine Oberarme und lachte kurz auf, was mich an Rotzen auf offener Straße erinnerte. Sein Atem hatte den Abgang von Salami.

»Vögelst du Max?«

»Hast du mir deswegen die SMS geschrieben?«

»SMS?«

Er lachte wieder so einen abgenutzten Ton. Könnte auch Rohschinken gewesen sein, was mir entgegenwehte.

»Bevor ich so romantisch mit dir werde, musst du mir erst mal zeigen, wie gut du die Fanfare bläst oder den großen Zapfen streichst.«

Ich hatte zwei Varianten im Kopf. Give peace a chance und ... Ich entschied mich für die zweite und drückte mit dem Daumen unterhalb seines Armgelenks den Nervenpunkt Dickdarm 10, der überraschende Schmerz knickte ihm reflexartig das Knie ein, und ich nutzte seine Unterspannung, um mit einem leichten, aber knackigen Schubser Abstand zu gewinnen. Dickdarm 10 war auch gut bei Verstopfung. Schließlich war ich Gast hier.

Sanjay ging mit dem Wort Fotze auf den Lippen. Vermutlich glaubte er, dass Karnofsky sich schon angeboten hatte. Anders konnte ich mir seinen plötzlichen Rückzug nicht erklären. Ich legte mich ins Bett und schürfte weiter Daten aus dem Netz. Meine Suche kreiste um das Zehn-Millionen-Sponsoring aus Singapur. Nicht gerade der nächste Weg, um sich ausgerechnet an den Schweizer Interni Standort zu wenden. Die 1-Win Singapore war nicht älter als drei Jahre und engagierte sich bereits mit zehn Millionen für Wohltätigkeit, damit Kinder in Mali lernen? Was mich richtig stutzig machte war der Fakt, dass die 1-Win. Ltd Singapore nichts von ihrer großzügigen Spende an die Interni auf ihrer Seite verlauten ließ. Tu Gutes und sprich darüber. Das gilt gerade für hohe Spenden. Eine billig gemachte Webseite mit zu vielen Standardbildern, in denen sich die Worte Technikrevolution und Innovation stapelten. Ambition in Action versprach der indische Geschäftsführer. Die Bilderrückwärtssuche fand den Typen gleich mehrfach bei diversen Anbietern von Elektrorollern in Indien. Schien ein beliebtes Gesicht zu sein. Eigentlich war mir jetzt schon die Geldwäsche klar, aber ich suchte weiter. Laut Jahresbericht der Interni wurde eine Schule mit 20 Klassenzimmern in Mali gebaut. Eine Schule, die zum Leben passt, hatte Tadić geschrieben. Was passt dort überhaupt noch, nachdem die Militärjunta alle NGOs aus dem Land gewiesen hat, die das Agieren der Wagner-Truppen angeprangert hatten? Ich suchte nach Schulen und kam auf den Blog einer Nonne. Das Foto mit ihr und den Kindern machte mich hellwach. Sie ist glücklich, schrieb sie, dank der Spende der Interni den Kindern Lesen und Schreiben beibringen zu dürfen. *Merci Interni* stand in krakeligen Buchstaben auf einem Wellblechdach über einem flachen Betonbau, dessen Architektur einem Rinderoffenstall glich. Über dem Eingang ein gesticktes Banner. *Unsere neue Schule*. Ich war fassungslos. Dieses Foto war der Jackpot. Das Datum passte zu der Spende, nur nicht zu der hohen Summe. Erkenntnis gleich Datenverbrauch plus Nachzahlung. Karnofsky war nicht über die Bilanzen geflogen, er war unten durch getaucht, wenn überhaupt.

Das Licht am nächsten Morgen hatte etwas Unbändiges. Auf meinem Nachttisch lag ein schwarzes Stück Stoff. Ich hob es hoch. Eine Augenbinde aus schwarzer Seide mit schnörkeliger Schrift in Weiß. Eyes wide shut. Für diese Botschaft zur sexuellen Entspannung kamen drei Überbringer in Frage. Die Zwillinge, Karnofsky und Sanjay. Andere Personen waren nicht im Haus. Das sollte sich als Irrtum herausstellen. Ich hörte Karnofsky auf der Treppe und stellte mich schlafend. Sein Gang verzögerte sich. Die Dielen knackten sanfter. Ich atmete gleichmäßig, um Echtheit zu garantieren. Karnofsky kramte im Schrank, räusperte sich, vermutlich wollte er mir ein Zeichen geben, aber ich rührte mich nicht. Er ging mit schnellem Schritt, sprachlos wie er gekommen war. Kurze Zeit später stürmten die Zwillinge mit ihren Haien unterm Arm ins Zimmer.

Die Sanfte von beiden legte sich zu mir ins Bett. Ihre blauen Augen waren die eines Engels, dem die Welt fremd war. Die Zutraulichkeit, mit der sie sich an mich schmiegte, hinderte mich daran, aufzustehen. Die Strenge stand in militärischer Haltung vor meinem Bett. Ihr Gesicht hatte etwas Freudloses, wie alles Puritanische. Mit diesem besserwisserischen Gesicht, den brav gekämmten Haaren und ihrer gezügelten Haltung könnte sie die Risikoabteilung einer Bank leiten. Sie befahl ihrer Schwester, sofort mein Bett zu verlassen. Die Sanfte schien eine hinterhältige Freude zu empfinden, sich dieser Aufforderung zu widersetzen. Die Strenge brüllte ihre Kommandos. Über mich hinweg entstand Handgemenge. Ich sprang aus dem Bett und ging ins Bad. Nach wenigen Minuten trat Stille ein. Hinter dem Duschvorhang sah ich ihre Schatten und die der Haie. Sie beobachteten jeden meiner Schritte, als ich nass aus der Dusche kam, und trotteten hinter mir her.

»Wir wissen was, aber wir sagen es dir nicht.«

Sie durchbohrten mich mit ihren Blicken, als drohten sie mir, und bogen ab in ihr Kinderzimmer.

Im Haus herrschte staubige Stille. Die Lederbände in den Regalen verströmten durch die Hitze intensiver den Geruch von totem Tier. Ich ging nach unten, fest gewillt, mir einen Kaffee zu machen, so beschissen er auch sein möge. In der Küche waren Leute. Ich blieb im Flur stehen und lauschte. Durch den Spalt der Küchentür sah ich Sanjay und Harvensteen am Tisch. Die beiden schienen sich zu kennen, behandelten sich aber mit frostiger Reserviertheit. Die Art, wie sich ein altes Ehepaar ansieht, zwei Echsen, die darauf lauern, wer zuerst angreift. Harvensteen war im Morgenmantel. Offensichtlich hatte sie die Nacht im Haus verbracht. Ich hörte Sanjay reden.

»Ich bin hier First-Class-Kunde, sagte ich zu ihm. Ich will einen Löffel für den Kaviar und eine Zitrone. So, wie Sie das hier servieren, schmiere ich mir das höchstens aufs Gesicht für die Nacht. Ich erwarte, dass Sie hier ordentlich mit frischem Gesicht auftreten, schließlich fliege ich First Class und fahre nicht mit dem Linienbus.«

»Du solltest mehr Linienbus fahren. Deine Angeberei verdirbt das Geschäft. Ich schätze weder die Scheißmusik noch deine Kontakte zu der Truppe, die seinen Namen führt. Ich habe ein erstklassiges Konzept, das ich mir nicht von einem Wagner-Fan ruinieren lasse. Wenn du nicht abgeschossen werden willst, rate ich dir zum Linienbus. Habe ich mich verständlich ausgedrückt?«

Sanjay zog seinen Rotz hoch. Kaffeetassen klapperten.

»Noch was, Sanjay.«

Ich hielt die Luft an. Die Pause war lang.

»Ich mag dich nicht.«

Das war alles. Ihre dunkle Stimme löste Entsetzen aus. Ich atmete wieder ein und ging in die Küche.

»1. August. Lang lebe die Schweiz.«

Beide drehten sich zu mir um. Ich ging zur Kaffeemaschine.

Sanjay sah mich scharf an. Seine Höhlenaugen hatten die Anteilnahme einer Kettensäge. Die Überlegenheitsgefühle blähten seine Brust. Eine Überheblichkeit, die offensichtlich seit Jahren von außen gefüttert wurde. Erst sich selbst anhimmeln und dann warten, bis die anderen übernehmen.

Ein bisschen Erfolg, und schon knickt die Umwelt ein. So ein Aufsteiger ist die ideale Projektionsfläche für jeden mit der Sehnsucht nach dem großen Geld.

»Vive la Suisse. Hier schwört man, sich gegen Eindringlinge zu wehren. Hast du mein Souvenir auf deinem Nachttisch gefunden? Ein Geschenk des Hauses.«

Harvensteens Stimme klang ölig.

»Kann ich die auch tagsüber aufsetzen?«, fragte ich.

Harvensteen lachte laut auf. Sie hatte so eine Art Lache, die einem Schnarchen ähnlicher war als einer Gefühlsbekundung, ein lautes Geräusch, bei dem man unwillkürlich erste Hilfe leisten wollte.

»Weißt du, an wen du mich erinnerst?«, sagte sie.

»An die Venus von Botticelli. Die kennst du, oder?«

»Ja, ist das die, die auf so einer Eiswaffel steht? Ist ein Tattoo aus Korea.«

Ich wollte gerade mit meinem Kaffee abziehen, als Karnofsky eintrat. Die Stimmung änderte sich. Harvensteen und Karnofsky gaben sich förmliche Begrüßungsküsse links und rechts, ausgefeilt wie eine Pantomime. Flüchtig und kontaktlos, nur der Schwung, mit dem sie angegangen wurde, gab der Umarmung eine Art Emotionalität auf kleinstmöglicher Berührungsfläche.

Ganz anders die Begrüßung von Sanjay und Karnofsky. Eine stumme Umarmung, wie sie auf Friedhöfen beim Kondolieren gebraucht wird. Robust, aber dafür so kurz wie nur möglich, Kompetenz vor Gefühl. Eine schnittige Umarmung, die auf wechselseitigem Eigeninteresse beruht. Karnofsky setzte sich schwerfällig an den Tisch und sah Nick Sanjay an. Sein Tonfall war gedrückt, als er sich an mich wandte.

»Hell wollte irgendwas von dir, ich habe ihr deine Nummer gegeben.«

Sie war es also gewesen, die mit mir über Karnofsky reden wollte. Es entstand die seltsame Stille bei Themen, die ausgesprochen werden wollten und nicht die Erlaubnis bekamen. Karnofsky tippte Sanjay auf den Arm.

»Neue Uhr, Buddy, 25 000? Der Heilsbringer ist die Beratung, right? Der D&C Equity Fond scheint gut zu laufen.«

Karnofsky lachte. Es klang verdammt nach Überbrückung ungewollter Pausen.

»Dash and Cash?«, fragte ich und setzte mich.

Sanjay zeigte mir seine gebleachten Zähne.

»D&C – Direction and Change. Wenn dich meine Firma interessiert, kann ich dir gerne mal eine PowerPoint-Präsentation geben. Dresscode durchsichtig und sexy.«

»Mit durchsichtig liegst du bei mir expressiv daneben.«

Harvensteen begriff als Erste, dass die Stimmung kippte. Sie lud alle zum Lunch ein, rief bei einem chinesischen Restaurant an und bestellte. Ich lauschte unbeteiligt dem Gespräch über Börsennotierungen und suchte die D&C im Netz. Sanjay hatte es begriffen. Die Seite warf in Orange die Leinen aus. Verhandeln nach dem Harvard-Konzept. Dahinter war ein Patentschutzzeichen. Nicht entscheiden kostet

Zukunft. Lernen Sie hybride Rhetorik bei finanziellen Transaktionen. Die D&C Consulting war exakt die Beratungsfirma, die undurchsichtige Provisionen von der Stiftung erhielt. Gemeldet war sie in London. Von Sanjay gab es keinerlei Bilder im Netz. Erstaunlich. Ich hielt ihn für einen eitlen Charakter. Von Harvensteen gab es auch keine Fotos. Weniger erstaunlich.

»Ihr arbeitet zusammen?«

Sanjay sah von seinem Handy hoch, sein Tonfall war der Stopper für weitere Fragen.

»Kannst du deine Frage präzisieren?«

Ich schien bei Sanjay auf dauergeile Antipathie zu stoßen. Harvensteen sah mich durchdringend an. Karnofsky begann glattzubügeln.

»Nick unterstützt uns bei den Interni.«

Ich lächelte.

Ein ohrenbetäubender Lärm unterbrach uns. Ich glaubte, das Dach stürzt ein. Alle rannten auf die Terrasse, um sich die Flugshow der Patrouille Suisse anzusehen. Die Kunstflugstaffel der Schweizer Armee donnerte über den See.

Harvensteen stellte sich zu mir.

»In der Schweiz mag man es nicht, wenn indiskrete Fragen gestellt werden. Man könnte dich für neugierig halten.«

Sie ließ ihren Morgenmantel fallen und sprang in den See. Ihr Körper lag weiß im Wasser. Die Schwimmbewegung machte ihre Taille schlanker und ihren Hintern größer. Sie tauchte kurz und wendete unter Wasser. Ihre Brüste lagen jetzt obenauf. Das kleine dunkle Dreieck über ihren Schenkeln bewegte sich wie Seegras. Sie rollte auf die Brust, streifte ihre nassen Haare nach hinten, ihr Körper machte eine kurze Wellenbewegung für den ersten Zug, sie schwamm auf mich zu. Ich drehte mich nach Sanjay und Karnofsky um, aber sie waren weg. Harvensteen stieg die Schwimmleiter hoch, ohne mich aus den Augen zu lassen. Ich hob ihren Morgenmantel auf und gab ihn ihr.

»Apropos Zusammenarbeit. Wo ein Körper ist, kann kein zweiter sein. Einen gibt es immer, der deine Bankdaten verkauft.«

Der Lieferdienst klingelte. Wir gingen ins Haus. Die Männer saßen bereits in der Küche. Die Portugiesin stellte das Essen auf den Tisch.

»Ist es das Daily Special für 19,90?«, fragte Karnofsky.

»Ganz richtig, Honey. Und wenn ich den Jeff Koons verkaufe, bestelle ich die Spezialitäten für 29,90.«

»Mascha schwimmt wie Öl auf den eisigen Wassern des Kapitalismus.«

Karnofsky sah stolz in die Runde.

»Und auf dem Wasser ist es definitiv besser als unten auf dem Grund. Arbeit gleich Gewinnmaximierung und nicht Lustgewinn. Ein Kunstwerk wird erst unique nach seinem Verkauf. Danken wir dem Publikum ohne Urteilskraft und einem systemlosen Markt. Vergessen wir nie, was uns erspart geblieben wäre, hätte man Hitler die Künstlerkarriere gestattet. Das Böse ist nichts weiter, als dass der Mensch verführbar ist.«

Sanjay verdrehte seine Augen, legte sein Mobiltelefon im rechten Winkel neben den Teller. Auf seinem Display erschien er als Jäger, Gewehr im Anschlag, ganz in khakifarbener Uniform. Vor ihm irgendetwas Totes mit Hörnern. Ich sah ihm zu, wie er sich das Essen reinschaufelte und gezielt die Fleischstücke aus der Box in der Mitte des Tisches pickte, eine Sitte, die auf mich wie ein Appetitzügler wirkte.

Die familiäre Verbundenheit des Rudels ging mir gegen den Strich. Mit Fremden aus einer Schüssel essen steht auf der gleichen Stufe wie Gruppensex. Was Sanjay betraf, hatte ich null Absicht, die Erlebnisdichte zu erhöhen.

»Der Habitus ändert sich beim Aufstieg nicht, jedenfalls nicht kurzfristig«, sagte Harvensteen und deutete stumm auf Sanjay. Mir fiel nicht zum ersten Mal auf, dass ihr Deutsch wie ein Kommando klang. Leicht gebellt, leicht zum Fürchten. Und selbst wenn ihr Inhalt unverständlich war, forderte der Ton auf, in strammer Haltung zurückzutreten. Sie war trocken wie ein Löschpapier.

»Habt ihr schon eure Glückskekse geöffnet? *Das Schicksal hält etwas parat.* Der Mensch denkt dabei an etwas Gutes. Ich nicht. Ich freue mich, wenn ich eine Lücke entdecke.«

Harvensteen warf ihren Zettel auf den Tisch und verschwand aus der Küche. Ich sah sie auf der Terrasse sitzen. Auf dem Tisch aalte sich das rote Reisgemisch in der Sonne. Die Portugiesin kam und räumte die verschmierte Pappe weg.

Karnofsky und Sanjay begannen mit trägen Witzen ihren Kreislauf in Schwung zu bringen.

»Was machen die Deutschen, wenn eine Milliarde Afrikaner vor der Tür stehen?«, fragte Sanjay und sah mich an. Karnofsky zuckte in Erwartung einer Pointe mit den Schultern. Ich verzog keine Miene.

»Sie machen Bastelkurse und beginnen mit schamanischem Heiltrommeln. Später malen sie sich die Gesichter schwarz, um nicht eurozentristisch dazustehen. Die Deutschen sind Vollidioten, die mit wahnhafter Liebe Friede predigen. Salonaktivisten, immer auf der guten Seite.«

Sanjays Lachen klang wie das besessene Mädchen aus

dem *Exorzisten*, während Karnofsky zu Sharky, dem Handyklingelton, tendierte.

Ich bin keine Patriotin. Ich würde über den Untergang der menschlichen Population nicht anders denken als über den Untergang der Saurier. Aber meine Antipathie Sanjay gegenüber wuchs mit jedem seiner dummen Witze. Mein Gesicht sah freundlich aus, die Hitze stieg nach oben. Ich ließ meine Arme neben dem Stuhl hängen, ballte die Fäuste, drückte die Finger richtig gut zusammen und drehte meine Handgelenke nach innen. Extremes Unterarm-Workout aus dem Maximum-Lifestyle-Programm. Alles mit dem eigenen Gewicht aufbauen. Nur aus dem Handgelenk arbeiten. Nicht aufgeben. Bis es brennt. Ein billiger Zufall hatte mir das Meerjungfrauengesicht aus dem Asia-Laden verpasst, aber ich war nie gewillt gewesen, das so stehen zu lassen. Ich würde mir meine Natur herausschwitzen.

»The Germans are romantics. Are you a romantic?«

»Ich bin so romantisch wie ein Leopard 2«, sagte ich.

Sanjay glotzte mich eindringlich an. Der Blick eines Krokodils, das gerade ein Affenbaby verschlingt.

Ich sah zu Karnofsky. Er nahm mit fahrigem Desinteresse das Gespräch wahr.

Ich schüttelte meine Hände aus, bewegte meine Finger links und rechts neben mir, als würde ich Hunde kraulen.

In diesem Augenblick erschienen die Zwillinge, grell geschminkt, mit Schmuck behangen und in Helenas Abendkleidern. Sie sahen gespenstisch aus und verbreiteten eine Duftwolke aus Parfüm, die den Atem stocken ließ. Karnofsky setzte sich die Sanfte auf den Schoß. Die Mädchen machten sich auf der Stelle über die Kekse her.

»60 000 Swiss Francs per year. Only for one.«

Karnofsky sprach über die künftigen Internatskosten. Gegenwärtig seien es bereits ein Drittel für diverse Kurse wie Musiklehrer, Vereinsmitgliedschaften, Nachhilfelehrer. Die Kinder klangen wie ein Projekt, das es zu entwickeln galt, Produkte mit unzureichender Ausstattung, die den Anforderungen des Marktes ohne ausgefeilte Techniken nicht standhalten würden; ihre Kindheit, gegliedert nach einem straffen Managementplan, durchgetaktet mit allem, was für eine Heirat in die besseren Kreise notwendig war. Obendrauf noch ein Schuss Gefühl. Das würde lebenslange Dankbarkeit garantieren, die man den Eltern gegenüber empfindet, bevor man sich in die Hände des Therapeuten begibt.

Ich empfand Mitleid. Ein Gefühl unbestimmter Art, das sich an mir festklammerte und Ratlosigkeit hinterließ. Die Schwingung muss sich übertragen haben, die Kinder stürmten mit einem Mal auf mich zu, und die Strenge fragte mich, ob ich mit ihnen in ihr Kinderzimmer käme. Ich ließ mich von ihnen fortziehen, ein Drittel war die Einsicht, dass sich der Wochenanfang gegen mich kehrte, ein Drittel, weil ich meine Pralinenschachtel in Helenas Hermès Bag entdeckt hatte, die das Outfit der Strengen komplementierte, und das letzte Drittel konnte ich mir nicht erklären.

Vom Kinderzimmer aus sah ich, wie Karnofsky und Sanjay heftig diskutierend zum Bootshaus gingen. Nick Sanjay redete auf Karnofsky ein. Menschen ohne Ton sind seltsam. Es war ein Gefühl wie im Flugzeug die Filme der Nachbarn ansehen. Ich nahm die Pralinenschachtel aus Helenas Hermès-Handtasche und sah nach, ob das Geld noch da war. Es lag unberührt in seiner Folie. Die Zwillinge hatten lediglich mehrere Pralinen gegessen.

Die Strenge schlug vor, dass wir Familie spielen, die

Sanfte bot sich umgehend als Baby an. Sie kuschelte sich an mich und gab einen quengeligen Ton von sich, so lange, bis ich sie auf den Schoß nahm. Sie ließ sich nach hinten fallen, lag in meinem Arm, zu groß dafür, aber sie krümmte sich auf kleine Größe und nahm ihren Daumen in den Mund. Die Strenge kommandierte herum, aber die Sanfte scherte sich nicht um die Kommandos. Mein Arm schlief ein. Ein schwerer Klumpen, so ein Kind.

»Mami und Papi müssen ganz viel arbeiten, damit wir es nicht so schlimm haben wie die armen Arbeiter.«

»Woher weißt du, dass es die Arbeiter schlimm haben?«, fragte ich die Strenge, die jetzt so tat, als läse sie in einem Buch, aber ihre Schwester und mich sehr genau beobachtete.

»Sie sind arm. Wenn alle kommen, dann wird es hier so scheiße wie bei ihnen.«

Sie hielt sich erschrocken ihre Hand vor den Mund, als wäre das ganze Haus verwanzt.

»Ich habe das böse Wort gesagt.«

Die Sanfte begann ein hysterisches Gelächter. Ich rollte sie ins Bett und ging zum Fenster.

Alles schien sich aufzulösen, so heiß war es. Ich sah in den Garten. Zwei Gärtner, nicht älter als 20, arbeiteten mit freiem Oberkörper. Rippen und Muskeln glänzten in der Sonne. Sie fuhren mit Vertikutiergeräten auf dem Rasen und sammelten den Filz ein. Der Rasen ähnelte einem grünen Spiegel. Ein seltsames Stück Präzision zwischen liederlichen Büschen. Die beiden arbeiteten definitiv schwarz. Am 1. August versteht die Schweiz keine Scherze.

»Mama und Papi helfen ihnen.«

Ich drehte mich um. Ein dummer Gedanke, den ich

mir selbst nicht glaubte, fraß sich in mein Gehirn. Ich hatte genug vom Kinderzimmer. Als ich die Türklinke in die Hand nahm, protestierte die Sanfte, indem sie sich an mein T-Shirt klammerte. Ich machte mich los.

Sie begann, sich auf dem Bett zu wälzen, und imitierte Weinen. Ich sah genau, dass sie nur spielte, aber es sah täuschend echt aus. So echt wie Unschuld. Mit ihrem sinnlichen Schmollmund und ihren nach Aufmerksamkeit heischendem Bettelblick erinnerte sie mich an die Marilyn Monroe, die eine ihrer Krisen offenbart, bevor sie von einem Typen flachgelegt wird. Die Strenge las steif und ungerührt in ihrem Buch. Ich streichelte das hysterische Bündel.

»Mama macht sich einen Kaffee und kommt gleich wieder, Baby.«

Der Code funktionierte. Sie hörte schlagartig auf zu weinen und blieb still liegen, glücklich, dass ich ihren Vertrag angenommen hatte. Ich nahm die Pralinenschachtel mit den 100 000 Franken und rannte mit der Schachtel zum Vorgarten. Die Straße, auf der sich in den letzten beiden Tagen ein konstanter Strom an Autos bewegt hatte, war menschenleer.

Am Seitenflügel waren Arbeiter dabei, das Gerüst abzubauen. Das Dach war fertig gedeckt. Ich sah durch eine staubige Plastikfolie am Fenster, wie sie begannen, Tapeten abzureißen. Es herrschte eine gespenstische Stille bei den Arbeiten.

Die dunkelhäutigen Gesichter lachten mir zu. Einer von ihnen deutete einen Kussmund an. Jetzt lachten alle in dem Raum aus Schutt. Die konnten von Glück reden, dass kein Nachbar die Polizei gerufen hatte.

Ich schlenderte um den Flügel herum. Ein verdreckter

Fiat Ducato parkte neben Sanjays Jaguar. An der Heckscheibe war ein Aufkleber angebracht. Der Aufkleber präsentierte das Logo der Interni, das sich stark an dem Umweltzeichen Blauer Engel orientiert hatte. Blau für Glaubwürdigkeit, Blau, wie es Axa oder Allianz nutzen. Geld spenden, um ein paar Reihen vorzurücken im Paradies. Ich wollte nichts mit voreiligen Schlussfolgerungen verderben, aber ein unguter Gedanke spazierte in meinem Hirn herum. Die sogenannten Praktikumsplätze aus dem Hilfsprogramm der Interni waren nichts als schlecht bezahlte Hilfsjobs. Mein Misstrauen war groß. Dabei machte Karnofsky auf mich nicht den Eindruck eines hinterfotzigen Heuchlers. Aber meine Hand würde ich für niemanden ins Feuer legen. Ich schlich mich zum Bootshaus. Das seitliche Fenster war gekippt. Ich konnte nicht sehen, was drinnen passierte, aber ich hörte Sanjay reden.

»Weiber bringen Unglück im Business«, sagte er.

»Die Axhauser hat nicht die Nerven für die große Fassung, und die Kleine schnüffelt. Im besten Fall für Wellinghofen. Harvensteen hat einem Kunden von mir ein Bild verkauft, und am nächsten Tag stand die Polizei um sechs Uhr vor der Tür. Hat alles beschlagnahmt, was nach Buchhaltung aussah. Zufall? Wer hat diesen verkackten Text in dem Gratisblatt lanciert? Fakt ist, danach waren die beiden tot. Die kamen sich mit ihren schmierigen Griffeln in den Drogen besonders clever vor. Ich habe mit der Scheiße nichts zu tun, Max. Die Harvensteen hasst mich. Du denkst, die verkauft Kunst mit getürkten Rechnungen und bringt das Geld wieder in den Kreislauf? Klar, sicher, aber die kann noch mehr. Und glaub mir, die ist geschützt. Die hat Freunde beim Geheimdienst. Die knallen sie raus, wenn es brenzlig wird.

Die Vollidioten Tadić und Balushi haben die Polizei zu einer Extratour eingeladen. Wer ist am Ende dran? Du bist es nicht.«

»Was hat das alles mit dir zu tun, Nick?«

Ich erstarrte. Etwas Spitzes bohrte sich in meinen Rücken. Ich drehte mich um. Vor mir standen die Zwillinge mit kleinen Schweizer Fähnchen in der Hand.

»Weißt du, wer hier liegt?«, fragte die Strenge und deutete auf eine kleine Steinplatte mit einem Kreuz. Im Bootshaus wurde es still.

»Unser toter Bruder. Mamas kleiner Ritter.«

Ich hatte es satt. Die Sanfte lächelte mich unentwegt an. Ihre Augen lachten nicht mit. Aus ihrem Mund lief der Speichel. Ich hatte die Vermutung, sie tat es mit Absicht. Die Strenge riss die letzte Rosenblüte ab, die die Hitze überstanden hatte und legte sie auf den Stein.

»Gibst du unserem Bruder auch eine Praline?«

Ich gab ihr eine Praline, damit sie mich nicht weiter nervte. Sie riss das Papier ab und legte die Praline auf den Stein. Die Praline schmolz bis auf die Haselnuss.

»Siehst du, wie er die Praline isst? Jetzt schlaf gut, kleiner Ritter.«

Sanjay und Karnofsky kamen aus dem Bootshaus und sahen mich und die Kinder misstrauisch an.

»Praline?«

Sie lehnten kopfschüttelnd ab und gingen wieder hinein. Ich trottete in mein Zimmer und verstaute die Pralinenschachtel in meiner Reisetasche.

»Ich nehme eine Praline.«

Ich drehte mich überrascht um. Harvensteen stand in der Tür. Draußen verwandelten dunkle Wolken und ein

Spritzer Sonne den See in grünes Glas. Das Zwielicht verlieh ihr harte Züge, und das Grollen am Himmel verstärkte den Effekt. Ich nahm die Schachtel und hielt sie ihr hin. Sie nahm sich langsam eine Praline und ging ans Fenster. Ihre Absätze hagelten auf das Parkett. Die schmale Hose und der Blazer wirkten wie eine Uniform. Ich steckte die Schachtel weg.

»Weißt du, was Nick vor seiner D&C Equity gemacht hat?«

Mir war klar, dass sie mir nur Dinge preisgeben würde, um etwas wiederzubekommen. Sie konnte mich nicht orten.

»Die Leute in der First Class beneidet?«, sagte ich.

»Er hat den Absprung geschafft, bevor die Cum-Ex-Prozesse losgingen. Bei Rockfield hat er alles gelernt, wie man aus Steuervermögen mehr rausholt, als man einzahlt. Er hilft seinen russischen Freunden, ihre Yachten umzuschreiben. Es braucht einen guten Service, faules Geld in den legalen Kreislauf zu bringen, nicht wahr? Struktur in Deals hineinbringen, so nennt man das. Sanjay kommt gerade aus Genf, wo er seinen afrikanischen Geschäftspartnern 1-Win-Basecaps geschenkt hat. London. Singapur. Orte der Diskretion. Seien wir ehrlich, wer hat Interesse an Anonymität?«

»Du zum Beispiel.«

Harvensteen lachte. In ihrer Aura konnte man leicht straucheln. Im Business gilt, je größer die Mannschaft, desto größer die Chance, dass einer davon dich in den Arsch tritt. Wollte sie mich testen?

»Ich bin enttäuscht von dir. Du kaufst nichts. Vielleicht habe ich nicht das Richtige für dich? Kennst du das Spiel *Die Reise nach Jerusalem*? Musik aus. Stuhl weg. Das ist Kapitalismus. Für alle reicht es nicht. Bin ich nihilistisch? Nein. Ich glaube, dass es Hoffnung gibt. Alles ist fehlerhaft.«

»Und dein Platz?«, fragte ich sie.

»Auf meinem Platz steht Numero Uno.«

Sie drehte sich um und kam auf mich zu. Kurz vor mir stockte sie und nahm meine Hand, als wollte sie darin etwas lesen, legte aber eine Art Kugel hinein und drückte meine Hand wieder zusammen.

Ihre Hände pressten meine Faust für zwei Sekunden. Ein beherzter Griff mit kalten Händen, ein Blick, der mich nicht froh machte. Ich öffnete meine Faust. Es war der zusammengeknüllte Spruch aus der Praline.

»Wie heißt eigentlich die Kunstrichtung von dem Zeug, das du verkaufst?«

Was Blöderes fiel mir nicht ein.

»Was interessiert dich das? Kaufst du dann, wenn ich dir das verrate? Amazon würde Dr. Faust unter Arztroman ablegen. Bilder stehen für rein gar nichts. Taten stehen für alles. Was ist der Mensch? Hornhaut am Fuß der Geschichte. Wer kennt ihn am besten? Versicherungen und Finanzämter. Nur Versicherungen und Finanzämter wissen, dass sie es mit einem Volk von Betrügern zu tun haben. Siehst du das auch so?«

Wollte sie mir drohen? Was sollte der Hinweis aufs Finanzamt? Ich hatte die Schnauze voll von ihrem kryptischen Scheiß. Sie sah sich um, als ob sie mir ein Geheimnis anvertrauen wollte.

»Die Lücke ist der letzte heilige Ort. Alles andere ist formvollendeter Kitsch. Ich glaube nicht, dass ich etwas für dich habe.«

Harvensteen drehte sich auf dem Absatz um. An der Tür blieb sie stehen und sah mich mit einem Blick an, der alles andere als froh machte.

»Man muss gewisse Leute aus der Gesellschaft herausschneiden.«

Sie machte ein Gesicht, als hätte sie die Schere dazu, und verließ das Haus. Ich faltete den Zettel auf. Es war ein Spruch aus der Baci-Praline. *Neugier kann in den Abgrund führen.* Ich weiß nicht, wen ich verrückter fand. Die Marketingabteilung von Baci oder Harvensteen. Ich ging ins Bad.

Einen Fakt hatte sie übersehen. Auch die Hoffnung ist fehlerhaft. Sie brauchte mir nicht zu erklären, wie die 1-Win Singapore dubiose Geschäfte in Afrika macht. Die 1-Win Singapore hat eine Klausel bei der Spende eingelegt, eine Klausel, die den Bauauftrag an eine spezielle Firma vergibt, abgesichert durch einen korrupten Regierungsvertreter. Der kassiert eine Provision, und den Rest erhält eine Firma, die statt 20 Klassenzimmern eine Bretterbude mit Bänken baut. Das war meine Theorie. Eine Zehn-Millionen-Spende lässt man nicht unter dem Radar laufen.

Meine Laune war auf ihrem Tiefpunkt. Umgeschlagen in Aggression. Harvensteen hatte es geschafft, mich zu verunsichern. Ihr Gefasel klang wie eine Drohung. Ich horchte. Ein seltsames Pfeifen drang durch das Haus, als kämen die Töne aus der Erde. Die Kinder übten wohl Flöte im Keller. Ein subtilerer Ton beunruhigte mich noch mehr. Ich riss die Badezimmertür auf. Sanjay schob meine Reisetasche unters Bett. Die Wut in meinem Inneren bündelte sich zu Hass. Ein Antrieb, der zu Höchstleistungen führt. Ich warf mich auf Sanjay, und wir rangelten uns dümmlich auf dem Bett herum. Es sah aus wie expressionistischer Sex. Ich nahm seinen Arm im Kimura-Lock um den ersten Schmerzpunkt zu prüfen. Nick Sanjay hielt nichts aus. Er jaulte wütend auf und schwenkte seinen freien Arm, eine Geste, die mich zum

Aufhören animieren sollte. Laien sind erstaunt, wie plötzlicher Schmerz zur Resignation führt. Ich drehte ihn auf den Rücken. Er sah aus, als wollte er gleich seinen Chiropraktiker anrufen. Ich setzte mich auf ihn und presste seine Arme an seinen Körper im Triangle Choke. Meine Oberschenkel waren durchtrainiert.

»Du redest jetzt mit mir.«

Sanjay verzog sein Gesicht und fragte mich, ob ich verrückt sei.

»In gewisser Weise, ja.«

»Ich wollte auch ein bisschen spionieren«, zischte er.

Ich ohrfeigte ihn.

»Weißt du, was das ist? Gleichberechtigung. Es ist traurig, aber wir sind noch nicht so weit, dass wir ohne auskommen.«

In dem Moment kam Karnofsky rein und sah uns verwundert an.

»Nick hatte Rückenschmerzen, und ich habe ihm einen Trick gezeigt, wie man sie loswird.«

Ich drückte Sanjays Brustwirbel, dass es knackte.

»Geht es dir jetzt besser?«

Ich sprang vom Bett runter. Karnofsky lachte verlegen. Nick Sanjay richtete sich auf und rollte seine rechte Schulter. Ich sah ihm bei seiner Altersheimgymnastik zu.

»Wenn du mal wieder progressive Muskelentspannung brauchst, ich empfehle Podcasts. Learn to love yourself.«

Sanjay sah mich an, als hätte ich ihm gerade die Stringtheorie erklärt. Der Blick eines erdrosselten Kaninchens. Ich atmete tief ein und aus.

Karnofsky sah peinlich berührt nach unten. Ganz sicher hatte er die Situation missverstanden. Das Bett sah aus wie nach einer Orgie.

»She is wild«, sagte Sanjay und versuchte sich an einem vielsagenden Lächeln. Karnofsky war verwirrt, sein Blick ruhte auf Sanjay.

»Sorry, ich wollte euch nicht stören, aber kann ich dich kurz sprechen?«

Er verschwand mit Sanjay. Ich stellte mich unter die Dusche. Die Berührung mit einem verhassten Menschen hinterlässt Spuren auf der Haut. So ein Mensch klebt an einem. Ich ließ nichts auf mir sitzen.

Die Sonne spiegelte sich trüb im See, Dunst hatte sie verschleiert. Ihr weißes Licht sah aus wie eine Energiesparlampe. Ich war kein Naturbetrachter, und ich würde nie einer werden. Das, was von Natur übrig war, war von Campern bevölkert und mit hässlichen Skulpturen verstellt. Ich beschloss, mich zu verdünnisieren, als Karnofsky in die Tür trat.

»Sorry, Nick schläft sonst immer hier. Flirtet er mit dir?«

»Und die andere Frage?«

Die verschwommene Situation, in der wir uns befanden, führte zu einer längeren Stille. Karnofsky setzte sich auf das Bett. Ich war unschlüssig, ob ich es auch tun sollte, blieb aber stehen. Das Leben kam mir vor wie eine Koppelnavigation, immer nur an den nächsten Punkt gelangen und von dort aus die Lage neu bestimmen. Von Genauigkeit konnte man da nicht sprechen. Je länger man auf dem Meer ist, desto weniger weiß man, wo man ist.

»Nick meinte, dass der Vorschlag mit dem Stipendium Bullshit ist.«

»Ist Sanjay paranoid?«

»Paranoid? Ich bin paranoid. Ich frage mich, was du hier überprüfst. Kannst du es mir genau erklären? Ist Wellinghofen unzufrieden mit meiner Arbeit in der Stiftung? Nur heraus damit, und ich trete zurück.«

Wir sahen in den Abend. Der Himmel, streifig in seiner Unentschlossenheit, helle Linien, hinter denen man etwas vermuten könnte, Resonanzraum von so was wie Seele. Ich stand blöd herum.

»Läuft das mit den Jugendlichen, die am Feiertag bei dir arbeiten, unter Workshop oder Freizeitgestaltung?«

»Besser, die Flüchtlinge arbeiten, als dass sie herumhängen.«

»Was wird das da unten?«

»Eine Küche auf Topniveau.«

»Echt? Hier kocht doch niemand.«

»Der Anbau steigert den Wert der Immobilie um eine Million.«

»Was bezahlst du ihnen?«

»Ich bezahle sie gar nicht, ich habe die Jugendlichen an Compieto vermittelt. Compieto ist ein zuverlässiges Immobilien- und Bauunternehmen. Sie entwickeln viele gute Projekte. Ein Gewinn für diese Gegend. Arbeit und Wertsteigerung dienen dem Land, bankrott nutzt es niemandem.«

»Du verwendest viele Worte.«

»Ich habe ständig das Gefühl, dass ich etwas vor dir geraderücken sollte. Ich verstehe die Situation nicht, und weil ich sie nicht verstehe, kann ich nichts unternehmen.«

Auf der Bettwäsche unter ihm standen bleiche Flamingos in naiv gemalten Oasen. Die Probleme schienen sich sukzessive auf größere Rationen zu verteilen. Ich setzte mich zu ihm. Er sah mich mit ehrlicher Verzweiflung an, und er hatte eine ziemliche Fahne.

»Herrgott, ich werde wahnsinnig. Erst der eine. Tot. Dann der andere. Tot. Es ist ein verdammt ungutes Zeichen.«

»Immerhin ein Zeichen, wo Inhalt und Form gleich sind. Kanntest du Tadić gut?«

»Kennen? Was verstehst du darunter? Ich kenne den Fahrplan der S-Bahn und den Code für den Fahrstuhl in die 20. Etage, wo mein Büro ist. Ich gehe um sechs Uhr aus dem Haus, erledige meinen Job, und ich komme um 23 Uhr zurück. Das ist der Grundstein für alles, was du hier siehst. Ein Leben für ein Grundstück, für zwei Kinder, für eine schöne Frau. Ich habe den Eindruck, dass ich ein glücklicher Mensch bin, abgesehen davon, dass ich hier fucking Klimaanlagen vermisse.«

»Lebenszeit wird negativ verzinst.«

»Das ist mir zu hoch. Ich wollte nur sagen, es ist alles etwas außer Kontrolle im Moment, um es poetisch auszudrücken.«

»Apropos Poesie, ich halte einen abgetrennten Kopf für eine starke Metapher.«

Karnofsky blieb ruhig wie eine stehengebliebene Uhr. Uns stand beiden der Schweiß auf der Stirn. Vermutlich würde es ein Gewitter geben. Am Himmel war ein seltsames Heulen zu hören. Am anderen Ufer sendete die Sturmwarnleuchte ihre orangenen Signale.

Karnofsky saß unverändert auf dem Bett und sah hinaus auf den See. Seine Stimme hatte den Slang einer computergenerierten Ansage übernommen.

»Die Polizei verunsichert die Mitarbeiter. Und dann das Event. Helena hängt an diesem Projekt. Ich betreue die Stiftung nur ihr zuliebe. Die beiden Toten ruinieren meine Ehe. Sie wird es schaffen, mir alle Schuld in die Schuhe zu schieben. Die Polizei redet von organisiertem Verbrechen. Sie wird mich verdächtigen, dass ich ..., sie wird es als Vorwand nehmen ... Sie hat alle Rechte, ich nur noch die Pflichten. Früher dachte ich, als Mann brauchst du nur harte Oberarme und einen kräftigen Schwanz.«

»Das erinnert mich an ein Krokodil.«

»Sehr witzig. Bei ihr brauchst du ein pralles Konto, alles andere ist visuelle Täuschung. Wenn ich sie auf ihre hohen Ausgaben hinweise, sagt sie mir, dass sie schließlich auch arbeite und dass sie Liebe nicht kaufmännisch verhandeln will. Schließlich wolle sie sich auch verwirklichen. Ihre Einnahmen sind lächerlich gering, davon könnte sie maximal die Entsorgung der Mülltonnen bezahlen. Ihr PR-Job bedeutet essen gehen, gepflegte Konversationen führen, ein paar Zeilen zu Papier bringen. Ihre Kommunikation mit mir dagegen sind Gegenoffensiven. Wenn ich sie auf die Entlohnung von Putzfrau, Gärtner, Lieferanten, Kosmetikerinnen, Therapeuten, Bauarbeiten, Energieversorgung, Versicherungen, Schulgelder anspreche, was sagt sie? Na, was sagt sie? Ich sei ein Spießer, sagt sie. Rede ich mit den Zwillingen, kommt sie und sagt, wie redest du mit den Kindern. Meine Kinder werden nicht vulgär. Wenn ich die Kinder einfach in Ruhe spielen lasse, fragt sie mich, wohin unkoordiniertes Spielen führen soll, in die Verblödung? Alle drei Monate haben wir ein neues Au-pair, sie kündigt bei dem geringsten Fehler. Wohin soll das führen? Zum kreativen Umgang mit Drogen, ihr Standardspruch bei der Kündigung. Daher kommen die Konflikte. Sie kennt nur noch ihre Triebe, ich kenne die Preise. Sorry. Ich habe deinen Termin ausgemacht. Du kannst mit Tadićs Vertretung sprechen.«

»Der lebt noch?«

Karnofsky sah mich wütend an.

»Das ist nicht lustig.«

Er fuhr sich unsicher durch die Haare. Seine fahrige Geste machte die schneidige Aussage uneben. Sein Gesicht drückte glänzend auf den Hals.

»Kann ich mir eine nehmen?«

Er deutete auf die Pralinenschachtel. Ich hielt Karnofsky die Pralinen hin. Er nahm sich eine, knüllte das Papier auf den Nachttisch, warf die Schokolade und fing sie mit dem Mund wie eine dressierte Robbe. Ich hob unauffällig die oberste Lage an. Das Geld war weg. Ich sah die Schachtel an, als wäre eine Briefbombe darin versteckt.

Draußen zog allmählich der Himmel den Vorhang zu, aber das Gewitter ließ auf sich warten. Endlich verschwand Karnofsky.

Ich hörte die Tür zur Terrasse und sah, wie er und Sanjay ins Bootshaus gingen. Kurz darauf fuhren die Jalousien runter.

Ich rannte zum Seitenflügel, wo Sanjay untergebracht war. Sein Koffer war mit einer Zahlenkombination versehen. Ich suchte die Reihe mit dem größten Widerstand und drehte, bis sie einrastete. So ging ich die Reihen durch. Es war angenehm still im Raum. Das Klicken hatte einen lieblichen Klang. Ich nahm die verschweißte Folie mit dem Geld und ließ den Koffer offen. Als ich mich umdrehte, stand Sanjay in der Tür.

»Wer andern eine Grube gräbt …«

»Wer anderen eine Bratwurst brät, hat wohl ein Bratwurstbratgerät.«

»Schweigen ist manchmal die bessere Strategie.«

»Dann halt die Fresse. Ich wünschte, ich könnte die Treffen mit dir schneller abspielen.«

»Zumindest bist du raus aus deinem Fotzenhauptquartier. Und nicht vergessen, bevor du die anderen kritisierst, erst mal das große Ganze betrachten.«

»Fuck you, Kumpel. Kannst du folgen? Ende vom Chat.«

Ich trat gegen den Koffer, dass er scheppernd vor ein Buchregal donnerte und dabei ein paar Bücher herunterriss. Sanjay stand da und grinste.

»Tststs, Baby. Vorsicht ist die Mutter der Porzellankiste.«

»Falls du dich für originell hältst, das Eigenständigste bei dir fällt braun und warm in eine Toilette.«

Ich packte das Geldbündel in meine Gürteltasche.

»Der Spruch geht übrigens anders. Vorsicht ist besser als Blaulicht.«

Ich drehte mich um und verließ das Haus. Sanjay hatte seinen dreckigen Jaguar quer in der Einfahrt geparkt, die beiden Mädchen saßen drin und spielten. Sie trugen Basecaps mit aufgesticktem 1-Win-Singapore-Logo. Die Dämmerung warf geballtes Grau nach unten. Der Himmel war ein einziger Schmalztopf, der nichts durchließ, vor allem nicht den angekündigten Regen.

Ich beschloss, mir das Gebäude der Interni allein anzusehen, und bestellte mir ein Uber. Das Haus befand sich in einem stillgelegten Industrieareal in der Nähe einer Kläranlage. Das einzige Licht kam von Duke's Hundeschule, aus der mehrstimmiges Winseln drang. Ich bat den Fahrer, dort zu warten, und gab ihm eine Hundert-Franken-Note. Das schwüle Wetter dimmte Lebendigkeit. Ich ging um das Interni-Gebäude herum. An der Rückseite gab es eine verschlossene Metalltür, die von Anfängern besprüht war.

Ich ruinierte den Rest eines kaputten Kellerfensters und zwängte mich hinein. Im Heizungskeller sah ich mir den Lageplan für den Notfall an. In den Metallregalen lagen Büromaterialien, alte Epson-Drucker und mehrere Kartons. Ich nahm eine Glasscherbe und schnitt die Kartons auf. Einer enthielt Faltschachteln mit dem Aufdruck Natural Cosmetics, ein anderer Postkarten mit leicht bekleideten Mädchen in erotischen Posen. Möglicherweise waren sich Tadić und Balushi besonders clever vorgekommen, ihre Drogen in Kosmetikschachteln zu verteilen. Die Treppe nach oben war dreckig, die Wände karg, es fehlten die optimistischen Plakate. Die Schweizer waren für ihr Understatement bekannt. Von Tadić war nichts als ein Namensschild übrig und ein Foto auf einem leeren Schreibtisch. Tadić neben seiner Frau. Sie hat einen Zwergpudel auf dem Arm, der eine Sonnenbrille im Lolita-Style trägt. Tadić vermittelt den Eindruck von jemandem, der mehr will, einer, der Pläne hat, der die Welt nur aus triftigem Grund verlässt. Die wenigen Ordner im Regal wirkten wie Dekoration. Wer schnüffelt, hat immer das Gefühl, dass etwas nicht stimmt, und richtig, die Welt ist ein angefangenes Konzept. Im Gang hingen Mitarbeiterfotos. Man hatte sie wohl aufgefordert zu lächeln. Einer von ihnen war Jaco Balushi. Das Licht ging an. Mir fiel weder eine Ausrede noch ein Fluchtweg ein. Dann erkannte ich die Portugiesin. Ihre Augen waren rot und aufgequollen. Sie sah mich an und begann zu weinen. Ein Ton, der mich enorme Kraft kostete, nicht auch anzufangen, aber ich gehöre zu jener Kultur, die Tränen zu Worten gefrieren lässt. Ich stellte Fragen, die sie nicht verstand, und sie gab Antworten, die ich nicht verstand. Sie zeigte mir einen Plastikbeutel, in dem sich ein paar Turnschuhe und T-Shirts befanden, die offensichtlich ihrem Sohn gehört hatten. Dann nahm sie das Foto von der Wand, steckte es in ihren Beutel und ging, ohne sich um mich zu kümmern. Ich hatte keine Lust auf weitere Begegnungen und verließ das Gebäude, wie ich gekommen war. Nur dieses Mal landete ich vor Sanjays Jaguar, hingeklatscht als hätte ihn sein Blindenhund dirigiert. Ihn und Karnofsky sah ich gerade noch um die Ecke biegen, als ein gigantischer Knall ertönte. Ein infernalisches Rot leuchtete ihre verbissenen Gesichter aus. Das offizielle Feuerwerk zum Nationalfeiertag hatte begonnen. Was taten die beiden an einem solchen Tag in der Stiftung? Altruistische Aufgaben erledigen? Akten frisieren? Typen wie Sanjay bauen plausible Erklärungen von Anfang an mit ein. Ich ließ mich an der Tankstelle absetzen.

Im Haus Nr. 1 spielten die Kinder mutterseelenallein am See. Ich sah sie im Dunkeln mit Taschenlampen Hand in Hand am Ufer stehen. Ihre Lichtkegel erschreckten die Schwäne, die aufgeregt ihr Jungvolk umkreisten. Paarungswillige Frösche nahmen den Abend in die Hand. Ihr Lärm war monoton und wurde von der Knallerei unterbrochen.

Vom Himmel regnete es kalte Splitter, die aus der Natur ein Casino machten.

Ich ging nach oben, um zu duschen. Ein Film aus Schmutz und Spinnweben hatte sich auf unbedeckte Teile gelegt. Kein Wunder, wenn man seine Visage in fremde Angelegenheiten steckt.

K2 ging noch immer nicht ans Telefon. Ich textete ihm.
Lage dubios.

K2 antwortete.
Die Rohstoffaktien explodieren.

Es war schon hell, als ich durch Geraschel in der Kammer aufwachte. Ich verfeinerte von Tag zu Tag meine Position im Bett. Jeden Tag kam ich der Trägheit einer Venus näher, wie sie Ricky auf seiner Brust trug. Eine subversive Strategie, Unschuld darzustellen. Karnofsky ging leise wieder hinaus. An der Tür gab es eine winzige Verzögerung im Schritt. Dann knarrte die letzte Diele.

In der Küche räumte die Portugiesin die Teller der Zwillinge weg. Ihr Leben musste ohne Jaco weitergehen. Kein Geld für eine posttraumatische Störung. Von Karnofsky und Sanjay keine Spur. Ich wollte verdammt nochmal meinen offiziellen Termin bei den Interni abhandeln. Missmutig suchte ich das Haus nach Karnofsky ab. Ich fand ihn und Sanjay im Keller in einer Art Fitnessraum mit überdimensioniertem Bildschirm an der Wand.

Beide saßen verschwitzt auf einem Hometrainer und schauten sich krachende Segelyachten bei einer Regatta an.

»Gründet ihr hier eine Untergrundgruppe? Bauch, Beine, Po?«

Sanjay starrte mich an, als wären meine Augen Gullilöcher, in denen er nach seinem Kleingeld suchte. Karnofsky stieg vom Trainer. Die Nylonhose zeichnete alles ab, was an ihm zu finden war. Er kam auf mich zu mit dem Willen zum sportlichen Ausdruck, dynamisch würde man sagen, und sagte mir, dass er nur eine Minute zum Duschen bräuchte, dann könnten wir los zu den Interni. Ein Telefon klingelte, und Sanjay sprang wie eine Sprungfeder vom Trainer.

Sein scheinzivilisiertes Verhalten nervte mich.

»Viel Spaß, ihr Turteltäubchen«, rief er und verschwand. Ich hörte ein paar Fetzen seines Telefonats. Delta. Echo. Bravo. Yankee. Stop. Deby? Bestellte er sich ein Escort-Girl?

»Hat er den Flugschein?«

»Warum?«

»Weil er gerade einen Namen durchgibt mit dem Pilotenalphabet.«

»Ja, er war bei den Royal Maces und ist eine F/A-18 E Super Hornet geflogen. Und woher kennst du das?«

»Ich habe Tom Cruise in *Top Gun* gesehen.«

»Sieh mal, das ist Helenas neuste Masche.«

Er zeigte mir eine Message von Helena auf seinem Handy.

Ich weiß, dass du auf ihre Titten stehst.

»Wen meint sie?«

»Sie meint dich.«

Eine raffinierte Exit-Strategie. Ausschalten der Partner durch Vorwurf einer Vertragsverletzung. Danach profitabler investieren. War es das, worüber sie mit mir reden wollte? Oder wollte sie ihre Ehe mit Eifersucht würzen? Ändere die Sitzordnung, und schon kommen Gefühle auf.

Ich blickte fragend in Karnofskys Gesicht. Er sah auf meine Titten.

»Fertig?«, fragte ich.

Er rannte weg und kam im Anzug wieder, in dem er sein Ich herumschleppte wie eine ausgeleierte Einkaufstasche, der die Henkel fehlten.

Endlich fuhren wir zu den Interni. Karnofsky stellte mir

Tadićs Vertretung vor. Ein unbeholfener Junge mit akkuratem Haarschnitt und linkischen Bewegungen. Er verbeugte sich anstelle einer Begrüßung, um sofort flink und verschämt davonzueilen. Zurück kam er mit Unterlagen und Karnofskys Kaffee.

»Der Sommer ist recht heiß dieses Jahr«, sagte ich, um das Gespräch zu eröffnen. Er sah betreten nach unten, was mir die Idiotie des Gesagten mehr als deutlich machte. Karnofsky machte einen fahrigen Eindruck, trank hektisch den Kaffee, man spürte, dass er seine Zeit anders nutzen wollte.

»Der Stiftungsgründer möchte ein Stipendium vergeben. Ein Austauschprogramm zur Erweiterung des kulturellen Horizonts. Gibt es geeignete Kandidaten?«

Er nickte und reichte mir einen Ordner mit Lebensläufen.

»Wie hoch ist die Vermittlungsquote bei Jobs?«

Er sah Karnofsky an und begann zu reden, aber statt einem Ton kamen kurz hintereinander eingezogene Laute, bei denen ich nicht wusste, wo ich hinsehen sollte. 50 Prozent, sagte er, nachdem er etwa zehnmal das F wiederholt hatte. Karnofsky übernahm und erklärte mir, dass viele der Teilnehmer am Bildungsprogramm ein Praktikum in den Firmen der Sponsoren absolvierten, und oft würde sich eine Anstellung ergeben.

»Wie hoch ist die Rückfallquote? Die Zahl derer, die abbrechen?«

Karnofsky antwortete für ihn, dass es keine Statistik darüber gäbe und dass jeder nach einer erfolgreichen Vermittlung selbst für sein Leben verantwortlich sei. In dem Programm ginge es um das Öffnen einer Tür, mehr nicht. Karnofsky schien sichtlich genervt und verabschiedete sich schließlich mit der Begründung, dass er einen Termin habe und wir sicher ohne ihn auskämen. Tadićs Assistent versuchte sich schwitzend an einer Verabschiedung. Sie dauerte so lange, dass Karnofsky ging, bevor sie zu Ende war.

»Wie heißt du?«

Er deutete auf das Namensschild am T-Shirt, das eine verblichene Erinnerung an irgendein Musikfestival darstellte.

»Die Vorfälle hier müssen belastend sein, Robby.«

Er schaute verlegen auf den Boden.

»Ihr arbeitet mit einem externen Fundraiser?«

Er bedeutete mir, dass er davon nichts wisse, für juristische Angelegenheiten sei Nick Sanjay zuständig, und die Buchhaltung würde extern erledigt. Er selbst koordiniere hauptsächlich Termine. Seine Ausführungen dauerten lange aufgrund seiner Sprachbehinderung. Sein Mund zog die Luft nach hinten ein, sein Körper synchronisierte wippend die Anstrengung, mir brach der Schweiß aus. Sprache ist Todeskampf. Eigentlich sind wir alle Stotterer, nur gelernte Texte lassen uns flüssig sprechen. Ich hatte genug gehört, um zu wissen, dass er nichts als einen schlecht bezahlten Job machte.

»Warum ausgerechnet Branko Tadić, warum Jaco Balushi?«

Er stand gerade wie beim Appell und beugte nur seinen Oberkörper leicht zu mir. Seine Stimme ein Flüstern.

»Die Elementary School.«

Das kam seltsamerweise völlig klar. Ich sah ihn geschockt an. Wir wollen immer Zusammenhänge, aber das Leben streuselt seine Ereignisse, wie es will. Der Tod von Branko Tadić und Jaco Balushi hatte möglicherweise nichts mit dem Hilfswerk zu tun, aber warum mit einem Bordell? Ich fragte mich, warum alle so ein Geheimnis um das Etablissement machten. Prostitution war legal hier und hatte den Straßenstrich abgelöst durch so blitzblanke Clubs wie das Land selbst. Clubs wie Zollhäuschen und Heidiland FKK Oase, die sich gegenseitig ausstachen mit Flatrates und Brunch-Angeboten. War es die Vermittlung Minderjähriger? War es Kampf ums Revier?

»Die Jugendlichen arbeiten auf Baustellen?«, fragte ich ihn.

Robby klöppelte wieder Sätze zusammen. Es sei ein Taschengeld, was sie bei der Compieto verdienen. Das Hilfswerk sei eine gute Sache, die Sponsoren wären sehr großzügig, alles liefe bestens. Tadić und Balushi hätten sich in schlechte Geschäfte gemischt, wären gierig geworden. Gott hatte sie bestraft. Mehr war aus ihm nicht rauszuholen. Aber ich hatte ohnehin das Gefühl, dass die Staatsanwaltschaft demnächst alles andere rausholen würde. Karnofsky hatte eine Nachricht hinterlassen, dass er einen Termin habe und ich ein Taxi nehmen müsse. Ich lief zum Haus zurück. Am See brannte die Sonne ein glühendes Loch in die Bäume am seitlichen Ufer und färbte das Wasser ein. Auf der Mauer zum Nachbargrundstück lief ein Mann im Trainingsanzug. Ich grüßte ihn, aber er sprang zur Nachbarseite runter und verschwand. Mir war, als hätte ich ihn schon mal gesehen, allerdings in einem Ruderboot.

Die Kinder liefen mir freudig entgegen. Wir waren allein im Haus. Ich bestellte ihnen Pizza und stellte ihnen den Kinderkanal ein. Sie waren das Wechselbad zwischen Drill und Vernachlässigung gewohnt. Ihre Gesichter zeigten keinerlei Emotion. Sie starrten auf den Fernseher, als hätte man sie mit einer Marx/Engels-Gesamtausgabe zurückgelassen. Ich wartete, bis es dunkel war, und schlich zum Bootshaus.

In den Bäumen hörte man einen Vogel mit einem Song, den man mit quietschenden Reifen verwechseln konnte. Hinter den geschlossenen Gardinen Dunkelheit und Stille. Vorsichtig drückte ich die Klinke runter. Alles leer, aber jemand schubste mich über die Schwelle und schloss die Tür. Das Adrenalin schoss mir in die letzten Winkel. Sanjay stand mir gegenüber. Wir, Schauspieler, die ihren Text vergessen hatten.

»Bist du noch für dein Ehrenamt unterwegs? Dafür kriegst du bestimmt eine Medaille im Himmel, aber für Bespitzelung gibt es Punkteabzug. Und, schon schlauer?«

»Wer nichts weiß und weiß, dass er nichts weiß, weiß mehr als der, der nichts weiß und nicht weiß, dass er nichts weiß.«

»Hast du noch mehr davon?«

»Zwischen zwei Zweiglein zwitschern zwei Zeislein.«

Sanjay stand neben einem silbernen Aktenkoffer. So viel konnte ich sehen.

»Hast du Max gesehen?«

»Nein, kleine Sternschnuppe, ich habe Max nicht gesehen.«

»Na, dann.«

Ich drehte mich weg, aber er hielt mein Handgelenk.

»Wir können gerne die Stille des Abends genießen, Eve.«

»Deinen Schluchtenfick kannst du dir im Alpenröschen gönnen, Arschloch.«

Sanjay machte einen Riesenfehler. Er fasste mir ins Gesicht. Ich drehte ihm blitzschnell seinen Arm, legte ihn auf meine Schulter, kreuzte meine Daumen zum Fledermausgriff, drückte oberhalb des Ellenbogenknochens richtig zu und schleuderte ihn auf den Boden. Alles wäre perfekt gelaufen, wäre er nicht über den Aktenkoffer gestolpert. Er kam zwar auf dem Bauch zu liegen, ich hatte korrekt seinen Arm auf seinem Rücken verwinkelt und kniete obendrauf, aber der Aluminiumkoffer lag unter seinem Bauch und brachte seinen Oberkörper in Schieflage, was mein Gleichgewicht behinderte. Ich drückte trotzdem mit aller Kraft zu.

»Hoch fliegen, tief fallen.«

Die Kofferkante muss ihm eine Rippe gebrochen haben, so jaulte er rum. Seine Atemwege schienen sichtlich beeinträchtigt.

Ich stand auf.

»Nimmst du Parfüm? Hier riechts wie Zauber der Gewürze? Istanbul? Desert Storm. Magic Sahel? Wenn du mich noch einmal anfasst, nimmst du ein Parfüm mit dem Namen GIPS.«

Sanjay drehte sich schwerfällig auf den Rücken und stieß einen Ächzer durch die zusammengepressten Lippen.

Ich schnappte mir das klebrige Whiskyglas von Karnofsky, hielt den verstärkten Boden fest in der Hand und schlug die Oberkante gegen die Wand. Das Glas knackte ungemütlich und eine Scherbe fiel mit hellem Klang zu Boden. Steinplatten. Hochwertig. Edel. Was für Freunde der schönen Künste. Der Mond sorgte für Atmosphäre. Ich hielt ihm das scharfkantige Glas vor die Nase. Seine Visage schien ihm wichtig. Er rührte sich keinen Zentimeter von der Stelle.

»Eine Bewegung und wir stoßen an auf Blutsbrüderschaft.«

»Du bist tot. Schlampe.«

»Sag deinem Schönheitschirurgen, er soll dir dein Maul ein bisschen kleiner machen.«

Ich ging zum Haus zurück. Von der Gästetoilette aus

sah ich, wie Sanjay zu seinem Wagen humpelte, den Koffer in seinen Jaguar wuchtete und dann Gas gab. Ich rannte zurück zum Bootshaus. Meine Vermutung war richtig. Der unbeschriftete Ordner war weg. Auf K2 wartete Schlamassel. Auf dem Boden lag die Rechnung aus der Kronenhalle mit einem Namen und einer Telefonnummer. Youssouf Deby. Zu dumm, wenn man sich fremdländische Namen nicht merken kann. Ich steckte den Zettel ein. Ich suchte im Netz alles über die Compieto und fand eine Tochtergesellschaft in Mali. Sahel Construction. In den Bilanzen der Interni war nur die 1-Win Singapore mit ihrer generösen Spende aufgetaucht. Der Bildabgleich fand einen Youssouf Deby auf einem Ball in Genf für Freunde der Wiener Ballmusik. Breit lachende Diplomaten. Deby einer von ihnen. Vielleicht wurde dank Deby die Tochterfirma der Compieto mit dem Bau beauftragt. Sahel Construction erhält das Geld, die Schule wurde nie gebaut, aber dafür war das Geld jetzt sauber. Bleibt nur noch die Frage, für wen gewaschen wurde. Hatte die Compieto jetzt zehn Millionen mehr in der Bilanz? Finanzierte sie damit ihre neuen Projekte? Oder verliert sich die Spur in der Wüste?

Es war Mittwoch, als ich von allem die Schnauze voll hatte. Ich erinnere mich genau.

Karnofskys Schritte weckten mich. Aber dieses Mal kam er und küsste mich auf die Stirn. Sein Kuss klebte wie ein Schnipsel aus Styropor auf meiner Haut, ein leichtes statisch aufgeladenes Stück Schaum, das beim Wegwischen gleich woanders klebt. Er hatte sich auf die Bettdecke gesetzt, den Arm über mich gelegt und mich dadurch eingeklemmt. Ich lag glatt wie eine Mumie. Er sah mich eine Weile an, wünschte mir dann einen schönen Tag und verschwand mit der Bemerkung, dass ich allein im Haus wäre und er am Mittag zurück sei. Mittlerweile kam ich mir vor wie in einem zwangsverordneten Urlaub. Ich stand auf und ging gelangweilt in den Garten. Der See lag wie eine riesige Plastikfolie träge in der Mitte seiner Begrenzung aus menschlichen Behausungen. Rechts verhing eine Trauerweide den Blick aufs nächste Grundstück. Links tummelte sich eine fettige Masse an Menschen auf einem Bootssteg. Vor mir beobachtete mich ein Mann im Ruderboot. Sah nicht wie ein Angler aus. Meine Blicke müssen ihn genervt haben, denn er drehte ab. Ich ging in Karnofskys Büro. Ich war nicht allein. Die Zwillinge spielten an seinem Rechner. Gut für mich, dann musste ich mich nicht mit dem Durchprobieren der Passwörter aufhalten.

In Karnofskys Büro war es unaufgeräumt und dreckig. Unter einer Eileen-Gray-Liege aus schwarzem Leder zwei leere Whiskyflaschen. Darauf ein Plüschkissen in Herzform. Die Regale bestückt mit hässlichen Trophäen internationaler Golfturniere.

»Hey, Lara.«

Die Strenge sah mich kalt an.

»Ich bin nicht Lara. Das ist Lara. Ich bin Laura.«

Sie standen vor mir, bleich wie Leichname, ihre Hände ineinandergehakt in plumper Theatralik. Ich log sie an, dass auf den Steinen am See eine Schlange läge, sie rannten los, und ich setzte mich an den Rechner. Die Tastatur war klebrig und mit Krümeln bestückt.

Helena als Bildschirmschoner. Ein tiefsinniger Alkoholiker ist immer ein Romantiker.

Ich blätterte unlustig durch Fotos. Die Erinnerungen einer Familie gleichen sich. Ein Chat mit K2 und der Warburg Invest. Steuersünden waren nicht mein Revier. Interessanter war eine E-Mail von Sanjay, der Karnofsky versichert, dass das Schulprojekt erfolgreich abgeschlossen sei.

Im Hof hörte ich Karnofskys Wagen. Ich ließ die Minecraft-Application offen und ging zur Haustür. Karnofsky kam mit zwei Happy-Meal-Tüten von McDonald's in der Hand.

»Wir sehen uns im Heimkino einen Film an. Kommst du zu uns runter? Nick lässt dich grüßen, er meinte, du stehst auf ihn, also, wenn du auf ihn stehst, ich freu mich für ihn. Er ist ein einsamer Mensch. Ich fühle mich irgendwie verantwortlich, also, das war alles. Kino ist im Keller.«

Die Sonne war gerade ein paar Stunden weitergerückt und versuchte, alles niederzubrennen. Im Keller würde es wenigstens kühl sein. Ich ging nach unten zum Kinoraum. Karnofsky hatte sich abseits auf einen Sessel gesetzt und schlief bereits. Die Kinder zogen mich in die Mitte des Sofas und kuschelten sich an mich. Die Strenge quasselte die ganze Zeit, die Sanfte lachte nur. Der Film stellte das Leben übertrieben positiv dar, war aber glücklicherweise nur 90 Minuten lang. Karnofsky wachte rechtzeitig beim Abspann auf und wies die Kinder an, ihre Flötenübungen zu absolvieren. Zehn Minuten später ertönte antagonistisches Gepfeife. Die Sonne war hinter grauem Dunst verschwunden. Ein Sturm wollte die übertriebene Hitze beenden. Der Wind nestelte bereits an den Bäumen herum. Ich ging runter zum Ufer und setzte mich auf eine Mauer mit Blick auf den See. Zwei Schwäne drehten Pirouetten wie auf einer Spieluhr. Sie trugen einen hinterhältigen Ausdruck über ihren orangen

Schnäbeln. War es die verbissene Sportlichkeit der Schweizer, oder hatte ich Halluzinationen, aber mir schien, als ob der Unbekannte im Boot das Grundstück beobachtete. Ein billiges Boot mit einem Mann, der für das warme Wetter zu dick gekleidet war. Als Karnofsky kam, ruderte er weg. Ein schneller, ein kräftiger Stil. Karnofsky hatte ein Glas Whisky in der Hand.

»Ich muss dir etwas sagen.«

Er setzte sich neben mich. Ich drehte mich zu ihm und versuchte, ein freundliches Gesicht zu machen, um ihn nicht einzuschüchtern.

»Ich trete zurück.«

»Aha.«

»Ich muss einfach Gewicht reduzieren, Ballast abwerfen.«

»Denkst du, nach einer Diät kommt es billiger, wenn nur zwei den Sarg tragen?«

Karnofsky reagierte nicht. Er sah auf den See, als hätte man ihn sediert, um ihn hineinzustoßen, und jetzt brauchte er nur noch einen Zeugen für seine letzten Worte.

»Ich gehe zurück nach New York. Was Risikokapital betrifft, sind da eh die besseren Möglichkeiten. An Ideen fehlt es mir nicht.«

»Geht dir die heroische Landschaft auf den Zeiger? Oder willst du vermeiden, dass dir die Staatsanwaltschaft in den Arsch tritt?«

Ich hätte ihm auch vorschlagen können, seine Villa abzubrennen, um sich Cervelatwurst zu braten, es hätte ihn nicht aus seiner Lethargie gerissen. Er blickte mit Inbrunst auf einen Fixpunkt am zugebauten Ufer gegenüber und versank in ausführliches Schweigen. Ein Stimmungsumschwung stand ins Haus.

»Ist das Sanjays Idee?«

»Nick hat sein eigenes Business. Oder war das nur so ein Stichwort von dir, um über ihn zu sprechen? Ich steh eurem Glück nicht im Wege.«

»Es gibt nicht nur Mann und Frau. Es gibt mehr.«

Den Satz hatte ich irgendwo gelesen. Mein Nacken machte sich bemerkbar. Ich hatte diese paranormale Fähigkeit, schnell zu spüren, wenn ich observiert werde. Meine Trefferquote war die eines Gangsters. Ein winziges Frösteln unter dem Pferdeschwanz. Ich drehte mich zum Haus. Oben am Salonfenster standen die Zwillinge und beobachteten uns. Sie hatten sich weiße Gardinen übergeworfen und standen bewegungslos hinter der Scheibe. Ich fror jetzt wirklich. Der Wind hatte voll aufgedreht. Starke Böen falteten den See.

Karnofsky erhob sich und ging schwerfällig zum Haus zurück, als müsste er sich bei jedem Schritt von doppelseitigem Klebeband lösen. Das andere Ufer war bereits in schwarze Wolken gehüllt, der See trübte sich ein, weil der Wind das Unterste nach oben holte.

Im See standen die Wellen auf. Die Landschaft rückte zusammen, scharf beleuchtet durch Blitze. Ein Land, das Armut und Reichtum gleichermaßen versteckte. Nur die Natur rebellierte hier.

Mitten in der Nacht hörte ich Geräusche auf der Treppe, ein seltsames Wispern, knackendes Holz mit längeren Pausen dazwischen. Dann raschelte es an meiner Tür. Ich blieb reglos liegen, aber mein Kopf bereitete Maßnahmen vor. Ich spürte, wie mein Blut durch die Adern fegte. Eine Taschenlampe mit einem Licht wie ein Suchscheinwerfer flackerte den Boden ab. Dahinter die Zwillinge mit ihren Plüschhaien. Nichts für Leute mit Herzschrittmacher.

Ich tat, als würde ich nichts bemerken. Sie rührten sich nicht von der Stelle. Ich hatte die Augen halb geöffnet und sah, wie sie sich stumme Zeichen gaben. Langsam kamen sie auf mich zu und legten sich vorsichtig auf die freie Seite im Bett. Besser die Kinder als Sanjay, dachte ich. Der Sturm brachte die Scheiben zum Klimpern und die Wolken zur Raserei. Zwischen ihnen schaute von Zeit zu Zeit ein angefressener Mond durch. Der Wind heulte durch alle undichten Ritzen. Ich sah zu den Kindern rüber. Sie lagen auf dem Rücken und spielten ein Spiel mit ihren Händen. Ihre Finger bewegten sich völlig synchron. Eine Art Geheimsprache. Zwischendurch lachten sie tonlos. Das Einschlafen gestaltete sich für mich ungefähr so schwierig, als hätte man mich in die Werkstatt eines Tierpräparators neben eine frische Leiche gelegt. Am Morgen war ich wieder allein.

Die Sonne schien brutal auf das Bett und zeichnete alles konkreter. Ich hatte die Decke in meinen Bauch geknüllt und sah noch weißer aus als sonst. Karnofsky trampelte über die Dielen, er schien gestresst, keine verzögerten Schritte. Er kam aus der Kammer und stellte sich vor das Bett.

»Kannst du dich schnell anziehen und in die Küche kommen?«

Ich öffnete die Augen und bevor ich fragen konnte, was los sei, rannte er ohne weitere Erklärung nach unten.

Es war kurz nach sieben. Ich zog mich an und ging in die Küche. Was mich dort erwartete, übertraf alles, was ich in den letzten Tagen erlebt hatte. In der Küche standen die Stühle in zwei Reihen, angeordnet wie in einem Theater. Helena, die offensichtlich in der Nacht zurückgekommen war, bat mich in der ersten Reihe Platz zu nehmen. Karnofsky saß bereits, Nick Sanjay wurde aufgefordert, in der zweiten Reihe Platz zu nehmen. Die Bestimmtheit ihrer Forderung ließ keinerlei Zweifel aufkommen. Sie selbst setzte sich hinter mich. Ich war auf alles gefasst. Vielleicht eine Therapiestunde mit einem prominenten Psychiater, vielleicht ein Zauberkünstler für die Kinder oder ein Italiener, der einen Pasta-Kurs gibt. Es herrschte angespannte Stille. Helena, die noch besser aussah als sonst, klingelte mit einem Glöckchen, und die Mädchen traten ein, in schwarzen Etuikleidern und mit Samtband im Haar. Ich drehte mich mit fragendem Blick zu Helena um, aber sie legte umgehend ihren Zeigefinger vor die Lippen. Die Kinder packten stumm ihre Blockflöten aus und begannen zu spielen. Ihnen fehlte jegliche Synchronität. Die Sanfte verspielte sich am laufenden Band, und die Strenge wirkte verzweifelt. Sie versuchte mit dem Fuß ihre jüngere Schwester in den Takt zu bringen. Die Sanfte schnappte schwer nach Luft, aber die Töne wollten sich nicht paaren. Die beiden pfiffen den Bach, als wollten sie ihn zerstückeln. Wenn man die Augen schloss, konnte man die unzähligen Filme sehen, in denen das Menuett in h-Moll verwendet wurde. Das Konzert der Kinder eignete sich bestenfalls zur Diagnostizierung von Löchern in Zähnen. Als das letzte Pfeifen verstummt war, begann Helena zu klatschen, und Karnofsky stimmte ein. Sanjay grinste mich an.

Helena ging zu den Zwillingen, nahm sie links und rechts an die Hand und verbeugte sich mit ihnen. Danach gingen wir zu Tisch. Die Portugiesin hatte bereits gedeckt. Helena bestrich den Toast wie Anne-Sophie Mutter ihre Geige und gab sie den Kindern, stilisierte Bewegungen, die liebevolle Fürsorge darstellen sollten. Ein abgezähltes Frühstück.

Ich betrachtete Helena und Max Karnofsky wie einen schlechten Film, den man zwanghaft zu Ende sehen muss, weil man einfach nicht glauben will, dass er so dämlich ausgeht, wie man sich dachte.

Karnofsky und Sanjay verließen den Tisch mit geschäftlicher Miene. Helena bestand darauf, mit mir in eine Krallenbude zu gehen, wie sie sich ausdrückte. Ich ließ alles mit mir machen, was Zeit totschlug. Die Kinder übergab sie der Portugiesin. Die Zeit neben ihr wurde durch Telefonanrufe zerhackt. Sie schickte alle fünf Minuten Phrasen durch die Leitung mit gleichbleibendem Schlusspunkt: Wir müssen uns mal wieder sehen. In den Pausen versuchte sie mich von Maßnahmen zum verbesserten Aussehen zu überzeugen.

Schönheit ist Macht, sagte sie.

Nicht verwunderlich in einer Zeit, in der sekundäre Geschlechtsmerkmale mehr zählen als Geist und Talent. Helena hatte Glück gehabt, was ihr Äußeres betraf, und sie war gewillt, dieses Glück zu vergrößern. Schönheit hieß handeln.

»Ich habe mir hängende Lider straffen lassen, Lippen und Bäckchen mit Filler-Injektionen aufgepolstert.«

»In 30 Jahren bleibt dir nur noch die Enthauptung«, sagte ich.

»Honey, plastische Chirurgie ist nichts anderes als Bildung. Es ist wie Bücher lesen«, sagte sie.

Ein Relief an der Front macht die Trostlosigkeit im Inneren nicht besser. Ihre Monologe waren wie Radio hören ohne freie Senderwahl.

»Inner beauty doesn't get you a drink. Glaubst du allen Ernstes, dass es einen Mann interessiert, wie klug du bist oder was du leistest? Die wollen ein hübsches Gesicht, das sie ihren Kollegen vorführen können. Denen ist es egal, wen sie vögeln, Hauptsache, die Figur stimmt.«

»Man sollte sich beim Sex doubeln lassen«, sagte ich.

»Würdest du mich gerne doubeln?«

Wie ein Händler beobachtete sie, ob sich meine Pupillen weiteten, ob ich Interesse an ihrem Produkt bekunden würde.

»Kannst du die Stunts nicht allein?«

In ihrem gut geschminkten Gesicht bewegten sich nur die Pupillen.

»Nein, ehrlich, du kannst mich gerne bei ihm doubeln, aber die Kinder solltest du nicht bei dir schlafen lassen. Die Mutter bin immer noch ich. Daran wird sich auch nichts ändern.«

Wir stiegen aus dem Wagen und gingen zu dem flachen Bau, der wie eine Garage aussah und ein kitschiges Display trug, auf dem Lotus Nails stand. Im Schaufenster standen prall gefüllte Polyesterkissen, bunt bedruckt mit knienden Asiatinnen in klassischer Kleidung, die Schalen reichten.

»Die Schweiz ist einfach nicht elegant. Die Leute sind schroff wie ihre Berge. Ich würde in diesen praktischen Klamotten, die hier alle tragen, Selbstmord begehen. Apropos, ich muss der Witwe noch mein Beileid aussprechen. Bei Partnern von Selbstmördern muss man sich besonders normal verhalten. Was man sagt, sollte nicht weit weg vom Gefühlten sein, ich habe extra gegoogelt.«

»Welcher Selbstmord?«, fragte ich.

»Honey, die Krallenbude gehört der Witwe von Branko Tadić. Tadić hat siebenmal die Woche einen Reinigungsdienst bezahlt, den es nie gegeben hat, wenn du verstehst, was ich meine. Ich weiß das nicht von Max, es stand in der Zeitung, und Max hat ihm daraufhin gekündigt.«

Wir gingen hinein. Hinter dem Empfangstisch saß eine circa 30-jährige Vietnamesin mit langen Haaren und Wimpern wie aufgeklebte Zahnbürsten. Auf ihrem rosa Namensschild stand Vivi. Mit ihrer Chanel-Brille und dem hellblauen Polyesterkittel wirkte sie wie eine Reklame für teure Designerklamotten, die es drauf anlegten, billig zu wirken. Sie legte ihr Handy weg, als wir eintraten. Ein weißer Zwergpudel, dessen Haarkrone mit einer schwarzen Schleife gehalten wurde, trippelte aufgeregt vor einer goldenen Buddhastatue aus Plastik herum. Vivi packte den Pudel in sein Körbchen und begrüßte uns, ohne sich um gezielte Höflichkeit zu bemühen. Der Buddha und die Schalen mit Lotus schienen Helena nicht zu hindern, ihr Beileid mit dem Verweis auf die Person Jesus Christus auszusprechen, der angeblich alle lieben würde und auch für sie da sei. Ihre dargebotenen Gefühle waren von leidenschaftlicher Künstlichkeit.

Die Vietnamesin nickte stumm, als hätte ihr ein Verkäufer eine neue Kosmetiklinie vorgestellt, und winkte einem zarten Mädchen, das Helena bedienen sollte. Vivi Tadić nahm sich eine Werkzeugbox und ging mit mir an einen Platz in die hintere Ecke des Raumes. Plastikwannen füllten sich mit Wasser. Ich sah bedrückt auf die stämmige Frau mit dem Nagelpilz neben mir, die in abgegriffenen Modemagazinen blätterte. Die ausnahmslos hübschen Mädchen verrichteten routiniert ihre Arbeit. Der Ventilator summte wirkungslos. Helena machte sich an ihrem Handy zu schaffen. Vivi Tadić knetete unbeteiligt meine Hände. Es war die Position im Ablauf, die mit Neukundenrabatt bezeichnet war. Der Flyer mit der Preisliste enthielt die bittere Wahrheit, dass im Leben nicht alles perfekt sei, aber Nägel müssen es sein. Helena lief mit eingeklemmten Zellstoffwürsten zwischen den Zehen nach draußen und telefonierte. Sie hatte exakt zwei Franken Trinkgeld gegeben, aber ein generöses Gesicht dazu geschnitten.

»Mein Beileid«, sagte ich zu Vivi Tadić.

Die Vietnamesin zuckte teilnahmslos mit der Schulter.

»Habt ihr Kinder?«

Vivi schüttelte den Kopf, ohne vom Bemalen meiner Nägel aufzusehen.

»Keine Kinder. Immer Arbeit.«

Der Pudel fiepte und sprang auf den Maniküretisch.

Sie packte den Pudel und warf ihn runter. Er flog in eine Ecke und verzog sich mit depressivem Gesicht.

»Willst du Pflegeöl kaufen? Natural Cosmetics. Zehn Prozent Rabatt. Moringa-Öl. Keine Falten. Weiche Haut, auch für die Haare. Familienbetrieb in Nicaragua. Bio.«

Ich nahm die grüne Flasche und las mir das Etikett durch. Moringa Garten von Natural Cosmetics für eine Haut ohne Falten. Ein effektiver Jungbrunnen. Ökologisch wertvoll angebaut. 46 antioxidativ wirkende Substanzen.

»Gibt auch Seifenpulver. Waldluft. Vegan.«

Sie nahm ein bisschen von einem weißen Pulver, tauchte ihre Hand in ein Schälchen Wasser und schäumte das Pulver auf.

»Sehr gut. Glatte Haut. Immer jung.«

NC-Naturkosmetik. Die Schachteln, in denen Tadić vermutlich Kokain verschifft hatte. Es waren dieselben Schachteln, die auch im Keller vom Hilfswerk lagerten. Ich legte ihr mein ganzes Bargeld hin und nahm ein Seifenpulver mit. Seife schadet nie, Dreck gibt es immer.

Draußen herrschte öliges Wetter. Helena beendete schnell ihren Anruf, als ich aus der Tür trat. Sie hatte es plötzlich extrem eilig und verabschiedete sich. Ihre ganze soziale Kompetenz bestand darin, ausschweifend Hallo zu sagen und ein prägnantes Adieu zu verwenden. Mir war es recht. Ich lief zum Hilfswerk. Dort war alles ruhig. Ich nahm den Haupteingang und ging direkt zum Keller. Die Regale waren leer. Keine Flyer für die Elementary School, keine Natural-Cosmetics-Schachteln.

Als ich wieder oben war, ging ich in Robbys Büro. Er vergnügte sich gerade privat im Netz und klappte erschrocken seinen Laptop zu, als ich reinkam. Mittlerweile hatte ich das Gefühl, dass alle die Stiftungszwecke zu ihren Gunsten änderten. Aber eine Hitliste gab es für mich noch nicht. Robby sah mich verblüffend ehrlich an.

»Wir müssen w-weitermachen. Es darf nicht nur Sch-schlechtes geben.«

Ich nickte. Versprechen sind massiv günstig. Ihre Einlösung etwas teurer.

»Hast du der Zeitung den Tipp gegeben?«

Der Junge guckte weg. Der hatte mit seinem Idealismus sicher die ganze Lawine losgetreten. Ich log ihn an.

»Alles okay. Mach dir keinen Kopf. Is korrekt gewesen.«

Er ist nicht der einzige Whistleblower, dem es hinterher scheiße geht.

Ich schlurfte entlang der Hauptstraße. Die Hitze schien den Ort zu komprimieren, als wollte sie jeder Bewegung hartnäckigen Widerstand entgegensetzen. Eine kleine, streng komponierte Villa erregte meine Neugier, unter anderem, weil ich Sanjays Wagen auf dem Parkplatz daneben entdeckte. Ich ging näher an das Tor. Villa Aurora stand auf der goldumrandeten Tafel aus Obsidian. Darunter 20 Firmennamen, die alle gleich dubios klangen. Ich fotografierte die Tafel und stellte fest, dass die Villa Aurora im Netz zu finden war. Ein schönes Foto, auf der die schwarze Tafel fehlte. Es war Abend, als ich zurück ins Haus kam. Die Sonne hatte bei ihrem Abgang den Eindruck eines gigantischen Waldbrands hinterlassen. Helena lud mich auf die Terrasse ein. Am Wasser saß ein Reiher, der stoisch den See beobachtete. Ich hielt ihn für eine Skulptur, bis er wegflog. Über uns Satelliten, Raumfahrtrückstände und Sterne. Die Hitze hemmte Bewegungsdrang. Der Mond schien.

Ich hatte mich auf die Steine gesetzt und lehnte meinen Rücken an die aufgeheizte Mauer. Helena kam mit Drinks und drapierte sich auf der Teakholzliege. Aus meiner Perspektive nahmen ihre Beine kein Ende. Ihre schlanken Füße waren leicht gestreckt, ein Knie hielt sie minimal gewinkelt. Sie hatte das Talent für schöne Posen. Der Mond machte aus ihr einen lässig hingeworfenen Engel.

»Schläfst du mit ihm?«
»Wie bitte?«
»Schläfst du mit Wellinghofen?«
»Ich habe genügend Abwechslung im Business-Alltag.«
Sie betrachtete mich eingehend. Ich kam mir vor wie bei einem ersten Date.

»Weißt du, was das Erste war, das ich gelernt habe, als ich hierherkam? Ich habe gelernt, wie man aus Elena Helena macht. Wir haben immer auf einem Schloss gelebt.«

Sie griff sich an ein Medaillon, das ich seit ihrer Rückkehr bemerkt und unter abartigem Modeschmuck verbucht hatte. Sie sah mich an. Es war der Blick von Menschen, die sich auf eine Idee versteift hatten oder Psychopharmaka einnahmen. Die Sehnsucht nach mystischer Heilung von Störungen im Alltag konnte leicht in den Wahnsinn kippen.

Sie heftete ihre Augen auf mich mit der Endgültigkeit einer Statue. Mein Körper verspannte sich, was wohl für sie wie Neugier aussah.

»Ich war bei einer Voodoo-Priesterin. Eine, die keine männliche Dominanz akzeptiert. Bestehen, um Spaß zu haben, das ist unser Schicksal.«

»Was wolltest du wissen?«

»Ich wollte wissen, wie es mit Max weitergeht.«

Ihr Seidentop war am Hals geknotet, ihre weite Seidenhose lag wie ausgegossen auf ihr. Teurer Kram, der sich mit akkuratem Schwung um Inneres legt, wenn das Gemüt auf dem Trampolin springt. Sie erwartete wohl, dass ich sie weiter fragen würde. Aber ich blieb stumm. Der Mond leuchtete die Szene aus wie im Film. Gleich würde sie sich die Haut abziehen und mit einem gelungenen Smash-Cut unerwartet Gift spucken. Ihre Stimme hatte bereits einen dunkleren Klang.

»Was schlecht anfängt, hört schlecht auf. Aber ich werde es verhindern. Es wird nicht schlecht aufhören. Die Priesterin hat den Zerfall unserer Familie gesehen. Die Priesterin hat mir diese Zeilen gegeben.«

Helena öffnete das Medaillon, das einem Schnäppchen aus dem Ein-Euro-Shop ähnelte. Sie las mit beschwörender Stimme, die zu einem erholsamen Schlaf führen könnte, aber der Inhalt löste kein Wohlbehagen aus.

»Wechsel führen zu Neubeginn.«

Ich hatte ein Gefühl, als hätte ich meinen Pullover falsch rum an. Helena klappte das Medaillon zu und goss mir nach.

»Was willst du in Deutschland? Guck dir diese Jammerlappen an. Trauerklöße, die Angst vor Unterhaltung haben. Verwöhnte Menschen mit Hang zum Katastrophisieren, die jedem ihre blöde Moral aufs Butterbrot schmieren. Glücklich in einen Mercedes gefallen und über Gleichheit diskutieren. In der Schweiz halten sie wenigstens die Klappe. Max eröffnet dir die Welt«, sagte sie.

Ich hatte nicht die geringste Lust auf die Eröffnung der Welt. Ich war froh, dass ich die Welt im Ausschnitt sah. Im Garten schalteten sich die Stimmungslichter ein. Die Putten mit den abgefallenen Nasen verwandelten sich in dämonische Wegweiser in den See.

Helena trank sich ihre Farbe vom Mund. Rotes Fett auf geschliffenem Glas.

»Weißt du, hier passt nicht jede her.«

Das Schweizer Karma heißt Wandern in den Bergen. Deutschlands Karma heißt Richard Wagner und der Kampf gegen finstere Mächte. Wenn das nicht unterhaltsam ist. Und was Karnofsky betraf, bevorzugte ich es, meine Beute selbst zu jagen. Sie legte ihre Hand auf meine und strich mir langsam über den Unterarm.

»Ich bin 100 Prozent bereit zu tun, was getan werden muss. Echter Wechsel lässt immer jemanden zurück. Be strong, sage ich mir. Das Schlimmste ist, wenn man seine Möglichkeiten nicht ausschöpft. Das heilige Ja-Wort, das war kein Anfang, das war unser Ende. Aber richtig bergab ging es, als ich zu der Abtreibung ging. Der Kleine war krank, und Max meinte, das passt nicht zu uns. Er hatte recht. Das passt nicht zu uns.«

Auf dem Rasen vor uns ging der Mähroboter seiner Wege. Konsterniert blieb er stehen, wenn er an die Mauer stieß. Man konnte es für Nachdenklichkeit halten. Dann drehte er sich um und mähte weiter. Wir waren nicht allein. Abseits auf dem See konnte ich eine dunkle Gestalt in einem Ruderboot sehen. Völlig bewegungslos.

»Himmel, und die Kinder. Wenn es nach Max ginge, könnten sie sich ihre Freizeit selbst aussuchen. Nicht im Traum, sage ich. Lernen muss Spaß machen? Ich denke nicht so. Meine Kinder werden keine unappetitlichen Versager, die sich die triste Story ihres Lebens bei Ikea farbenfroh gestalten.«

Laufen, immer weiterlaufen, dachte ich, während ich dem Roboter zusah. Vor die Mauer laufen, eine Pause einlegen, umdrehen, von vorne anfangen. Ein Smart Meadow 350. Sieht so unscheinbar aus, mäht aber alles nieder.

»Er ist schön. Er ist reich. Was gebe ich Max? Meine Zeit, meinen Charme, die Kinder, meinen Scharfsinn, meinen Style. Und er? Er trinkt. Ich fürchte, die Sauferei wird sich früher oder später auf sein Business legen. Zeit, das Schiff zu verlassen. Er denkt, ich weiß nichts von Tadić. Ich habe das Spiel mitgespielt. Er fand Selbstmord besser als erschossen zu werden. Ich hatte mittlerweile auch eine Vorladung zur Polizei. Tadić war im Drogengeschäft zusammen mit Balushi. Max gefährdet uns durch seine Ignoranz. Wir sind prädestiniert für Erpressung, Kidnapping, Presseskandale. Balushis Kopf hat man vor das Gebäude gelegt. Die arme Mutter, aber du siehst ja, sie spricht kein Wort Deutsch. Was soll da aus den Kindern werden. Max lügt mich an. Er will Ruhe. Er will, dass alles so weitergeht wie immer. Er will, dass sein Image nicht ruiniert wird. Er will das Event nicht gefährden. Er ist loyal zu Sanjay. Ein grober Fehler. Sanjay mit seinen legendären Feiern bei der Compieto. Alles Proleten. Max ist anders. Ich will nicht schlecht über ihn reden. Mit dir ist er sicher glücklicher. Ich will weg hier. Man darf doch träumen.«

Unsere Träume sind portofrei und wir haben Rückgaberecht. Utopien machen nur Spaß, wenn man nicht dafür blechen muss.

»Ich will ein authentisches Leben«, sagte sie.

Hat man dieses Wort nicht schon ad acta gelegt, dachte ich. Dieses Wort benutzen doch nur noch Selbsthilferatgeber, von denen keiner die Wahrheit sagt. Authentisch wird es fünf Minuten vor Ende. Das ist die Wahrheit.

»Ich werde meiner inneren Stimme folgen.«

Vielleicht war es Tinnitus. Ich dachte lange nach.

»Du sprichst nie, ohne vorher zu denken, stimmts?«

»Euer Rasen ist irre gepflegt. Macht das der Smart Meadow 350?«

»Nein. Wir haben einen Greenkeeper angestellt.«

Über uns zischten ein paar Fledermäuse ihre eckigen Kurven.

»Gute Nacht«, sagte ich.

»Ja, dir auch«, sagte Helena.

Sie schien unzufrieden, dass ich das Gespräch beendet hatte.

Ich ging in mein Bett und versuchte, ihre Stichworte in eine geordnete Reihe zu bringen. Sanjay, Compieto, Vorladung zur Polizei. Stattdessen fragte ich Ricky per WhatsApp, ob er das Antibiotikum genommen hat. Sex ist nur noch in der Fantasie erstrebenswert. Die Wirklichkeit versaut alles. Ein Luftzug ließ die Scharniere am Fenster quietschen.

Dann ein dumpfes Geräusch. Ich lauschte. War es entfernter Baulärm, ein jaulendes Flugzeug am Himmel, mein eigenes Blut? Ich drehte meinen Kopf vom Kissen weg, um mit beiden Ohren zu hören. Auf der Treppe knackte das Holz.

Meine Tür wurde leise geöffnet. Ich konnte nichts erkennen, denn der Türspalt blieb leer. Jemand hatte die Tür aufgestoßen, aber kam nicht herein. Kein Streich der Zwillinge, dieses Mal stand Helena auf der Schwelle. Ihr Nachthemd reichte bis zu den Knöcheln. Die Seide spielte mit einem kleinen Luftzug. Oder ging das andersherum? Das Mondlicht gab ihre Formen klarer wieder als bei Tag. Sie setzte ihre Füße in einer geraden Linie voreinander. Ein wogendes Traben. Ihr Geist auf einem Laufsteg. Sie legte sich wortlos zu mir und strich über meinen Körper, fasste meine Hand, leckte meine Finger und legte sie auf ihre Brust, dirigierte sie zu den Spitzen und drückte sie an ihren Warzen zusammen. Ich lag still mit einem riesengroßen Fragezeichen im Kopf. Sie begann zu stöhnen und meinen Körper abzutasten. Sie trippelte mit ihren Fingern auf meinem Körper wie ein Pianist bei Trillern aus der Romantik, ihr Arm schwang wie Schilf im Wind. Das Ertasten meines Körpers ein Stück aus dem Repertoire. Es war nicht die Geliebte, die ganz in deinen Körper fällt, jedes Stückchen Haut erobert und dich einatmet im Rausch. Ich konnte fühlen, wie konzentriert sie war, aber nicht auf mich. Ihre Hände waren abgespalten vom Rest, ihre Hingabe alles andere als emotional. Ich lag im Bett wie ein knorriges Holz, unentschieden, ob ich die Szene unter neuer Erfahrung oder unter Peinlichkeit ablegen sollte. Sie griff mir in die Haare und küsste meinen Nacken. Mir lief es eiskalt an der Wirbelsäule runter.

»Das bekommst du nicht von Max«, flüsterte sie.

»Glaub mir, er ist prächtig ausgestattet, er riecht gut. Seine Haut ist perfekt, aber ich passe nicht zu ihm. Wir sind nicht gut füreinander.«

Der Mond verschwand und ließ uns dunkel zurück. Zwischen uns nichts als breiige Wärme. Ihr Nachthemd klebte an meinem Körper. Helena flüsterte weiter in meinen Nacken.

»Er ist verrückter, als du glaubst, falls du auf speziellen Sex stehst. Er hat sich eine andere Story zurechtgelegt, aber glaub mir, in Wirklichkeit haben wir uns im Bliss kennengelernt. Ein privater BDSM-Club. Ich hatte mir damals in St Andrews ein bisschen Geld dazuverdient. Wenn man Creative Writing studiert, bietet sich das doch an. Er wollte keinen Sex, er wollte einfach Risiko im sicheren Rahmen. Der Gedanke, dass meine Möse abgeschlossen ist, hat er als Schatz empfunden. Bei den ersten Sessions hat er ständig die Codes verwechselt. Bist du glücklich, hat er mich gefragt. Ich habe dich nicht angelogen. Ich hatte wirklich ein mauvefarbenes Kleid an, als er mich gefragt hat, ob wir heiraten wollen. Ich habe mir deine Bilder auf Instagram angesehen. Was trägst du? 75 D? Etwa E? Auf den Bildern siehst du aus wie ein Fitnesscoach. Das gefällt Max ganz bestimmt. Er steht auf dicke Titten und einen durchtrainierten Arsch. Du musst ihm richtig eine runterhauen. Trainierst du jeden Tag? Ich sehe ihn schon, wie er dich anbettelt, dass er auf deinen Titten kommen darf.«

Sie lachte und klimperte auf meinem Arm herum.

»Er steht auf dich. Ich weiß es. Hör mal, wir machen es ganz einfach. Wir nehmen einen Drink vor dem Kamin. Wir plaudern. Wir haben Spaß. Ich küsse ihn, du ziehst ein kurzes Kleid an, bediene dich ruhig in meinem Schrank. Ich werde so beginnen: Listen Max, you are not a conventional guy. Den Rest flüstere ich ihm ins Ohr. Wenn du siehst, wie ich mit ihm flüstere, kommst du zu uns herüber. Wir könnten zu dritt beginnen, dann ziehe ich mich zurück, und ihr treibt es, so lange, wie ihr wollt. Was sagst du dazu?«

»Ich habe die Bootcamp-Trainer-A-Lizenz, aber ich bin kein Fitnesscoach.«

Auf der Treppe waren schwere Schritte zu hören und eine Tür knallte zu. Helena sprang aus dem Bett und verschwand. Blitze marmorierten den Himmel. Ein fernes Knurren, das langsam näher rückte. Über dem See legte der Himmel giftig seine Adern frei. Eine Warnung, Wünsche nicht zu mächtig werden zu lassen. Ich war zu aufgewühlt, um zu schlafen. Die Umkleidekabine mit Ricky drängelte sich vor. Mein Leben wird zu kurz sein, um mein Selbst zu vergessen. Ich stopfte mir zwei Baci-Pralinen in den Mund, holte das Geldbündel aus der Gürteltasche und wedelte mir mit den Hunderttausend Kühlung zu. Die Dunkelheit grinste mich an und schüttelte Krisen aus dem Ärmel. Nichts passt sich prächtiger an die Umwelt an als Lügen.

Karnofsky ging am Morgen zu seiner Ankleide wie in den Tagen zuvor, aber dieses Mal klangen seine Schritte dynamischer. Ich glaubte, Versatzstücke eines Liedes mit dem Potential eines Ohrwurms zu hören. Er zog die Schleifspur eines Parfüms hinter sich her. Danach sah ich ihn und Helena den ganzen Tag nicht. Die Portugiesin machte schweigend das Haus sauber. Ein nichtssagender Tag, an dem man nur warten konnte, dass er vorübergeht. Ich ertappte mich, wie ich begann, die Stunden bis zum Abflug zu zählen. Gegen

Mittag sendete Robby die Liste potentieller Kandidaten für das Stipendium, die sich K2 nicht durchlesen würde. K2 interessierte nur, wohin die Gelder versickern. Ich sah mir die Lebensläufe an, in denen sich die Hoffnung zwischen die Zeilen quetschte.

Endlich machte sich die Sonne bereit zum Abtauchen. Ein paar fransige Löcher in den Wolken ließen die letzten Sonnenstrahlen durch. Vor den rot eingefärbten Fetzen flogen die Möwen als Schnipsel durch die Luft. Der von Plastikbooten zerfurchte See leerte sich. Wellen schoben Treibholz in den Garten, und der Wind zerrte an den Scheiben. Ich ging runter, um mir an der Tankstelle etwas zum Essen zu holen. Kaum hatte ich die Empore über dem Salon betreten, ertönte Helenas Stimme.

»Look at her, Max. How beautiful she is. Wir machen es uns hier gemütlich. Komm doch auch zu uns.«

Im Kamin brannte ein Feuer, es roch nach Anzündhilfe. Der Petrolgeruch lag wie eine Glocke im Raum. Karnofsky lümmelte in schlabberigen Sporthosen auf dem Sofa rum. Der abgegriffene Zustand der Liebe sieht oft nach Gemütlichkeit aus. Helena lag neben ihm. Ihr Lächeln war von bedrückender Freundlichkeit. Ihre Stimme war die der Regie. Karnofsky und ich Komparsen in einem unklaren Konzept.

»Are you okay, sweetie?«

»Okay wie ein Blindgänger.«

Ich hatte bewusst einen misstrauischen Klang in meine Stimme gelegt.

»Hey, trink was mit uns.«

Ich setzte mich auf einen Hocker und sah in die Asche. Ich war mir sicher, dass Papier verbrannt wurde. Ein lodernder Kamin bei schwülem Wetter macht stutzig. Karnofsky schenkte mir einen Whisky ein und reichte mir das Glas. An dem Glas klebte der Geruch von Petroleumwürfeln. Ich nippte kurz und stellte es auf den Beistelltisch. Die beiden sahen mich an, als warteten sie auf eine Kleinkunstdarstellung. Es ist eine bekannte Tatsache, dass Paare krampfig nach Inputs von außen fahnden, als wäre man monatelang zu zweit auf dem Meer und freue sich, wenn mal ein Delphin auftaucht.

»Wir reden gerade über offene Beziehung. Wie denkst du darüber?«

»Braucht es noch das Wort Beziehung in diesem Zusammenhang?«

Helena ignorierte meine Bemerkung und schmiegte sich an Karnofsky.

Romantik, Steigerung von Unaufrichtigkeit.

»Maxiboy, denkst du, dass mir ihre Haarfarbe stehen würde?«

»Nein.«

»Ich bestelle uns eine Pizza.«

Helena griff zum Telefon. Für Pizza oder Sexualpartner braucht es nur einen Click.

Ihr Ausdruck wechselte zwischen Jungfrau und Callgirl. Auf jeden Fall war er modern im Sinn von unverfroren. Sie gab ungefragt ihre Bestellungen durch. Was Karnofsky betraf, konnte ich nicht erkennen, ob er blau war oder in romantischer Stimmung. Er ähnelte dem Foto auf dem Kaminsims, das sich für mich jeden Tag verändert hatte. Jetzt war es in der Bedeutungslosigkeit angekommen. Helena sah liebevoll aus, was ihre Körperhaltung betraf. Sie lehnte halb auf seinem Schoß. Ihre Augen aber fixierten mich wie die einer Schlange vor dem Zubeißen. Selbst ihr Zünglein zischelte an ihrer Oberlippe hin und her. Die Stille war keineswegs entspannend. Nach einer unerträglichen Konversation klingelte endlich der Pizzaservice.

»Lässt du eine Runde springen?«, fragte sie mich.

Bei Helena kamen Zahlungsunwilligkeit und Faulheit zusammen.

Ich ging bereitwillig nach draußen, um die Zäsur zu genießen. Als ich zurückkam, hatte sie ihren Haarknoten gelöst, und Karnofsky sah mich erwartungsvoll an. Wir aßen die Pizza aus der Schachtel. Die Atmosphäre war eindeutig. Die Vernichtung der Pizza setzte für einen kurzen Moment alle anderen Triebe außer Kraft. Kurzfristig dachte ich sogar an einen gemütlichen Abend mit Alkohol, der uns vor geistiger Blamage retten würde. Mich störten noch nicht einmal die Zwillinge mehr, die uns von der Empore aus beobachteten. Helena leckte sich die Finger ab und sah dabei Karnofsky schelmisch an.

»Hey, Max, you are not a conventional guy, right?«

Ich stand auf. Es raschelte hektisch hinter der Bücherwand auf der Galerie.

Kaum hatte ich den Raum verlassen, hörte ich bereits auf der Treppe, wie sie sich heftig stritten. Die Stimme von Karnofsky donnerte gegen die Wände, ihre Stimme war verhaltener. Die Energie kroch durch die Ritzen und vergiftete die Luft. Ricky hatte versucht, mich zu erreichen. Ich rief zurück. Ich lieg im Bett mit einer krassen Latte, sagte er. Ich habe die Schnauze voll von diesem Auftrag, sagte ich. Dein Kaktus blüht, sagte Ricky. Ja, Scheiße, ich muss noch zu so einem fucking Event.

Karnofsky hetzte am Morgen durch mein Zimmer. Wir gehen Tennis spielen, rief er mir im Abgang fröhlich zu.

Liebe, ein Pakt mit wechselnden Hauptrollen. Ich hole mir einen Kaffee an der Tankstelle. Die Boulevardblätter beschäftigten sich immer noch mit dem Tod von Tadić und der Enthauptung von Balushi. Die Vermutungen reichten von Ritualmord bis religiöse Vergeltung. Schlecht geschriebene Artikel, die krampfig versuchten, ein Gefühl in die Länge zu ziehen. Ich musste nichts weiter tun, als auf den Abend zu warten, an dem endlich das ominöse Event stattfinden würde. Gelangweilt ging ich mit den Kindern auf den Spielplatz. Sie trugen ihre klassischen Schwarz-Weiß-Outfits und nahmen sich auf dem Spielplatz so aus wie zwei Kakerlaken auf einem Teller Griesbrei, zumal sie nichts taten, als die Latten des Zauns lautlos zu zählen. Wo sie gingen, verschwanden andere Kinder.

Am Abend saß ich in meinem Kanarienvogelkleid auf dem Bett und wartete, dass wir zu dem Charity-Ball fuhren. Der See verdunkelte sich unter heiteren Abschnitten giftigen Rots. Ich sah auf die billigen weißen Plateauschuhe an meinen Füßen. Das helle Gelb von Krankenhauskorridoren auf meinen Fingernägeln wirkte mystisch.

Karnofsky ging an mir vorbei in seine Kammer und kam im Smoking wieder raus. Er setzte sich neben mich. Die Party hatte noch nicht begonnen, aber er verströmte bereits den Geruch des Gastes. Ein flüssiger Mix aus Alkohol, lockerer Sprache und glasigen Augen. Die heruntergefallene Sonne pinselte unsere Gesichter rot. Unsere Bäckchen glänzten wie glasierte Hefeklößchen. Wir sahen auf den See. Die Wellen wurden schwerfällig. Der ölige Glanz des Wassers stumpfte ab und hinterließ ein schwarzes Feld. Wir fummelten an der Realität. Sie roch nach alten Socken.

»Alle werden mich heute Abend fragen, warum Tadić ermordet wurde, der verdammte Kopf von Balushi hat sich sicher auch rumgesprochen. Alle werden ihre betonierten Fantasien darlegen. Weißt du, warum man sich einen Raketenstart ansieht? Doch nur, weil man hofft, dass was danebengeht. Wen interessiert ein U-Boot zur Titanic, das wieder auftaucht. Für die Panne interessieren sich alle. Vielleicht habe ich mich nicht genug gekümmert, aber ich bin nicht schuld an dem Debakel.«

Karnofsky legte seinen Kopf in meinen Schoß. Ein warmer Luftstrom aus seinem Atem kühlte sich an meinen nackten Beinen ab. Ich hielt die Hände still.

»Der Kronzeugenstatus und eine Geldstrafe ersparen dir eine Villa im Vorort Moskaus.«

Karnofsky richtete sich auf.

»Ich weiß nicht, auf was du hinauswillst. Die Gesetze bremsen, die Kunden behindern und die Untergebenen hassen dich. So ist das Leben. Oder spielst du auf Nick an? Ich weiß nicht, was Nick macht. Nick hat Projekte an Land gezogen. Freiheit heißt Initiative. Nick ist ein echter Game-Changer. Ohne Nick wäre die Compieto gar nicht an die Objekte gekommen. Er hat Beziehungen. Ist das ein Verbrechen? Alle haben sich bedankt, indem sie gespendet haben. Hörst du? Alle haben gespendet.«

Er hatte den Gesichtsausdruck eines Delinquenten, der seinen Kopf auf den Block legen soll. Resigniert sah er in meine Augen, weil ich den Henker geben sollte. Ein rosa Abendhimmel über verzerrten Gedanken.

Ich bin Eve Klein, sagte ich mir. K2 will Antworten, ich liefere.

»Du meinst, Sanjay hat Geld durch die Stiftung geschleust?«

Karnofsky atmete Alkoholgeruch und sackte in sich zusammen. Hemmungslos bediente er sich statt am Verstand an seinem Gefühl für kommende Verluste. Wahrheit ist etwas absolut nicht Erstrebenswertes. Die Frage nach dem Warum interessiert nur, wenn es abwärts geht. Aber er, verfangen in Liebe zur eigenen Sorte, er kämpfte noch.

»Weißt du, ich arbeite nicht für mich selbst, ich arbeite für meine Familie.«

»Da brauchst du dich nicht mehr zu bemühen.«

Er sah mich an. Wenn es knallt, spielt Unwissen plötzlich eine enorme Rolle.

»Vermutlich hast du recht, was meine Familie betrifft. Helena weiß über Tadić und Balushi Bescheid. Sie verdächtigt mich, sie hält Nick und mich für Mafiosi. Sie glaubt, wir hätten die Morde in Auftrag gegeben, weil wir etwas vertuschen wollen. Sie ist total durchgeknallt. Sie hat dem Therapeuten gesagt, dass ich sie vergewaltige, dabei liege ich im Bett und warte stundenlang auf sie, bis sie endlich aus dem Bad kommt. Sie hat für jeden Zentimeter ihres Körpers eine eigene Creme, und bis sie fertig ist, schlafe ich. Ich bin kaputt vom Tag. Es lief die ganze letzte Zeit so. Sex ist für sie Inszenierung. Glaubst du, ich sehe nicht, wie sie uns verkuppeln will? Es gibt nur zwei Gründe, entweder hat sie einen Neuen und will ihr Gewissen beruhigen, oder sie will eine perfekte Scheidung hinlegen.«

»Ich denke beides.«

Er saß mit hängenden Schultern. Unvermutet nahm er meine Hand und sah mir in die Augen.

»Ich mag dich. Wenn ich nicht verheiratet wäre, du wärst meine Nummer zwei.«

»Hol dir besser einen Aktivposten, wo auch was zurückkommt.«

Selektion als Ordnungsprinzip. Wir fassen zusammen, wir vergeben Plätze. K2 war bei mir an zweiter Stelle meiner Einnahmen.

»Bock auf eine Mali-Reise?«

Karnofsky sah mich geschockt an und ließ meine Hand los. Sein labberiges Inneres schien zu vibrieren.

»Angst vor schwarzer Magie?«

»Wie kommst du denn darauf? In Mali kannst du dich zwischen Entführung oder Terroranschlag entscheiden. Was soll ich dort? Niemand geht nach Mali.«

Niemand außer Tochterfirmen, dachte ich, so was wie Sahel Construction. Baufirmen, die Schulen bauen in Siedlungen der Nomaden wie in Taoudénit, einer ausdruckslosen Ebene, von der es keine Einwohnerzahlen gibt.

»Kennst du Youssouf Deby?«

Ich pokerte hoch. Karnofsky blieb ruhig, auch wenn er die Haltung eines Osterlamms angenommen hatte.

»Ich kenn keinen Youssouf Deby. Falls du auf die Mali-Spende anspielst. Die Spende war korrekt. Das Geld wurde nach Mali überwiesen. Die Spende hat nichts mit Tadić zu tun. Tadić ging mir auf den Zeiger. Ich habe ihm gekündigt mit der Begründung, dass er den Keller als privaten Stauraum benutzt. Dort lag haufenweise Kram von seiner Frau. Regale voller Kartons für das Kosmetikstudio. Ich hätte ihn viel früher rausschmeißen müssen. Wenn du nach meinem Fehler suchst, das war mein einziger. Die Kündigung war formal angreifbar. Er hat die Kündigung cool genommen, und zwei Tage später war er tot.«

»Wann warst du das letzte Mal im Keller?«

»Ich war noch nie im Keller. Das haben mir Mitarbeiter erzählt.«

Er schwitzte.

»Hast du dir jemals die Bilanzen genau angesehen?«

Karnofsky gab zu, dass er wenig Zeit damit verbracht hatte. Er zog es vor, den dümmsten Vorstand zu spielen, als Verantwortung zu übernehmen. Die Sprache der Geständnisse klingt nach Kitsch. Der lag zwischen uns wie ein kalter Klumpen Fett. Karnofskys weinerliche Art war deprimierend. Sein Jammerpotential hüllte ihn in eine gemütliche Decke aus Selbstmitleid. Ich flocht meine Haare. Wo eine Tätigkeit ist, kann keine zweite sein. Ich sagte ihm nicht, was ich über die Mali-Spende dachte. Auch nicht, dass ich Youssouf Deby im Netz gefunden hatte und er haargenau dem Foto glich, das ich in der Kronenhalle gemacht hatte. Ich fragte ihn nicht, ob Sanjay für seine russischen Freunde Geld durch die Stiftung schleust. Und ich erwähnte Harvensteen nicht mehr. Harvensteen, die den Deal mit mir aufgegeben hatte. Hätte ich ihm sagen sollen, dass die zwei gefallenen Bauern nur eine miese Eröffnung des Spiels sind? Er hätte mir nicht geglaubt. Dachte ich, dass der Krieg weitergeht? Ja.

Mit dem kanariengelben Kleid und dem überlangen Lidstrich wirkte ich wie ein Omen aus der Zukunft. Ich erwartete auf dem Event Leute, die irgendetwas gutzumachen hatten, und Leute, die sich sicher fühlten.

Wir standen synchron auf.

»Warum bist du so erfolgreich?«

»Ich arbeite viel. Und du?«

»Ich habe die Bereitschaft zur Gewaltanwendung.«

Für einen Moment schien es, als würden wir uns richtig verstehen. Wir wussten beide, dass wir nicht alles preisgegeben hatten.

»Das Taxi wartet«, sagte Karnofsky.

»Gehen wir.«

Vor dem Eingang wartete Sanjay.

Auch er hatte sich in einen Smoking geschmissen. Die beiden sahen aus wie die Comedian Harmonists. Wir stiegen in das Taxi und ließen den Vordersitz frei für Helena, aber sie erschien nicht. Der Taxifahrer schaltete den Taxameter ein. Die Franken liefen durch, während die Minuten aus dem Leben rannen. Endlich öffnete sich die Eichentür. Im Taxi wurde es still, niemand bewegte sich, als hätte die Medusa ihr Werk getan. Da stand Helena und kramte in ihrem Abendtäschchen, damit wir ihren Anblick genießen konnten. Ihr pinkfarbenes Seidenkleid züngelte im Wind mit der Leichtigkeit eines Bombeneinschlags. Chlorhexamed Forte oder Himbeerlimonade. Rote Lippen wie ein angelutschtes Bonbon. Der Lockruf einer fleischfressenden Pflanze. In ihren Augen kalter Sieg.

»Nicht schlecht«, sagte der Taxifahrer.

»20 000 Franken«, sagte Max.

»Ohne Handtasche, Schuhe und Botox«, fügte er trocken hinzu.

Im Türrahmen standen die Zwillinge und winkten gleichförmig. Sie trugen ebenfalls lange Kleider und Unmengen von Ketten. Helena raffte die Seide und stieg ein.

Vor dem ADORMO PLATIN tummelten sich die Gäste.

Die Frauen bunt und aufgedreht, die Männer dunkle Zäsuren im Flimmer, die ihre Weltoffenheit mit bunten Krawatten repräsentierten. Die Bemalung der Frauen schien ihr Selbstvertrauen zu erhöhen. Im gnädigen Licht der Bar sahen die Wartungsarbeiten an ihren Fassaden echt aus. Mit täglich geübtem Verständnis für die Probleme der Welt und durchtrainierter Wärme, parfümiert und geföhnt beschattete jeder jeden. Trompetengestützte elektronische Musik sorgte für energetisch aufgeladene Stimmung.

Über der Bar hing das Banner: We make the world a better place.

Es gab kleine Flirts zu kalten Schnittchen. Ich nahm freudig den ersten Cocktail.

Sanjay hatte sich eine Ecke ausgesucht, von der aus er mich schmierig angrinste. Ich blieb einen Meter vor ihm stehen. Untätigkeit stiftet Verwirrung. Prompt quatschte er mich an.

»Na, Eve?«

Wieder zog er den Namen spöttisch in die Länge, aber ich ließ mich nicht aus der Ruhe bringen. Sein Grinsen war nichts als ein impotenter Schnörkel, aus dem er seine knarrende kleingequetschte Stimme presste.

»Bin ich interessant für dich?«, fragte er.

»Dein Leben ist allenfalls interessant für das Finanzamt.«

Ich hob mein Glas, trank und ließ ihn stehen. Die Jugendlichen aus dem Förderprogramm servierten Häppchen. Das Flying Buffet bestand aus einer trüben Masse Lachs in fettigem Orange und rosig aufgesteckten Crevetten. Helena begrüßte im Sekundentakt irgendwelche Leute. Sie sprach in Tönen, die sich für jedermann eigneten, und hatte Gesichter zum Wechseln. Die Umarmungen durften weder Make-up noch Frisur verrutschen lassen, Ohrringe durften sich nicht verhaken, und Hautkontakt musste vermieden werden. Sah aus wie deutsches Tanztheater, tiefsinnig und gestelzt, zuweilen ekstatisch. Sie stellte uns Bühler vor, Inhaber der Firma ASAG. Bühler sei einer der Hauptsponsoren, erklärte sie mir. Eine steife Szene, stolz dargebracht. Bühler wirkte wie ein gut konstruierter Automat, der genau weiß, was er zu bieten hat. Die beiden probten Galanterie mit einem Schuss Geschäftstüchtigkeit. Wohltätigkeit zeigt die menschliche Seite vom Business, sagte Helena. Die wir nicht beachten, rächen sich, sagte Bühler. René und Gabrielle Axhauser kamen mit ihrer Tochter, die ostentativen Widerwillen bekundete. Sie war an beiden Armen tätowiert, und ihr Vater nutzte die Gelegenheit, allen mitzuteilen, dass er niemanden einstellen würde, der tätowiert wäre.

»Sodomie ginge klar?«, schrie ich gegen die Musik.

Man zog es vor, gequält zu lächeln. Das Mädchen starrte mich an, ohne die Miene zu verziehen. Ihre großen Augen traten dunkel aus einem viel zu schmalen Gesicht. Ihre Figur war die einer Heroinsüchtigen, vielleicht war es auch nur ganz normale Magersucht, der Wunsch, sich zu verdünnisieren. Es war fast unheimlich. Ihre Beinchen steckten in Stiefeln, als wäre eine Ziege in zwei Melkeimer gelatscht. Das Flattergewand konnte den ausgezehrten Körper nicht verbergen. Ihre Bewegungen waren auf Minimales beschränkt. Das Ehepaar Axhauser suchte in zitteriger Erregung den Raum ab, bis sie Sanjay gefunden hatten. René Axhauser entschuldigte sich mit seiner nörgelnden Fistelstimme und ging mit seiner Frau zu Sanjay in den Winkel.

Die ersten Gäste tanzten bereits. Die Männer wirkten, als müssten sie unter ihren Achseln Eier festhalten, und die Frauen täuschten Erotik vor. Schmollmündchen, eingezogener Bauch und Trippelschritte. Ein schwerfälliges Gehopse, was Lebensfreude darstellen sollte. Electroswing ließ die Stimmung explodieren. Leute, die auf Schuhcreme stehen und Bartmoden analysieren, einen One-Night-Stand für einen glücklichen Zufall halten und mit ruhigem Gewissen sich den Teller füllen am Buffet des Wohltätigkeitsballs. Die Neuauflage alter Swingmusik enthemmte die älteren Herrschaften. Die Musik hörte sich an, als ob jemand mit Gewalt ein belegtes Brötchen in das Saxofon gestopft hätte. Die Bassdrums pumpten Spaß ins Nachtleben. Spaß – ein Füllwort der Einfältigen. WE NO SPEAK AMERICANO. In bestimmten Kreisen war es schon spaßig, ohne Jackett das Glas zu erheben. Ein wippender Japaner prostete mir zu. Sein Englisch war enthusiastisch, aber falsch.

»I'm a Japanese but I understand the great of this song.«
»Was ist die ASAG für eine Firma?«, fragte ich die Axhauser-Tochter.
»Irgendwas mit Drohnen. Autonome Systeme oder so.«
Das tätowierte Mädchen verschwand zur Toilette. Ich folgte ihr.
»I like your tattoos. What is it?«
Ich deutete auf ihre nackten Schultern.
Sie lachte auf, als hätte ich das Gespräch am Waschbecken mit einem Witz versehen.
»Ich mochte dich gleich, als ich dich gesehen habe. Total cute von dir, dass du mich ansprichst. Was meinst du? Das Tattoo? Das ist lateinisch.«
Sie sah sich im Spiegel an, wie ich meinen Bildschirmschoner anstarrte.
»Ich habe mich auf einer Sugar-Daddy-Plattform angemeldet. Die sind happy, wenn ich *Fick mich, Daddy* sage. Selbstverdientes Geld fühlt sich so gut an. Hi, ich bin Chloé. Magst du auch Gosse und Jetset, ich finde das extrem poetisch. Meine Mom gibt sich richtig Mühe bei ihrer Gestaltung, findest du auch? Wir mussten sie mit einem Liefer-

wagen aus der Schönheitsklinik holen, weil sie sich acht Wochen lang nicht auf ihren neu gemachten Arsch setzen durfte. Warum müssen wir sein? Was wollen unsere Eltern von uns?«

Sie sprach mit einer Kinderstimme, die gequetscht klang, als würde sie Küken im Trickfilm synchronisieren. Sie öffnete ihren goldenen Anhänger mit dem Bild von dem Hund Fleury und bot mir eine rote Pille an.

»Willst du auch eine Heisenberg?«

Ich lehnte dankend ab. Keine Lust auf Bewusstseinserweiterung, dieser Abend erweiterte auch ohne Drogen.

»Ich wollte nach Paris, aber meine Eltern haben mich in fucking rainy Schottland eingeschrieben.«

»Glückwunsch.«

Mich wunderte, dass sie nicht nach St. Gallen sollte, wo alle reichen Kinder hingehen und lernen, wie man mit Geld umgeht.

»Was soll ich für sie tun, was sie nicht geschafft haben? Ist sowieso nur wegen Nick.«

»Nick?«

»Nick Sanjay. Einschreibung durch den Seiteneingang. Meine Eltern haben Onkel Nick eine halbe Million hingelegt, und er hat ihnen dafür einen Aufkleber für ihren SUV geschenkt. Eltern einer St-Andrews-Studentin. Ab Oktober bin ich in St Andrews und kann mich zwischen Segeln oder Fechten entscheiden. Ich werde die Liebe meines Lebens kennenlernen, wir werden heiraten, mein Mann ist irgendein Windsor und will nichts weiter als ins Unterhaus kommen und mit einer anderen vögeln. Ich werde meine Lebensbeichte an die Presse geben und Wohltätigkeitsveranstaltungen wie diese organisieren. Bis dahin werden uns alle beneiden. Ich werde mir den besten Schönheitschirurgen suchen, der stimmig zu meinen Regenmänteln an meiner Visage bastelt. Ach, und zwecks Gemütlichkeit werde ich noch ein paar Tiefkühlgerichte einarbeiten. Voll cute.«

Sie schloss die Toilettentür hinter sich, und ich hörte, wie sie ihren Mageninhalt der Toilette übergab.

Sie kam heraus mit einem sicheren Lächeln und toten Augen.

»Was hast du gesagt? Alles läuft super, wenn ich mit meinen Eltern nichts zu tun habe. Ich gönne mir nur diesen einen Luxus. Ich nehme Geld von ihnen. Ich bestelle wahnsinnig gern Essen. Und ich liebe es, dieses Essen wieder auszukotzen. Ich kotze das Geld meiner Eltern in die Toilette, witzig, oder? Du merkst, ich versuche dich zu beeindrucken. Dieser Drang gehört zu mir. Du kannst Château sein und trotzdem Gosse. Aber ich, ich bin straight in die Fresse. Das Tattoo, ach so, ja. Übersetzt bedeutet es so viel wie *Fick mich, Oberhaupt der Familie*.«

Sie warf sich die Pille ein. Ihre Augen flackerten wie eine kaputte Glühbirne. Sie öffnete die Tür.

»Kaviar und Ecstasy, ich kotz beides. Na dann. Tschüssikowski.«

Draußen war ein Globus aus Pappe aufgebaut, vor dem man sich für 50 Franken ablichten lassen konnte. Die Gäste standen Schlange für ein Foto mit dem Aufdruck A BETTER WORLD. Komplizen, die mit wohltemperierter Hilfe eine Eintrittskarte für die himmlische Seligkeit zu erschwinglichen Preisen erwarben. Die Oberschicht ergreift Partei für die Abgehängten, solange die Sicherheitsanlagen funktionieren. Ich ging mit einem Cocktail auf die Terrasse. Der Mond machte die komplexe Gestaltung der Gartenanlage zum Paradies, Utopien hingen als Girlanden von den Bäumen, aber in den ungemütlichen Landschaften formulieren sich Träume, die uns Angst machen. Bettler vor dem Supermarkt. Jetzt verlangen sie Wegzoll. Wir werfen ihnen die Münze hin, um zu einem traumlosen Schlaf zurückzukehren. Zukunft! Nun auch vorbei.

Sanjay stand immer noch in seiner Ecke und beobachtete mich. Ich hatte es die ganze Zeit gespürt. Er hob sein Glas und prostete mir zu. Seine Lippen formten meinen Namen. Er presste die Luft zwischen seinen Zähnen heraus. Evvvvvvvve. Eine Atemübung für Asthmatiker. Ein übermäßig verlängertes F. Ein spöttisches Lächeln, als wüsste er mehr über mich als ich selbst. Der aufgeschlossene Blick eines Kriminellen, der dir gerade die Taschen geleert hat.

Helena saß mit Bühler am Geländer vor einem frostfesten Betonguss in Form einer römischen Dame mit Amphore. Unter dem Tisch hatte Bühler ganz eindeutig sein Knie zwischen den Beinen von Helena. Helena, die ihre Ehe ausübte wie einen Beruf, die ihre Verachtung mit Contenance tarnte, deren Zärtlichkeit darin bestand, dass sie ihren Ehemann ertrug. Jetzt praktizierte sie formgerechte Akquise. Oberhalb der Tischplatte sah alles nach einem unverfänglichen Gespräch aus, darunter schlossen sich ihre Schenkel um den knöchernen Gelenkkörper. Knochen, die Reibung erzeugten und Hoffnung. Mann und Frau, eine zerrissene Schatzkarte, die nicht maßstabsgerecht ist. Die beiden waren so vertieft, dass sie mich nicht bemerkten. Bühler hatte die typische Angewohnheit alter Männer, verlorene Dominanz durch ausufernde Monologe zu ersetzen. Erzwungene Aufmerksamkeit infolge langer Satzkonstruktionen. Hinzu kam die ständige Wiederholung von bereits Gesagtem, eine retardierende Diktion, bedeutungsvolle Pausen und politische Parolen, die gefühlsbetont vorgetragen werden, um lebendige Frische zu erzeugen. Ein Paar im Seitensprung sieht glücklich und zugewandt aus. Helenas taktische Empathie wirkte frischer, ihr Gesicht getaucht in übersinnliche Leere, um Bühlers Gedanken nicht in die Quere zu geraten. Ich schlenderte zur Treppe und setzte mich auf die Stufen.

»Noch da?«

Ich sah nach oben.

»Genau wie Sie«, sagte ich zu Tanner.

Er hatte sich in einen Anzug geschmissen und setzte sich zu mir auf die Stufen.

Ich sah auf seine durchtrainierte Brust und die gerade Haltung, mit der er sich auf seine Oberschenkel stützte. Ein Mensch in einer Rüstung. Wie Ricky. Ricky hatte diesen speziellen Geruch nach einem Einsatz. Er feierte das Leben, wenn er heil zurück war, aber das Misstrauen blieb.

»Was denken Sie, wie wird es mit der Stiftung weitergehen?«

»Ich bin nicht von Astro TV.«

Ich sah in den Nachthimmel. Dort befanden sich die Sterne, Klumpen vom Ursprung, Staub von der Geburt bis zu einem prächtigen Tod, Anfang und Ende, alles dabei, nur nicht für uns. Wir sahen nur Flimmern.

»*Willkommen, klare Sommernacht,*
die auf betauten Fluren liegt!
Gegrüßt mir, goldne Sternenpracht,
die spielend sich im Weltraum wiegt ...«

Er ließ die Zeile ausklingen, als käme noch was.

»Gottfried Keller.«

»Immer so poetisch? Oder ist es der Alkohol?«

»Ein guter Ermittler ist ein Dichter. Er fühlt sich ein, aber er interpretiert nicht. Das macht das Gericht. Er darf sich nicht mit der Rolle verwechseln, wie es alle anderen tun. Wissen Sie, diese missionsgetriebenen Einrichtungen sind recht gut, was die Einkünfte betrifft, und sie müssen ja auf ihre Ineffizienz achten. Denn wenn die Mission erfüllt ist, braucht es die Organisation nicht mehr.«

Er musste stocknüchtern sein.

»Irgendein Tier ist immer bedroht. Mir persönlich ist es egal, ob der Panda existiert oder ob er mit Stinkekostümen zur Reproduktion animiert wird. Ich bin in meiner Jugend viel gereist. Glauben Sie mir, ich habe noch keine NGO gesehen, die frei von Makel war. Freiwillige Mitarbeiter! Herrlich! Ein Traum in der freien Wirtschaft!«

Er schnappte sich zwei Häppchen vom Tablett des Kellners.

»So ein Event ist der Beweis, dass man was kriegt für sein Geld. Das Außen ist wichtig. Frage. Was ist Ihnen lieber? Eine Firma, die Drohnen produziert, gute Löhne zahlt und korrekt mit den Mitarbeitern umgeht oder eine Hilfsorganisation, deren Mitarbeiter Drogen verticken, und die obere Etage macht einen Selbstbedienungsladen daraus? Die Welt bleibt ein dreckiger Platz. Glauben Sie mir. Ich weiß, wovon ich rede.«

»Kriegen Sie Wochenendzuschlag?«

Der Typ vermasselte mir meine Beobachtungstour und den wohlverdienten Drink. Musste er sich ausgerechnet zu mir setzen. Ich drehte meinen Kopf zum Saal, um zu sehen, mit wem sich Sanjay traf.

»Soll ich Ihnen etwas zu trinken holen?«

»Danke, nein.«

»Sie sind wirklich nicht von hier. Sie haben diese deutsche Direktheit. Wegen euch sind wir das Land mit der höchsten Migrationsquote.«

Meinetwegen, dachte ich.

»Wissen Sie, ich war dabei, als der Kriminaltechnische Dienst Tadić aus dem Wagen geholt hat. Tadić war ein bisschen zu gierig, aber zu blöd, um auf dem Level mitzuspielen. Die Unbeständigkeit der Allianzen. Na ja, jedenfalls wurde er kein Opfer von Polizeigewalt.«

»Dann wird auch keine Turnhalle nach ihm benannt.«

Wir schwiegen. Meine Neugier setzte sich durch.

»Der skalpierte Schädel in der Tüte?«

»Sie interessieren sich für Balushi? Die menschliche Natur lässt Fragen offen.«

Unter seinem Anzug blinzelte eine Dienstwaffe. Er rückte das Jackett zurecht. Sein Gesicht, noch nicht abgestumpft vom Konzept des Berufs. Er betrachtete mich aufmerksam.

»Wissen Sie, wer der Gefährlichste in einer Organisation ist?«

»Der Ehrgeizigste«, sagte ich.

»Genau. Der Chef ist nur ein Symbol. Wie lange sind Sie noch hier?«

»Zu kurz, um alles zu begreifen.«

»Kennen Sie das letzte Wort Gottes?«

»Nein.«

»Sorry.«

»Haben Sie das beim Verhör aus ihm rausgequetscht?«

»Hm, wir dürfen die Daten aber vor Gericht nicht verwenden.«

Tanner lächelte. Dann gab er mir seine Karte. Vielleicht hatte ihn die Euphorie der Musik ergriffen. Man tauscht Telefonnummern und fragt sich am Tag danach, warum. Ein Polizist im Privatleben war genug. Mir reichten schon die posttraumatischen Belastungsstörungen von Ricky und seine beschissenen Dienstzeiten. Ich bin nicht umsonst in der freien Wirtschaft. Bezahlung ist auch besser. Karnofsky kam vorbei und trug ein dünnes Lächeln, als er uns sah. Er grüßte. Kurz und verkniffen. Tanner begrüßte ihn freundlicher. Er erklärte mir, dass Karnofsky eine Auskunftsperson sei, kein Beschuldigter. Aber man könne ja nie wissen. Dann ging er ans Buffet. Ich sah ihm nach. Tanner tat mir leid. Im Staatsdienst muss man sein Misstrauen pflegen. Sanjay rückte mit zwei Typen an und steuerte direkt auf mich zu. Ich stand vorsichtshalber auf. Er klopfte mir auf die Schulter, so dass ich mein Glas verschüttete.

»Hey, Zitronenfalter, ich wollte dir meine zwei Freunde vorstellen.«

Er tippte auf die Typen neben sich, die weder sprachen noch mit der Wimper zuckten, dafür aber nach regelmäßigem Krafttraining aussahen.

»Seid ihr von der Schweizer Garde? Stimmt es, dass ihr euch nie übergebt?«

Seine Bodyguards sahen mich misstrauisch an. Sie verstanden offensichtlich kein Wort.

»Wo sind die Federbüsche und die gestreiften Strümpfe? Ich sag es frei heraus, ich steh nicht so auf Tradition.«

Ich fixierte Sanjay.

»Falls du Hilfe brauchst, Nick Sanjay, ich habe einen Kumpel, der Krisenintervention für Spielsüchtige macht. Ist das was für dich?«

»Du verspielst dich gerade, Herzchen. Bist du wirklich auf Ärger aus? Wenn es mir zu bunt wird, sende ich dem deutschen Finanzamt einen USB-Stick und lass es mir bezahlen. Ich habe gehört, die freuen sich über unerwartete Einnahmen. Freunde sagten mir, dein Boss hat kräftig bei Cum-Ex mitgemischt. Deinen Job bei Wellinghofen bist du dann los, denn dein Boss kriegt erst mal Menü auf Staatskosten.«

»Du machst deins, ich mach meins. Wir wollen hier nicht die Party crashen.«

Ich drehte ab zur Terrasse und beobachtete Harvensteen. Sie schien im Rausch der Worte. Der Mann ihr gegenüber, fasziniert wie das Kaninchen vor der Schlange. Künstler ist man heute nur noch bei Subways, hörte ich sie sagen.

»›Sandwich Artist‹ gesucht, haben Sie das schon mal gesehen? Ein Land wie die Schweiz war schon immer von einem, sagen wir, kunstlosen Optimismus durchdrungen. Diese spartanische Zukunftseuphorie fehlt Europa. Europa benutzt mit seiner naiven Vorstellung von der Apokalypse eine Pointe, an die man sich gewöhnt hat. Sehen Sie sich um! Ein elitärer Tanz auf dem Vulkan, in dem neue Chancen brodeln. Wir sind nicht alle gleich. Diese Denke existiert doch nur noch in Lerngruppen an deutschen Universitäten. Wer Gleichheit will: Viel Spaß in Nordkorea. Ein fantastischer Traum, aber nur mit Zaun drumherum. Warten wir noch ein Weilchen, dann können wir Gleichheit auf dem Friedhof üben.«

Sie drehte sich zu mir um, ließ ihr Gegenüber stehen, als wäre er eine Straßenlaterne und kam auf mich zu.

»Kunst verkaufen bedeutet, auf die Plattheit der Massen spekulieren. Haben wir erreicht, was wir vorhatten? Ich denke ja. Wir lassen es uns gut gehen auf Kosten der arbeitenden Massen. Künstler, Literaten, Bettler, Gaukler, hin und her geworfene Masse, die die Franzosen la Bohème nennen. Marx. *Der achtzehnte Brumaire des Louis Bonaparte.* Das Publikum schweigt bei Eröffnungen, bis es Alkohol gibt. Was kann uns der Künstler mehr geben, als dass er nur für wenige da ist? Alles andere ist wie Dinieren bei McDonald's.«

»Schöne lange Monologe. Bist du oft allein?«

Ihr schien es unangenehm zu sein, wie ich sie ansah.

»Ja«, sagte sie.

Ich respektierte ihr Gefühl für Sprache.

»Tolle Texte. Schon mal an Veröffentlichung gedacht?«

Sie tat, als hörte sie nichts und sah sich ungeniert meine Beine an.

»Du hast ja richtig gute Beine. Hat dich Sanjay belästigt? Das Jenseits hat ein exzellentes Warteschlangenmanagement. Ich schätze, seine Nummer wurde bereits aufgerufen. Glaub mir, seine Terminbuchung ist raus.«

Ich hatte ihr Theater satt.

»Wo befindet sich deine Galerie?«

»Wie ich bereits sagte, ich bin Händlerin. Meine Galerie befindet sich in einem Container in Rotterdam. Tanzen wir?«

Sie zog mich an sich, schlang ihren Arm um mich und machte eine halbe Drehung. Ihr Hosenanzug fühlte sich nach einem teuren Stoff an. Die Musik war bei einem schmierigen Schmusesong angelangt. Ich legte ihr Haar beiseite und flüsterte in ihr Ohr.

»Zeigst du der Branche, wer der Meister ist?«

Sie sah mich ernst an und legte ihren zweiten Arm auf meine Schulter. Kein Make-up, kein Parfüm. Kein Schmuck. Meine Arme hingen neben meinem Körper. Sie nahm meine

Hände, zeigte mir, wo auf ihrer Hüfte ich sie halten soll. Sie drückte meine Finger fest auf ihre Knochen und flüsterte ebenfalls. Ihre Hände bewegten sich langsam zu meinem Hals. Ihre Stimme kitzelte in meinem Nacken.

»Bei deiner Fantasie solltest du einen Roman schreiben. Probier's mal, das ist so einfach heute. Die Übergänge und die primitiven Dialoge schreibt dir die KI. Der Geschmack der Masse klingt immer heimelig. Grammar Destroyer ist die Zukunft.«

Sie strich mir liebevoll eine Strähne von der Stirn und ließ ihre Hand an meinem Gesicht nach unten gleiten, berührte wie zufällig meine Brust.

»Warum nehme ich dir den Projektraum Rotterdam nicht ab?«

»Vielleicht weil ich dir Eve Klein nicht abnehme? Eve Klein verlobt sich gerade mit Karl von Wellinghofen.«

»Hast du das aus dem Darknet?«

Harvensteen lachte laut auf, schob mich in einer French-Rock-Bewegung von sich und zog mich wieder an sich heran. Enger als beim ersten Mal. Mittlerweile sahen uns bereits ein paar ältere Herren beim Tanzen zu.

»Darknet. Weißt du, wer dir da als Erster begegnet? Den Ersten, den du da triffst, ist ein Beamter des BKA. Oder möchtest du lieber einen Steuerfahnder treffen? Hast du schon mal einen getroffen?«

»Ich habe schon mal einen Zollfahnder getroffen.«

Harvensteen ließ mich los, zog ihr Handy aus der Tasche ihres Blazers. Der Gesprächsfluss wurde minutenlang durch Herumsuchen unterbrochen. Dann endlich zeigte sie mir einen Twitter-Post von Wellinghofen. Er hatte seine Verlobung annonciert, verwendete aber weiter das Personalpronomen ICH. Auf dem Foto war er mit einer Frau zu sehen. Tatsächlich hieß seine Verlobte Eve Klein. Harvensteen sah mich mitleidig an.

»Das Netz ist der Ort, wo man mit einem nachempfundenen Pass rumrennt. Entweder lügst du von der Pike auf, oder du lässt es besser. Kannst du mir folgen?«

Die Musik jaulte etwas Trauriges. Wir versuchten uns an Tanzschritten. Ich kreuzte meine Arme auf dem Rücken. Das gab dem Ganzen etwas Lässigkeit. Sie umfasste mich von hinten. Ich konnte mich kaum bewegen. Ihr Atem hatte etwas Kühles.

»Du weißt es. Ich weiß es.«

Ich spürte, wie mir heiß wurde. Die Hitze reiste mit überhöhter Geschwindigkeit in meinen Adern. Das Kleid klebte an meinem Hintern. Jetzt wünschte ich, es wäre länger.

»You are not the ass to kick. Ich wünschte, ich könnte Zeit mit dir verbringen. Aber in meiner Position existieren keine personifizierten Beziehungen. Eine nahe Liebe, zu gefährlich. Als ich dich im Kunsthaus sah, wünschte ich mir ein anderes Leben. Ein normales Leben, mit Breakfast, Lunch und Dinner.«

Ich drehte mich zu ihr, um ihr in die Augen zu sehen. Sie hielt mich fest. Ihr Gesicht hatte etwas Trostloses. Jetzt sah ich es. Wir waren Hochstapler, deren höchstes Ziel es ist, den Anschein zu wahren. Ich befreite mich aus ihrer Klammer.

»Ich kann nicht kochen.«

»Lassen wir es dabei«, sagte sie.

Harvensteen griff in ihr Jackett und drückte mir einen Cutter in die Hand.

»Wir Frauen müssen zusammenhalten. War schön, dich kennengelernt zu haben.«

Sie ließ mich los und verschwand in der Menge. Karnofsky hatte mich die ganze Zeit beobachtet und gewartet, bis Mascha Harvensteen verschwunden war. Jetzt kam er zu mir rüber.

»Hast du Hell gesehen?«

Sie schwirrte mit Bühler im Park herum. Das Weiß ihrer Handtasche leuchtete wie ein Irrlicht zwischen den Bäumen, aber ich schüttelte den Kopf.

»Ich habe sie nicht gesehen.«

Karnofsky setzte sich auf den Sockel einer Statue. Ein dunkler Klumpen vor einer glatten Dame.

»Ich habe hart gearbeitet, um in diese Gesellschaft zu kommen. Diese Gesellschaft wählt sorgsam aus.«

»Ist das der Grund, warum du dich in der Hilfsorganisation engagierst?«

»Nein, in diese Gesellschaft bin ich durch meinen Erfolg im Geschäft gekommen. Aber wer die Moral nicht kontrolliert, verschwindet. Was soll aus uns werden, wenn es nicht mehr Nächstenliebe gibt? Die Linken wollen den Reichtum verteilen. Ein Witz. Gerechtigkeit hieße, Armut zu verteilen.«

Er musste Helena und Bühler entdeckt haben.

»Sieh dir Bühler an. A good guy. Mit seinen Drohnen macht er Milliarden. Autonomous Systems. Die wünschte ich mir für mein Privatleben. Autopilot an und zurücklehnen. Profitiert Bühler von der Krise? Nein. Er hat vorher schon Milliarden gemacht.«

Karnofsky ging wieder rein. Ein trauriger Mann, dessen Leben in kleinen Einheiten vorbeizog, präpariert vom Google-Kalender. Jetzt war es Helena, die ihn an die Abweichungen erinnerte.

Ich sah auf die falsche Blüte in der Ferne, die mit Bühler näher kam. Vor der Terrasse lösten sie ihre verknoteten Hände und verzweigten sich. Bühler ging beschwingt in die Halle. Eine Leidenschaft, von einer fremden Ehe behindert, gewinnt an Intensität, ohne viel zu tun. Helena kam auf mich zu. Sie machte eine lässige Armbewegung in Richtung Saal, wo die Lichter blitzten.

»Ich habe alles getan, dass wir ein Teil dieser Gesellschaft werden. Wohin wollten wir mit der Gleichberechtigung? Doch nicht, dass wir Versager heiraten. Max passt nicht hierher. Sein mieser Witz, seine brachialen Formen. Er wird nie die Feinfühligkeit der oberen Gesellschaft begreifen. Ich bin fertig mit ihm. Schnapp ihn dir.«

Sie ging, und ich sah sie mit Karnofsky tanzen. Ich hatte das Gefühl, sie tat es ausschließlich für Bühler.

Die Stimmung kochte. Frauen hopsten, Männer schlangen ihre Arme um abgehungerte Taillen. Alle waren Partikel eines Hochgefühls. Beim Verlassen des Balls bekamen die Frauen eine Tüte mit Kosmetik, die Männer Käsemesser im Geschenkkarton. Kräfte, denen der Mensch nicht widerstehen kann, free drinks, kaltes Buffet und Werbegeschenke beim Abschied.

Die erste ruhige Nacht im Haus. Ich wachte verschwitzt auf, machte routiniert ein paar Dehnungsübungen. Im Haus war alles still, also legte ich mich ins Bett zurück und checkte die Schweizer Seite der Interni, um mir die Bilder des Galaabends anzusehen. Der Button, der zu den Sponsoren führte, funktionierte nicht mehr.

Ich sendete K2 den Link. Eine neue Kurve im Labyrinth.

Das Öffnen des Links könnte ihn Nachdenklichkeit kosten. Andererseits ist der Mensch zu großartigen Verdrängungsleistungen fähig.

Später als gewöhnlich lief Karnofsky durch mein Zimmer. Er zog sich in der Kammer an und kam zurück, stand vor dem Bett. Ich lehnte mich auf meinen Ellenbogen und sah ihn an. Er setzte sich zu mir. Sein Ton klang nach nüchterner Verkündung negativer Bilanzen.

»Die Staatsanwaltschaft durchsucht schon wieder das Büro der Interni. Ich kann mir nicht vorstellen, was das soll. Die kleinen Unebenheiten in der Bilanz rechtfertigen auf keinen Fall so einen Einsatz. Es ist ein rechtsstaatlicher Skandal. Wir haben immer Geld als ein Vertrauensgut behandelt.«

Die Sonne schien brutal ins Zimmer, als wenn sie Freude an der nackten Wahrheit hätte, jeder Falte, jedem Auswuchs, allem Dreck.

»Es tut mir leid. Ich bin völlig durcheinander. Hell hat unserem Therapeuten gesagt, dass sie die Ehe beenden will, dass sie für nichts anderes eine Therapie macht. Sie will die Scheidung und Geld. Ich habe sie an die Kinder erinnert.«

Er sah fertig aus.

»Sie ruiniert die Kinder. Indien kann doch alles reparieren. Wenn sie will, ziehe ich mich seelisch vor ihr aus.«

Der Feind mag dich nackt genauso wenig wie angezogen, dachte ich, daher ist es falsch, an Abrüstung zu glauben.

Karnofsky warf sich der Länge nach über mich. Ich vergaß sofort seinen verzweifelten Kontext. Das Gewicht seines Körpers klebte mich an die Matratze. Sein Kopf grub sich in meine Halskehle. Lebensversicherungen rechnen mit dem Körpermaßindex. Körpergewicht durch Körpergröße zum

Quadrat. Ein Prägestempel. Nach einer Weile stand er abrupt auf und verschwand nach unten. Draußen herrschte immer noch dieses schmierige Wetter. Ich schaltete den Rechner aus und öffnete die Fenster. Die feuchte Luft verband sich mit den Pflanzen im Garten zu einer bedrohlichen Einheit. Ein schwerer Geruch drückte den Raum zusammen. Ich zog mich an und ging in die Küche.

Erstaunlicherweise saßen die Karnofskys mit den Zwillingen beim Frühstück. Es herrschte eine angespannte Stille.

Helena begrüßte mich mit ihrem Propagandalächeln. Ich wollte mich sofort wieder verpissen, aber sie nötigte mich mit schleimigen Worten an den Tisch. Sie hatte keine Hemmungen, die Hände der Kinder zu greifen und euphorisch das Lied *We are family* anzustimmen. Ich nahm mir von dem Kaffee.

»Der Hund von Gabrielle ist wirklich ein Feinschmecker. Er isst nur die Croissants aus der Kollektivbäckerei. Probier mal.«

Sie nahm sich ein Croissant, pflückte ein winziges Stück ab und schob es sich in den Mund, ohne die Textur ihres Lippenstifts zu ruinieren.

»Wo bleibt dein Freund Nick? Ich will nur wissen, wann ich aufstehen muss.«

»Er schläft sicher noch. Ich habe ihn angerufen, sein Handy ist vielleicht auf leise gestellt.«

»Sweetie, go and tell him to come. Er verpasst sonst sein Flugzeug.«

Helena schickte die Strenge los. Sie kam allein zurück an den Tisch.

»Er schläft.«

Helena sah auf ihre Uhr.

»Er liegt immer noch im Bett?«, fragte sie angewidert.

»Nicht im Bett, auf dem Teppich.«

Helena erzeugte einen angewiderten Ausdruck und sah Karnofsky an. Ihr Blick sprach Hass in Reinform. Sie flüsterte ihm zu, dass Sanjay sich ein Hotel suchen könne, wenn er wegen Trinkgelage seinen Flug verpassen sollte. Karnofsky zerfledderte ungerührt weiter sein Croissant. Sie wandte sich an mich.

»Schätzchen, kannst du mal nach ihm sehen? Er muss seinen Wagen noch parken, das dauert alles. Er sollte besser früher los.«

Ich ging. Sanjays Tür war nur angelehnt. Ich klopfte, aber es rührte sich nichts. Ich stieß sachte mit dem Fuß die Tür auf. Ein leichter Wind vom See wehte durch die offenen Fenster. Die Strenge hatte recht gehabt. Sanjay lag auf dem Teppich. Das Projektil eines Scharfschützen muss ihm seine letzten Gedanken ausgeblasen haben. Sauberer Kopfschuss. Direkt ins Stammhirn. Eine Entscheidung, die er nicht getroffen hat. Auf dem Steinboden neben bunten Fransen lagen sein iPhone und ein heruntergefallenes Buch mit dem Titel *Die Kraft der Panflöte*. Ich sah unwillkürlich zu der Mauer vom Nachbargrundstück. An den Zweigen über den Mönch-und-Nonne-Ziegeln hing fransiges Moos.

Sanjay lag in stabiler Seitenlage. Sein Blut war in den Teppich gesickert und hatte der Seide eine unpassende Farbe vermacht. Ich blieb im Türrahmen stehen. Sanjays Tod verwandelte sich in eine Filmszene. Ich zerlegte sie in Sequenzen. Ein Mann in schwarzen Sportklamotten von einer billigen Firma aus China. Fit for Fun oder Eurostar. Die Sturmhaube, gestrickt mit Acryl. Seine Turnschuhe New

Balance oder Adidas Run. Sein Ghettoimage ist authentisch. Er arbeitet auf Honorarbasis. Im Profisport war er die Nummer drei, aber in der Anonymität verdient er besser. Seiner Freundin hat er gesagt, sie möge in seinen Grabstein den Mercedes-Benz-Schlüssel gießen lassen. Er klettert die Mauer hoch. Er wusste, dass das Grundstück unbewacht und selten bewohnt war. Er wartete schon seit Tagen, dass sein Zielobjekt der Hitze wegen das Fenster öffnen wird. Er liegt auf den seltsam gebogenen Ziegeln, die der Mauer so ein mediterranes Flair verleihen. Sanjay hatte getrunken. Mit der Fußspitze stößt er die Tür auf und knipst das Licht an. Er denkt an den nächsten Tag, wirft sein Jackett auf das Bett und öffnet den ersten Knopf seines Hemdes, der vorher schon lose war und jetzt abreißt. Unter den Achseln haben sich talergroße Schweißflecken gebildet. Die Frauen mochten das. Er geht zum Fenster. In der Scheibe spiegelt er sich und denkt, dass er gut aussieht. Er öffnet beide Hälften, als etwas auf ihn zuspringt. Sanjay schwankt. Der Mensch will nicht fallen. Sanjay rudert mit den Armen. Er geht auf die Knie. Cut in. Die Nahaufnahme seiner Augen. Darin Vorwurf. Das Leben, eine komplexe Handlung mit offenem Ausgang. Deutsche Schauspieler können das nicht spielen. Es ist schwierig, einen Menschen zu zeigen, der spürt, dass das Ende da ist, aber er will nicht auf den Boden. Fallen mit innerem Widerstand. Schmerz, der in Ungläubigkeit mündet. Ein letzter Gedanke, der nichts als NEIN denkt. Deutsche Schauspieler übertreiben grundsätzlich. Der deutsche Film läuft in halber Geschwindigkeit mit leicht verständlichen Sätzen in versteiften Dialogen. Make-up-Artists fummeln an der Leiche. Welche Farbe trägt der Mensch im Gesicht, dessen Seele desertiert ist? Sanjays Handy zeigte den Anruf einer unbekannten Nummer. Die Polizei würde es knacken. Ich wartete, bis es aufhörte zu vibrieren und der Text erschien. Drei Anrufe in Abwesenheit. Mir wurde schlecht.

Sekunden waren es, mir kamen sie wie Stunden vor. In Zeitlupe zog ich die Karte von Tanner aus meiner Handyhülle. Er fragte mich, wo ich sei. Dann gab er mir Hinweise, die ich kannte. Sein Text war Standard. Ruhe bewahren. Nichts anfassen. Schauen Sie, dass niemand den Tatort betritt, sagte er mit warmer Stimme. Seine Kollegen wären spätestens in 20 Minuten da. Wie es mir ginge?

»Mir geht es gut«, sagte ich.

Eine Kinderstimme brüllte durch den Korridor.

»Wo bleibt ihr denn? Mama will in den Golfclub, und Magda räumt schon ab.«

Ich ging runter.

»Er kommt nie mehr zum Frühstück. Ich habe die Polizei gerufen.«

Die Zwillinge hörten auf zu essen. Die Karnofskys klebten am Stuhl. Helena vergaß, ein Gesicht zu machen. Karnofsky sah mich an, als hätte er Kopfhörer auf. Der Tag war ruiniert. Die nächsten sicher auch.

»Besser, einer von euch geht mit den Kindern in den Club. Besser jetzt. In 15 Minuten wird es hier geschäftig.«

Helena tickte aus.

»Ich habe dich vor ihm gewarnt. Du ruinierst alles. Unseren Ruf, unsere Familie. Die Presse. Drei Tote in unserer Nähe. Wir sind erledigt. Vielleicht sind wir die Nächsten.«

Helena stand auf, packte Zeug in ihre Handtasche und verschwand mit den Mädchen. Ich rannte nach oben, schnappte mir meine Reisetasche, raste zur Tankstelle und fragte den Tankwart, ob ich sie bei ihm deponieren dürfte, weil ich abreisen würde und vorher noch ein paar Besorgungen erledigen müsse. Ich würde sie später abholen. Als ich zurückkam, saß Karnofsky unverändert gelähmt am Tisch. Ich setzte mich zu ihm.

»Tadić wurde umgebracht. Balushi wurde umgebracht. Und jetzt noch Sanjay. Du bist der Einzige, der sich nicht bedroht fühlt.«

»Ich weiß nicht, was da los ist. Ich habe nichts getan.«

Karnofsky ging zum Schrank und stellte den Whisky und zwei Gläser auf den Tisch.

»Ich habe Nick gewarnt. Das habe ich getan. Er wollte Daten verkaufen, sensible Daten. Er hat mir das angedeutet. Er hat diversen Leuten geholfen, ein goldenes Visum zu bekommen. Er hat sich verstrickt. Was sollte ich tun? Ich kenne seine Freunde nicht. Helena wird die Scheidung einreichen. Sie wird es tun. Verdammt, wir hatten ein Commitment gegeben.«

Ich rechnete seine wirren Worte dem Schock zu. Er saß auf dem Stuhl wie ein Stein.

»Glaubst du, sie betrügt mich?«

Ich sagte nichts.

»Ich werde mich umbringen, wenn sie geht.«

Ich sah ihn fragend an.

»Ich bringe mich um.«

»Das hatten wir schon.«

»Sie wird in der Hölle landen für das, was sie tut.«

Es grenzt an bodenlose Frechheit, den anderen auszublenden, alle Signale zu übersehen. Ich goss den Schnaps in die Gläser.

»Wie, wie ist Nick eigentlich gestorben?«

»Erschossen. Unterschallmunition. Gestreckte Flugbahn.

Digitales Zielfernrohr. Zehnfache Vergrößerung. Infrarotausleuchtung. Hohlspitzgeschoss für maximale Energie im Schädel, alles ohne Sauerei. Schallschutzdämpfer aus Titan. Kein Mündungsfeuer. Also ich hab jedenfalls nichts gehört. Du?«

Karnofsky nahm den ersten Schluck und begann zu weinen. Schmerz ist etwas außerordentlich Reines. Ich legte meine Hand auf seinen Arm. Mehr hielt ich für unangemessen.

»Wusstest du, dass Schachgroßmeister sich nicht besonders viele Züge ausdenken? Ihre Größe besteht darin, eine Situation so lange wie möglich im Gleichgewicht zu halten. Um Anfangsfehler zu korrigieren. Das hat Nick immer gesagt. Ich habs versucht.«

Wir hörten die Sirenen. Im Hof standen zwei Wagen der Kantonspolizei, und vier Beamte stiegen aus. Dazu der Rettungsdienst. Zwei Beamte und der Arzt gingen mit mir zum Seitenflügel. Die anderen zwei blieben bei Karnofsky. Sie taten, was sie tun mussten. Sie froren die Szene ein. Ich legte den Beamten stumm meinen Ausweis auf den Tisch, aber sie sagten mir, dass sie das alles später machen würden. Sie unterhielten sich mit uns, wenn man das Unterhaltung nennen will. Karnofsky fragte, ob er sich im Salon auf das Sofa legen dürfte. Ein Beamter ging mit ihm. 40 Minuten später traf die Spurensicherung ein. Die Beamten sammelten Laptops und Handys ein, machten unendlich viele Fotos.

Nach einer Weile kam Tanner in die Küche. Ich bot ihm Shanghai Lungo und Peru Organic zur Auswahl an. Er lehnte ab.

»Herr Karnofsky braucht ärztliche Betreuung. Er scheint sehr labil. Ist er ein labiler Mensch?«

Ich sagte ihm, dass ich ihn so gut nicht kennen würde, denn ich wäre das erste Mal hier. Es sei wohl eine besondere Situation, sagte ich ihm.

»Verstehen Sie mich nicht falsch, niemand von Ihnen wird hier verdächtigt. Es ist ein glatter Durchschuss. Das Werk eines Profis. Meistens frustrierte Exsoldaten aus Teilrepubliken. Sanjay ist für uns kein Unbekannter.«

Ich zeigte ihm das Foto von dem vermummten Ruderer, das ich von meinem Fenster aus gemacht hatte, und gab ihm den Zettel mit der Nummer von Youssef Deby. Ich beschrieb Ort und Umstände. Er notierte sich alles.

»Mit Ansprüchen auf den Abgrund zu. Immer Ziele vor den Augen. Das Ergebnis kann überraschend sein. Vor allem, wenn man nicht mehr weiß, wo der Hammer für den Notausstieg hängt. Wissen Sie, es ist so naiv, zu glauben, dass Verbrechen nur aus Gier geschehen. Manchmal kommt man einfach nicht mehr raus. Nehmen wir einen Autor, und der hat das Glück, dass er verlegt wird. Wenn dieser Fall eintritt, hört er nicht einfach auf. Nein, der schreibt weiter. Es ist nicht, dass er was zu sagen hätte, nein, er kann einfach nicht aufhören. Das Buch, kaum gedruckt, hat ihn im Griff. Man hält ihn für einen Autor. Jetzt muss er dem Stempel gerecht werden. Wissen Sie, zu wie vielen Selbstmorden wir gerufen werden, weil die Leute keinen anderen Ausweg mehr sehen als den radikalen Ausstieg?«

Ich verstand ihn.

»Einer unserer Hundeführer spazierte an Dukes Hundeschule vorbei, und seine Hündin ist an den Mülltonnen vom Hilfswerk ausgetickt. Sie hat sich erst wieder beruhigt, als er eine leere Schachtel mitgenommen hat. Da sind wir auf den Trichter gekommen. Tadić und Balushi haben über die Natural Cosmetics Drogen vertickt. Wenn man erst mal im Business ist, kommt eins zum anderen. Die beiden wollten dann Sonderwege gehen. Bei der Mafia gibt es keinen dritten Weg. Entweder du bist loyal, oder du machst dein eigenes Ding. Ein eigenes Ding, sogenannte Individualität, bedeutet in der Familie nichts. Sanjay hat auf dem nächsthöheren Level gespielt. Ein Geisterfahrer in der Anwaltsszene. Einer, der sich auskannte. Einer, der sein Ich nicht ausschalten konnte. Er hatte diesen Hang zur Persönlichkeit. Glauben Sie mir, ich weiß, wovon ich rede.«

Ich glaubte ihm, hatte aber Mühe, seinem Dialekt zu folgen.

Tanner wirkte abgeklärt.

»Ein Profikiller ist eine Auszeichnung in dieser Welt. Da war Sanjay wohl bis fast ganz oben gekommen. Nun, da gibt es noch die Präventivwirkung des Unwissens. Ganz im hintersten Winkel des Gehirns wissen diese Leute, dass es irgendwann knallt, aber sie wissen nicht den Zeitpunkt. Geld, wissen Sie, Geld rangiert in der Liste der heimlichen Überwältigungsstrategien ganz vorn. Geld beflügelt, wenn es um Motivation geht. Der Mensch will für sich und seine Zeit das Beste rausholen. Das nennt man wohl Egoismus. Kennen Sie den? Ein guter Steuerberater sieht so aus, als wäre er gerade aus dem Knast entlassen?«

Ich kannte bessere. Er machte weiter.

»Ein Bauer steht bis zum Hals in der Flut. Ein Motorboot will ihn retten, aber er lehnt ab im Vertrauen auf Gott. Das Wasser steigt, ein Ruderboot bietet ihm Hilfe an. Er lehnt ab und stirbt. Im Himmel angekommen fragt er Gott, warum er ihn verlassen habe, und Gott sagt: Was hätte ich dir noch vorbeischicken sollen?«

»Glauben Sie an Gott?«, fragte ich ihn.

»Nein, ich glaube nicht an die zweite Chance.«

Helena kam mit den Kindern zurück. Alles an ihrer Erscheinung war kalibriert. Tanner war sichtlich beeindruckt, fragte sie aber, woher sie käme. Tränen kullerten aus ihren Augen, als sie ihm erzählte, dass ich sie weggeschickt habe. Tanner holte einen Beamten, der den Kinderkanal einschaltete, nicht ohne vorher die Rucksäcke der Zwillinge zu kontrollieren. Dann sagte er ihnen, dass hier alles in Ordnung sei, die Polizisten würden nur mit Papa arbeiten. Die Kinder machten einen Knicks und setzten sich brav vor den Bildschirm. Tanner fragte nach dem Schlüssel für das Bootshaus, Helena ging mit ihm und zwei weiteren Beamten zum See. Ich fand es bemerkenswert, wie sich Tanners Leute in der Villa auskannten. Sie bewegten sich mit einer Sicherheit, als hätte man ihnen einen Lageplan gemacht. Als Tanner mit Helena zurückkam, sagte er uns, dass wir für mindestens einen Tag ins Hotel müssten, er aber das Team verstärken würde, und bot uns seine Unterstützung bei der Hotelsuche an. Helena lehnte ab und bestellte vor ihm zwei Zimmer im Dolder. Eins für mich und die Zwillinge und eins für sich und Karnofsky. Zwei Beamte nahmen unsere Personalien auf. Als wir gingen, wurde die Villa gerade abgesperrt. Helena wischte sich einen Dreckfleck von der weißen Hose und setzte sich ans Steuer. Die Polizei brachte die Zwillinge. Sie machten einen Knicks und stiegen ins Auto.

Sanjay verließ im Plastiksack das Haus. Karnofsky hatte zu viel getrunken, um überhaupt die Straße zu erkennen. Ich bat beim Einsteigen, ob Helena kurz an der Tankstelle halten könne, und schnappte mir meine Reisetasche. Als wir losfuhren, rief René Axhauser an. Helena dachte nicht daran, die Lautsprechanlage abzustellen. Seine Stimme klang nach Einnahme starker Tranquilizer.

»Gabrielle hat sich umgebracht. Sie ist mit Fleury vom Dach des Towers gesprungen. Die Polizei hat jeden Winkel ihrer Büroräume durchsucht, alle Festplatten mitgenommen, Chatverläufe kopiert. Sie hat einen Zettel hinterlassen. Was immer man über mich sagen wird. Es stimmt. Chloé ist jetzt auf Entzug. Ich werde aussagen, aber stellt euch ein, dass wir uns in Freiheit nicht mehr wiedersehen.«

Er legte auf. Im Wagen herrschte eisige Stille.

Das Dolder warb gerade mit einem Angebot, das sie Sweet Escape nannten. Besser konnte man es nicht ausdrücken. Die Bitte der Kantonspolizei um eine zeitnahe Befragung hatte mich abgehalten, vorzeitig abzureisen. Im Hotel legte sich Karnofsky umgehend ins Bett, die Kinder sahen sich eine Dokumentation über Afrikas Giftschlangen an.

Helena ging mit mir in die Lounge.

»Man muss seine Lebenszeit nutzen. Ehe ist das bessere Rentenmodell. Im Alter kann man von der Regierung wie von Sexualpartnern gleichermaßen wenig verlangen, obwohl für Männer nach abgeschlossener Reproduktionsphase ein häuslicher Pflegedienst und Anbieter sexueller Dienstleistungen die bessere Lösung sind. Glaubst du, Männer interessiert es, ob wir erfolgreich sind? Männer interessiert das Mystische. Mystisches wohnt in einem jungen Körper. Ich werde die Norm umschreiben. Es wird Männer geben, die an mir mehr als nur mein Äußeres schätzen. Du kannst meinen Platz hier einnehmen. Wellinghofen hat sich verlobt. Du hast eine Namensvetterin. Wusstest du das?«

»Wellinghofen hat die Bilanzen der Stiftung angezweifelt. Eure Bilanzen.«

Sie lachte extravagant auf.

»Unsere Bilanzen. Es sind nicht unsere. Es sind seine. Sanjays Geschäfte haben mit uns nichts zu tun. Sanjay hatte immer diesen unheimlichen Silberblick von Stephen King am Abend. Der Silberblick, der so lieb wirkt. Nick hat auf jeden Scheißhaufen, den er machte, ein Fähnchen gesetzt. Er hat mit Leuten verkehrt, die eine Waffe nicht zum Arschkratzen benutzen. Obwohl ich mir wünschte, seine Geschäfte hätten mit Max zu tun. Dann wäre ich Max auf elegante Weise los. Gott, vielleicht ist er der Nächste. Vielleicht sind wir die Nächsten.«

Ihre Worte klangen, als wäre die Tonspur manipuliert. Nichts, was sie sagte, passte zu ihrem freundlichen Gesicht.

Sie hielt sich die Hand vor den Mund und aß ein paar Bröckchen von den Fünf-Uhr-Toasts. Gewissensbisse erweisen sich als störend, wenn es um Bedürfnisbefriedigung geht. Ihr ausgefeiltes Blond wippte neben ihren Wangen.

»Max hat kein Recht, mich schuldig fühlen zu lassen.«

»Nimm es auf dich, wenn du keinen Bock mehr auf ihn hast.«

Sie machte große Kulleraugen.

»Schade, ich dachte, wir könnten Freunde werden. Aber du schlägst dich ja auf seine Seite.«

»Sollte ich mit ihm schlafen, damit du dich mit Bühler besser fühlst?«

Der Name lag zwischen uns wie Granit. Eine Freundschaft würde das nicht werden.

»Sicher werde ich Bühler wiedersehen, und vielleicht passiert dann etwas.«

Aussteigen, um gewinnbringender zu investieren. Sie spielt die Heilige, um sich Absolution zu erteilen. Damit konnte sie ihren Therapeuten verarschen, aber nicht mich. Es muss sehr anstrengend sein, das ganze Leben auf einer Bühne zu verbringen.

»Fang ruhig was mit ihm an, aber wie ich dir schon sagte, er ist scheiße im Bett. Happy future.«

In der Zukunft sind wir länger Rentner, dachte ich. Karnofsky interessierte mich nicht.

Wir verbrachten den nächsten Tag im Zoo und durften dank hohen Personalaufgebots am Tag darauf wieder in die Villa am See.

Der Rasen hatte sich durch die Hitze in ein filziges Feld verwandelt. Eine gelbe unansehnliche Fläche. Helena rastete aus.

»Verdammt. Die Bullen haben den Greenkeeper nicht reingelassen. Der ganze 9-mm-Cut ist im Arsch.«

Wir gingen in die Küche, in der alles noch so dastand, wie wir sie verlassen hatten. Karnofsky hatte Tickets für den Zirkus Knie und wollte mit den Kindern gerade gehen, aber Helena drehte jetzt völlig durch. Sie schrie herum und starrte die Zwillinge an, als wären sie Fremde.

»So willst du mit den Kindern los? In diesem dreckigen Outfit? Ich fasse es nicht. Was soll diese kitschige Schleife auf ihrem Kopf? Das macht ihr Gesicht dick.«

Plötzlich schlug die Sanfte mit der Faust auf den Tisch und öffnete ihren Mund.

»Halt die Fresse, du dumme Sau.«

Erstklassige Stille. Alle Augen waren auf sie gerichtet. Ihre Körperhaltung, die einer Amokläuferin, wild entschlossen, den Vorgang zu Ende zu bringen. Sie griff sich ihre rosa Kindertasse und hielt sie in die Höhe.

»Ich nehme diese Tasse und zerschlage sie. Ich zerschlage alles.«

Die Situation hatte ihren Endpunkt erreicht. Es gab keine Auflösung, man musste die Wirklichkeit aushalten. Die Sanfte ließ die Tasse fallen. Ihr Nein zersprang auf dem Terrakottaboden in Scherben. Helena verließ die Küche, Karnofsky ging ihr nach. Die Zwillinge stellten sich mit dem Gesicht zur Wand und sagten nichts. Sie standen da und sahen die Wand an. Sie wirkten wie aufwendige Skulpturen. Ich sah ihrem verzweifelten Ausstieg eine Weile zu. Dann sprach ich sie an. Die Theoretiker hatten recht. Die Lösung ist immer der beste Fehler. Sie taten weiterhin nichts. Ich betrachtete sie, wie man eine unverständliche Installation betrachtet. Mit völliger Leere im Kopf.

Nach einer Weile setzten sie sich synchron an den Tisch und legten ihre Köpfe erschöpft auf die Tischplatte.

Ich nahm die Tickets für den Zirkus vom Tisch, schrieb einen kurzen Zettel und ging mit den Zwillingen los. Am Abend kamen wir zurück, Helena war nicht anwesend. Karnofsky war blau. Ich las den Kindern *Aladin und die Wunderlampe* vor. Der Flaschengeist machte ihnen Angst. Ich legte mich zu ihnen, bis sie eingeschlafen waren.

Helena erschien an diesem Abend nicht mehr. Karnofsky hielt Monologe mit Sicht auf den See und betrank sich von neuem. Seine Weigerung, der Realität ins Auge zu sehen, war bahnbrechend. Man konnte sie als rücksichtslos bezeichnen. Ich sagte ihm, dass ich von K2 beauftragt worden sei, seine Arbeit zu überprüfen. Er meinte, ich wäre funny. Er behauptete, dass ihn sein sechster Sinn für Geldgeschäfte nur einmal verlassen hätte, und meinte damit seine Heirat mit Helena. Nach dem dritten Glas bot er mir einen Job in seiner Quasar Capital Focus an. Als er alles Schlechte an Helena benannt hatte, sagte er, dass er sie liebe. Hass und Liebe sind keine eindeutigen Gefühle, nur der Zweifel existiert in Reinform. Karnofsky zweifelte weder an ihr noch an sich, daher war sein Schmerz diffus. Ich tröstete ihn und legte ihm nahe, seinen Controller wieder mit der Konsole zu verbinden. Ich empfahl Assassin's Creed. Ich habe ein Faible für die Antike.

Am nächsten Morgen verabschiedete ich mich von Karnofsky mit dem sicheren Gefühl, dass wir uns bei Gericht wiedersehen würden, und fuhr zu Harvensteen. Vor dem Haus war ein riesiges Polizeiaufgebot und eine Menge Schaulustiger. Ich stellte mich ein wenig abseits und beobachtete, wie die Beamten Bilder heraustrugen.

»Mit einer Tüte Chips in der Hand um die Gemütlichkeit zittern. So nenne ich die Lust des Publikums am Verbrechen.«

Tanner hatte ein leicht hinterhältiges Lächeln auf den Lippen.

»Razzien in sieben Ländern, 44 Verhaftungen, aber der Termin mit Frau Harvensteen ist wohl verschoben. Sie müssen wissen, wir hatten Sanjay so weit, dass er aussagen wollte. Na ja, Sie haben ihn ja gesehen. Können Sie gut schießen? Scherz.«

Tanner sah freudlos zu den oberen Fenstern. Der Tower funkelte wie ein grüner Kristall.

»Wissen Sie, wie sie in der illegalen Branche genannt wird?«

Er machte eine Pause.

»Medusa.«

Seine Stimme klang weidlich deprimiert.

»Ich denke nicht, dass sie selbst von diesem Namen weiß. Sie arbeitet autonom. Tja, Frauen legen zu. Beseitigt alle, die ihr in die Quere kommen. Das nenne ich Kunst. Mögen Sie Kunst?«

»Ich hab null Plan, was Kunst betrifft.«

Er schüttelte mir stumm die Hand und ging zu seinen Kollegen.

Die Sonne schien. Ich aß die letzte Praline, dann ging ich einkaufen. Eine Rolex für Ricky, kleines Danke für den Tripper, Baby! Plüschpantoffeln von Gucci, einen Schlafanzug von Louis Vuitton, Klamotten, in denen man sich praktisch von der Gesellschaft isoliert, aber Ricky hatte genug soziales Beisammensein in seinem Polizeidienst. Ich vernichtete K2s Geld in zufriedener Eskalation. Bei der Übergabe hatte es keine Zeugen gegeben. Schließlich war ich Ex-Cop und trieb mich für K1, den deutschen Zoll, im Darknet rum. Ich wusste, wie es geht. Ich nahm Harvensteens Cutter und schnitt die Preisschilder ab. In der Airport Lounge machte ich mich an die E-Mail. K2 wollte Fakten. Hier waren sie.

Einschätzung NGO Interni
Organisationen sind unberechenbare Systeme, die ihre eigenen Prämissen schaffen und folglich für sie kämpfen. Was die Zahlen in der Bilanz betreffen, ist festzuhalten, dass die Beratungsleistungen nicht erbracht wurden. Die Seminare fanden ebenfalls nicht statt. Branko Tadić und Jaco Balushi haben die Stiftung für Drogenhandel

genutzt. Die überhöhten Provisionen waren Teil der Geldwäsche. Die Schule in Mali wurde nicht gebaut. Mit dem Tod von Nick Sanjay und der damit verbundenen Aufmerksamkeit durch die Schweizer Polizei sollte dem ein Ende gesetzt sein. Kettenreaktionen sind nicht auszuschließen. Die Behörden stehen Selbstanzeigen wohlwollend gegenüber. Im Fall einer persönlichen Verstrickung ist der Kronzeugenstatus durchaus empfehlenswert.
Dem Vorstand Max Karnofsky kann man einen Mangel an Gewissenhaftigkeit nachsagen. Investmentbanker haben keinen Sinn für Details, ich denke, das ist bekannt. Was die Quasar Capital Focus betrifft, gibt es keine Zweifel. Karnofsky hat den nötigen Pessimismus, um ein guter Anlageberater zu sein, besonders in seinen depressiven Phasen. Dennoch sollte man immer mit Fehlkalkulationen rechnen, daher gibt es nur den Rat, Reserven zu bilden. Eine Pressemitteilung sollte die Worte Solidarität und Empathie enthalten und keinesfalls das Wort Transparenz, denn Transparenz ist eine an Optimismus grenzende Wahnvorstellung von Revoluzzern.
PS: Happy End – this won't work.

Ich drückte auf Senden.

Dank an Felix Pötzsch für die Verwendung der Serie »Selbstliebe«.

Ausgezeichnet mit dem
GLAUSER-Preis 2023 und dem
Stuttgarter Krimipreis 2023

Sybille Ruge
Davenport 160 x 90
Roman
Herausgegeben von Thomas Wörtche
st 5243. Klappenbroschur. 261 Seiten
(978-3-518-47243-9)
Auch als eBook erhältlich

»Dieser Roman ist eine Ansage.«
Frankfurter Allgemeine Zeitung

Sonja Slanski betreibt eine Inkassofirma, die sich auch um andere Dinge im unreinlichen Wirtschaftsbereich kümmert. Von einer undurchsichtigen Society-Lady bekommt sie den Auftrag, eine hochkriminelle Anwaltskanzlei zu ruinieren, egal, mit welchen Mitteln. Slanski erledigt diesen Job ziemlich gründlich, noch nicht wissend, dass diese Klientin die Gattin ihres Gelegenheitslovers ist …

**»Ein überragendes Meisterwerk,
das neue Maßstäbe setzt.«**
Krimibestenliste

**»Das Buch ist eine Sensation!
Tough, stilsicher, spannend.«**
Bayerischer Rundfunk

**»Ruge wirft alle Bälle des Genres hoch,
fängt sie alle, schreibt einen süchtig.«**
Die Welt

suhrkamp taschenbuch

Weitere Informationen erhalten Sie unter www.suhrkamp.de
oder in Ihrer Buchhandlung.

Zoë Beck
Memoria
Thriller
st 5292. 280 Seiten
(978-3-518-47292-7)
Auch als eBook erhältlich

Wem gehört deine Erinnerung?

Ein Sommer in naher Zukunft. Harriet wird von Erinnerungen heimgesucht, die ihr vollkommen fremd vorkommen. Nach und nach tauchen immer mehr Bruchstücke auf, und Harriet muss sich eingestehen, dass das, was sie bislang für ihr Leben hielt, vielleicht niemals so stattgefunden hat.

»**Ein dichter, spannender Krimi im Hitchcock-Format, raffiniert gebaut und mit hohem Tempo erzählt.**«
Kolja Mensing, Deutschlandfunk

»**Intelligente Science-Fiction aus Deutschland? Zoë Beck!**«
Denis Scheck

suhrkamp taschenbuch

Weitere Informationen erhalten Sie unter www.suhrkamp.de oder in Ihrer Buchhandlung.

Candice Fox
Stunde um Stunde
Thriller
Aus dem australischen Englisch
von Andrea O'Brien
Herausgegeben von Thomas Wörtche
st 5358. Klappenbroschur. 475 Seiten
(978-3-518-47358-0)
Auch als eBook erhältlich

»Candice Fox, australischer Megastar am Thrillerhimmel.«
Katharina Granzin, taz

Die junge Tilly Delaney ist vor zwei Jahren auf mysteriöse Weise verschwunden. Aus Verzweiflung über die Untätigkeit der Polizei dringen ihre Eltern in das forensische Labor der Strafverfolgungsbehörden ein und stellen ein Ultimatum: Findet endlich unsere Tochter, oder wir werden alle Beweise für andere ungeklärte Fälle vernichten. Detective Hoskins und Ex-Polizistin Lamb müssen schnell handeln, um diesen *cold case* zu lösen, bevor die Situation völlig außer Kontrolle gerät.

Ein neuer Pageturner »der Großmeisterin des literarischen Thrillers aus Australien« *Focus*

»*Stunde um Stunde* **gehört zu dieser Sorte Thriller, bei denen man nicht aufhören kann zu lesen, aber auch nicht aufhören will: Man genießt die Lektüre einfach zu sehr.«** *Simon McDonald*

suhrkamp taschenbuch

Weitere Informationen erhalten Sie unter www.suhrkamp.de
oder in Ihrer Buchhandlung.